赤松利市

救い難き人

徳間書店

救い難き人

序

日本の無条件降伏で太平洋戦争が終結した翌年、十五歳の朴《パク》ヨンスクは漁船で日本に密入国した。日本の敗戦は同時に朝鮮の解放でもあったのだが、創氏改名により木下正夫《きのしたまさお》という氏名を有していた朴ヨンスクは極端な愛国少年であった。

闇市をあてもなく歩く朴ヨンスクには金が無かった。

目に留まった集団があった。

肩で風を切るように闊歩する一団である。

グループの男たちは、闇市に並べられた蒸かし芋や蜜柑を無造作に手に取って食っている。金を払っている様子は無い。

「泥棒ッ。警察を呼ぶぞ」

抗議する店主に向かって集団のひとりが吠えた。

「俺タち戦勝国民タよ。文句あるのかッ」

その言葉遣いで男が朝鮮人であると察した。

抗議した店主が口を噤《つぐ》んだ。

ヨンスクも早速彼らの真似をし、店頭に並んでいる蒸かし芋に手を伸ばした。

それを頬張りながら立ち去ろうとすると、

「お客さん、お勘定が未《ま》だですよ」

店番をしていた老婆に呼び留められた。

蒸かし芋を頬張りながら朝鮮語で怒鳴り返してやった。たちまち老婆は口を噤み、悔し気《げ》に引き下がってしまったのである。

後々知った事であるが、彼ら朝鮮人グループは自らを『朝鮮進駐軍』と名乗り、横暴の限りを尽くしていた。

朝鮮人グループには警察も迂闊には手を出せない。

血気盛んな若い巡査が違法行為を咎《とが》めようとでもしたら、数を頼んで殴る蹴るの乱暴狼藉を働く始末だった。

唯一朝鮮人グループに対抗しているのは地元のヤクザ組織であった。

係累どころか頼りにする知人も無い、稼ぎも無い、貯えさえ無い、無い無い尽くしのヨンスク少年には二つの選択しか無かった。

朴ヨンスクとして生きるか、木下正夫として生きるかの二択だ。

彼は朴ヨンスクとして生きる途《みち》を選択した。

すなわち朝鮮人グループに属する事にしたのである。

理由は簡単だ。

朝鮮人グループの方が、ヤクザに比べ羽振りが良いように思えたからだ。親分子分といった厳格な階級組織でもないのも彼の性に合った。

朝鮮人グループに属した朴ヨンスクは大手を振って闇市を闊歩した。

夜になれば不法占拠した旅館に戻って横になった。

強姦したことも一度や二度ではない。

若い娘らは、故意に消し炭などで顔を汚しているが、それだけで若さを誤魔化せるものではない。

白昼堂々ヨンスクらは集団で娘を攫《さら》い、工場跡地などで輪姦した。

やりたい放題の日々を過ごした。

ヤクザに絡まれれば闘うか逃げるかである。

負けそうな相手とは喧嘩はしない。

すべての『朝鮮進駐軍』と名乗る輩《やから》がそうであったかどうかは別として、少なくともヨンスクがその末席に所属したグループは、そんな中途半端な不良グループだった。

当時、絶大な権力権限を有していたのはマッカーサー元帥に率いられる進駐軍であった。

軍律に依《よ》って統制されている進駐軍は朝鮮人グループとヤクザの諍《いさか》いなど見向きもしない。その事もあって朝鮮人グループは跳梁跋扈《ちょうりょうばっこ》していた。

しかしそれが大規模な抗争ともなると話は別だ。

当該地区における員数は圧倒的に朝鮮人グループが勝っているが、統制されたグループではない。横の繋がりが弱いのだ。

片やヤクザは、大規模な抗争になると地区外のヤクザ組織が馳せ参じる。横の繋がりは朝鮮人グループなどとは比較にもならない。

もちろん双方ともに武装している。

朝鮮人グループは南部十四年式拳銃とブローニングだ。対するヤクザ組織は復員時にこっそり持ち帰った軍用銃やお家芸の竹槍だ。鳶口《とびぐち》を用意する者もいた。

ヤクザの集合を知るとヨンスクのグループはすぐに散り散りになった。正面から闘う事などしなかった。たまたま日本が戦争に敗れ、それ以前から植民地として支配していた朝鮮人に対する罪悪の感情が生まれた時代に、朴ヨンスクは居合わせたに過ぎなかったのである。

戦後の混乱期に咲いた仇花《あだばな》とも言えよう。

人々の生活が安定するにつれて朝鮮人差別も再燃した。

警察の取り締まりも厳しくなり、朝鮮人不良グループは離散し、その一部はヤクザ組織へと吸収された。

朴ヨンスクはヤクザ組織には加わらなかった。

単純にヤクザが怖かったし、日本人のアニキブンに顎《あご》でこき使われるのも嫌だったのだ。

土木現場を転々とする生活が始まった。

長期にわたる現場であれば宿舎も用意される。食事も供される。必要なのは酒代と煙草代くらいだ。

住む家も無いヨンスクには土木作業の現場を転々とするしかなかった。現場が途切れた時は空《す》きっ腹を抱えて公園のベンチで寝たりした。

ヨンスクにとって幸いだったのは、土木現場で知り合った在日仲間が、中規模ゼネコンに現場限りで雇われる重機のオペレーターだった事だ。

新しい現場が入るたび同胞のよしみだと、その男も日当月給の身分でヨンスクと変わらない日雇いなのだが、重機の手元としてヨンスクに声を掛けてくれた。

ニュータウンの造成工事に呼ばれた夜の事だった。

生憎《あいにく》のその現場には作業員宿舎が無く、その夜ヨンスクは、加古川の立ち呑み居酒屋でひとり焼酎を呷《あお》っていた。酔った勢いで駅のベンチにでも寝転ぶつもりだったのである。梅雨《つゆ》入りはしていたが、寒さに震えるというほどでもなかった。

離れた席に座る二人の男がチラチラとヨンスクを横目で見ては冷笑しているのに気付いた。男たちはテーブルの上で、目立たぬように親指と小指を畳み指を三本立てている。指を三本立てるのは三国人を意味する符丁だ。

男たちのにやけた笑いに立腹したヨンスクは、酔いに任せ、立てた人差し指と中指を軽く折り曲げ男たちに示した。

「チョッパリ」

聞こえるように言ってやった。

チョッパリとは日本人を侮蔑する半島の言葉だ。家畜の蹄足を意味する。日本人が下駄や草鞋《わらじ》の鼻緒を親指と他の四指で挟んで履く習慣から連想された侮蔑語だ。

他人と喧嘩するような性格のヨンスクではない。

朝鮮人不良グループに加わり闇市を闊歩していた当時も、陰に隠れてコソコソするような男だった。ヤクザと衝突すると我先に遁走するヨンスクであった。

温厚ではなく臆病なのだ。

だがその時点では安酒にしこたま酔っていた。

それに加え、男たちにその侮蔑語が判るとも思っていなかった。

顧みれば日本に逃げ渡ってから間もなく四年の歳月が過ぎようとしている。その間自分は定職どころか、住む宿さえ確保できていない。勝手気儘《きまま》に過ごせたのは、朝鮮人不良グループに属していた一年にも満たない期間だけであって、その後は土木現場を転々とする日々だ。

この生活から抜け出す事ができるのだろうか――

そんなことをツラツラと考え、溜まりに溜まった鬱憤と悲壮感がヨンスクにそれを言わせたのである。

昼の作業員休憩室の新聞で、北朝鮮が三十八度線を越えて韓国に侵攻したと告げるニュースを知った事もヨンスクを憂鬱にしていた。

ヨンスクは帰化していない。

土木の現場に入る時は木下正夫と名乗っていた。

帰化していないのに深い理由は無い。

手続きが面倒だったという理由だけで帰化しなかったのだ。

徴兵されるのだろうか――

こんな事なら帰化しておいたら良かった――

そんな風に考え、さらによくよく考えてみれば、住所不定の男をどうやって徴兵するのだと思い至り、要らぬ心配をした自分に思わず頬が緩んでしまったのである。

「なんをヘラヘラしとんぞ。おまえ、パンチョッパリか」

男のひとりがヨンスクに歩み寄って言った。

パンチョッパリとは半分朝鮮人という意味だ。

それは在日朝鮮人を侮蔑する半島の言葉でもあった。

「アンタ、朝鮮人ですの？」

親しみを込めて言った言葉に相手の形相が変わった。

「ちゃうわ、ボケェ」

ヨンスクの顎に男の拳骨が叩き込まれた。

「コイツ朝鮮人のくせしてからに、ワイらをバカにしくさったで」

男が周囲に声を掛け、ヨンスクが挑発した二人だけでなく周囲の客まで巻き込んだ。

袋叩きにされて雨後の泥道に転がされた。


「半島から来たのか」

倒れているヨンスクに声を掛ける者があった。

ヨンスクが生涯の恩人と仰ぐ金田三郎《かねださぶろう》だった。

「だいぶ、やられよったな」

傍《かたわ》らにしゃがみ、倒れている自分に語り掛けてくる男をヨンスクは警戒した。路上に突っ伏したまま気絶しているフリをした。

「心配すな。ワシも朝鮮半島から徴用された人間や」

そう言われて痛めつけられた顔を浮かせた。

だったらどうして助けなかったッ――

文句を言ってやりたかったが、その声を出す気力も無いヨンスクであった。

「オマエ、在日違うな。年恰好からして密入国者か?」

再び警戒した。

半島の一部の人間が在日朝鮮人を毛嫌いするように、在日朝鮮人にも半島の朝鮮人を恨む者がいる。

元を正せば敗戦国である日本に分断された両者が、日本人に対する嫌悪を代替しているに過ぎないのであるが、そこまで頭の回るヨンスクではなかった。

「ワシは加古川の市内でパチンコ屋営んどる金田や。ちょうど若いモンを探していたんや。同郷のよしみで雇うたるさかい、ワシのところで働けや。店の二階には眠るところもあるからな」

そう言ってヨンスクを助け起こしたのである。


ヨンスクは金田の運転手として働きながらパチンコ店経営のノウハウを学んだ。

三十八歳で独立し、金田の援助を受けて姫路の郊外にパチンコ店を開業した。

加古川は金田と競合するので遠慮した。


昭和四十四年、姫路でパチンコ店を開業したヨンスクは坂木満子《さかもとみつこ》と出会った。

当時十六歳であった満子は年齢を偽り姫路魚町裏のスナックで働いていた。貧困のままこの世を去った満子の父母も戦時中に徴用された在日一世であった。両親が日本に帰化し、それに伴って満子も日本国籍を得た。日本で生まれ育った満子が日本国籍を得た。

日本人ではなく『新日本人』という身分を得たのである。

「どうして朴さんは帰化しなかったのですか」

付き合い始めた頃、ヨンスクは満子から訊かれた。

「オレは朝鮮王朝に繋がる血筋の人間なんや。アボジが外交官として日本に赴任していた時に戦争が始まってしもうてな、そのまま日本に残る破目になったんや。そやから帰化なんぞできへんのや」

でっち上げの話をし、それを何度も繰り返すうちに、いつしかヨンスクはそれを本当だと思うようになった。

やがて二人は肉体関係に陥り満子はヨンスクの子を孕《はら》んでしまった。

付き合い始めて二年目、昭和四十六年の春であった。

結婚を望んだ満子にヨンスクは困惑顔で言った。

「何度も言うた通り、オレは朝鮮王朝に繋がる血筋の人間なんや。日本に帰化したオマエと結婚するわけにはいかんねん」

「でもお腹《なか》の子供が……」

「心配せんでええ。それにオマエもスナック勤めを辞めたらええ」

「生活が……」

「暮らしの事は心配するな。アボジであるオレがちゃんと面倒見たるがな」

貴種思想——

いつの間にかそれが、祖国を棄て、日本で暮らすヨンスクを支えるアイデンティティになっていた。

自身が朝鮮王朝に繋がる血筋だと本気で信じるようになっていた。

祖父母は裕福な暮らしをしていた時代の想い出を語ってくれた——

日本人に土地や事業を奪われて極貧に没落した——

それは実際の記憶ではなく、ヨンスクの脳内で改ざんされた記憶であったのだが、渡日してからの労苦がヨンスクの胸の裡《うち》に日本人に対する憎悪を育《はぐく》み、自分勝手に記憶を捏造したのである。

満子は血筋どころか出自も知れない。

そんな満子を胸中で見下しているヨンスクであった。

ヨンスクは満子との間に生まれた子をマンスと名付けた。

「それは韓国の方のお名前ではないのですか？」

「そや、半分だけやけど、オレの血を受け継いどるんやから、当然やろう。朴マンスや」

「でもそれでは……この子が……」

「なんや文句でもあるんかいな」

「虐《いじ》められます」

「こないしたらええやろ」

そう言ってヨンスクはマジックを画用紙にキュッキュと鳴らした。

命名　朴萬寿《パクマンス》。

「どや、悪うないやろ。萬《まん》の寿《ことほ》ぎを受けた子やさけぇマンスや。オマエの名も入れたんや。オマエは満子。満たされた子供やさけぇな」

「はい、良き名だと思います」

目を伏せ、諦め顔で満子は同意した。

これ以上この人を不愉快にはできない――

この子の生活の面倒をみてくれるのはこの人だけなのだから――

この人に縋って生きるしかない身の上なのだから――

満子の諦観にヨンスクは気付かない。

「おお、可愛いのぉ」

一心にマンスの寝顔を見詰めるだけであった。

「おい、今、笑いよったで。コイツも自分の名が気に入っとんや」

無邪気にはしゃぐヨンスクは、それが「天使の微笑《ほほえ》み」と呼ばれる新生児特有の神経の反射作用によるものだとは知らなかった。


ヨンスクはマンスを溺愛した。

「こんなボロアパートでオレの血筋のモンを育てるわけにいかん」

そう言って、ヨンスクは満子に姫路塩町に新築のマンションを買い与えた。３ＬＤＫの豪華マンションだ。毎日訪れて広いリビングでマンスと遊んだ。

二つある寝室のひとつは満子の寝室、もうひとつはマンスの寝室と決められた。どちらの寝室にもダブルベッドが搬入され、マンスがベビーベッドを卒業してからは、父子二人で眠りを摂るようになった。

ヨンスクが執着したのはマンスに言葉を覚えさせる事だった。たったひとつの単語を執拗に繰り返した。

「ええか、マンス。オレはオマエのアボジなんやで。分かるか？　アボジ、アボジや。早うそう呼んでくれやマンスよ。アボジやで」

繰り返し教えた甲斐があって赤子のマンスが拙《つたな》く「ア、ボ、ジ」と発声した時には狂喜した。

それ以前もそうだったが、マンスが片言を喋るようになってからは、夥《おびただ》しい玩具を買い与えるようになった。その度にマンスは、幼心にもそれが分かっていたのであろうか、「アボジ、アボジ」とヨンスクを慕い、ますますヨンスクを喜ばせたのであった。

1

「マンス、晩御飯は何がいい？」

お母ちゃんに訊かれた。

「なんでそんなん訊くん？」

ボクは首を傾《かし》げた。

お母ちゃんと晩御飯を食べてたんやから当然の疑問やろ。

その夜の御飯は白菜と豚バラのお鍋やった。まだ三月になったばっかりで朝晩は肌寒い季節やった。ハフハフしながら食べてた時に訊かれたんや。

「明日からね、お母ちゃんは働きに出るの」

「なんで？」

「アボジが仰《おっしゃ》ったの。マンスも大きくなったから、留守番くらいはできるだろうって。それで私に焼肉店をご用意下さって、明日からそこで働く事になったのよ」

「焼肉ええな。ほな、ボクもそこで手伝いするわ」

「それは無理よ」

お母ちゃんが苦笑した。

「お店は昼前に開店して、終わるのは夜の十時なの。それから後片付けをするのよ。そんな遅い時間までアナタを働かせるわけにはいかないでしょ。マンス、アナタはまだ小学校二年生なのよ」

「来月から三年生やで」

「それでも無理よ。アナタは学校があるのだから早く眠りなさい」

「アボジは？　ぜんぜんマンションに来はらへんし」

以前はボクと添い寝してくれるアボジやった。「マンス、マンス」と、猫可愛がりしてくれた。

そのアボジの態度が今年の初めにガラリと変わった。

前みたいにしょっちゅうにはマンションに来んようになった。

たまに来てもボクの事を無視するようになった。

それだけやない。

前みたいにじゃれつくと、鬱陶しそうにされる。

乱暴に突き飛ばされる。

二月も終わる頃にはマンションに来る事ものうなった。

「アボジもお忙しいのよ。だから私も遊んでばかりはいられないの」

お母ちゃんは微笑んで言うたけど顔は哀しそうやった。

「だからマンスもいい子にして、お留守番をして欲しいの」

そう言うて、「晩御飯は何がいい」と、また訊かれた。

「お母ちゃんが焼肉屋さんするんやったら、焼肉がええな。特選カルビがええわ」

いつかアボジに連れて行って貰うた記憶を思い出して言うた。

「まあ、おませさんね。ホットプレートで焼ける？」

「うん、焼けるで」

自信をもって答えた。

アボジがマンションに通ってた時は、お母ちゃんと三人で、ホットプレートで焼肉したことが何遍もあった。小学校に入ってからは、「ボクが焼く」言うてお肉を焼いて、アボジが頭を撫でて「ええ子や、ええ子や」と、嬉しそうに誉《ほ》めてくれた。

「冷蔵庫に野菜サラダを作っておくわね。ご飯は保温にしておくから、それもちゃんと食べるのよ」

「うん、分かった」

それからお母ちゃんはマンションの合鍵に紐を通してボクの首に掛けてくれた。

ボクはクラスに何人かいる鍵っ子になったんや。


最初の頃は「ただいま」を言うても誰も返事せん部屋が怖く思えた。灯りは点いたままやったけど、最初にボクがしたんはリビングのテレビを点ける事やった。

ダイニングのテーブルには、ホットプレートとお茶碗とお箸とトングが置いてあった。

冷蔵庫からラップされてるカルビの皿とサラダの皿を取り出した。

炊飯ジャーからお茶碗にご飯をよそってからカルビを焼いた。

ボクが特選カルビと言うたから、お母ちゃんが用意してくれたカルビはとても美味しかった。けど、生まれて初めてひとりで食べる晩御飯にボクは胸がいっぱいになった。

お腹やのうて胸がいっぱいになった。

ボクは泣いてしもうた。

涙が溢《あふ》れた。

鼻汁を啜《すす》りながら晩御飯を食べた。

点けっ放しにしてたテレビを、リビングのソファーに寝転がって観た。

そのうちに眠ってしもうた。

「マンス起きなさい。こんなところで眠っていると風邪をひくわよ」

お母ちゃんに起こされた。

「アナタ、泣いていたの？」

「ううん、泣いてないよ」

首を横に振ったけど、あれだけ涙を流したんやからボクの嘘はバレバレやったやろ。

「お風呂は？」

「入ろうと思うたけど、知らん間に眠ってしもうた」

また嘘を言うた。

マンションのお風呂はスイッチポンで入れるお風呂なんや。

そやけど、ひとりで入るんはイヤやった。

テレビの音がせえへんとこで、音がしても画面が見えへんとこで、ひとりになるのがイヤやってん。

「一緒に入りましょ」

お母ちゃんが言うてくれた。

「ご飯はひとりで食べられたのね。それだけでも偉いわよ」

言うてボクの頭を抱き締めてくれた。

抱き締めてくれたお母ちゃんの服から焼肉の匂いがした。

部屋に籠《こも》ってる匂いやなかった。

正真正銘の焼肉屋の匂いやった。

「明日は何を食べたい？」

「明日も特選カルビを食べたい」

「同じものでいいの？」

「そやかて焼肉食べたらお母ちゃんと一緒やと思えるもん」

「マンス……」

お母ちゃんがボクを強く抱き締めた。

微《かす》かに身体が震えてた。

泣いてはる――

声には出さんかったけどお母ちゃんは泣いてはった。

「ごめんね、マンス。アボジの仰る事に私は逆らえないの」

なんで？

と、訊きたかったけど我慢した。

お母ちゃんが涙声やったから訊けんかった。

それからお母ちゃんとお風呂に入って、ボクのベッドでお母ちゃんと眠った。

朝起きるとお母ちゃんの姿が無かった。

慌ててベッドから飛び起きたけど、お母ちゃんはキッチンで朝御飯を作ってはった。

「おはようマンス。すぐにできるから、顔を洗っていらっしゃい」

ニッコリ言うてくれたお母ちゃんは、いつもと変わらへんお母ちゃんやった。

オムレツやな――

バターの匂いがした。

パンが焼ける匂いもしていた。

いつもと変わらんお母ちゃんとボクの朝やった。

ボクは毎日特選カルビをホットプレートで焼いて食べた。
「飽きないの？」
お母ちゃんに訊かれたけど、飽きる事はなかった。
食べたらお風呂にもひとりで入った。
お母ちゃんが誉めてくれるからひとりで入った。
けど、ひとりで眠るんはできんかった。
テレビを観ながらソファーで眠った。
お仕事から帰って来たお母ちゃんが起こしてくれる、
起こしてくれてベッドまで抱っこしてくれる、
ボクが眠るまで添い寝してくれる、
ボクは毎晩、お母ちゃんの服に沁み込んだ焼肉屋の匂いに包まれてぐっすり眠った。

小学校ではハミゴにされた。

ボクが先生に口ごたえしたからや。

朝礼の出欠を取るときに「坂本マンスくん」と呼ばれても返事せんかった。

「どうしてお返事しないの？」

女の担任の先生が困った顔で訊いた。

「そやかてボクの名前は朴マンスやもん」

「でも、名簿の名前は坂本マンスくんなのよ」

もっと困った顔で言うた。

「坂本はお母ちゃんの名前やねん。ボクのアボジには朴ヨンスクいう立派な名前があるから、ボクは朴マンスやねん。みんなもお父ちゃんの名前で呼ばれているやん」

「それはそうだけど……」

溜息を吐《つ》いて諦めた顔をした。

それから出欠を取る時は「坂本マンスくん」と呼んでから、ボクがそれを無視していたら「朴マンス」と小さな声で言うてくれた。ボクは右手を真っ直ぐ挙げて「はいッ」と元気よう答えた。


三年生になる前の春休みに同級生の女の子に言われた。

「マンスくん、三年生になるとクラス替えがあるよね」

「うん、あるな」

「今の先生は低学年の担当だから先生も替わるよ」

「知っとるで。男の先生に替わるんやろ」

「そのときには『坂本マンスくん』と呼ばれたら、ちゃんと返事した方がええよ」

「なんで？　ボクの名前は『朴マンス』やで」

「あのね、私、お父さんから言われたの。『朴マンス』という子とは付き合うなって」

「なんで？」

「理由は分からない。でも、クラスの他のみんなも同じような事を言われているんじゃないかな」

自分がクラスのみんなから避けられているのは自覚してた。ボクの事を心配して、その女の子が言うてくれてるんやというのも分かった。

新学年になった。

クラス替えがあったけど、女の子はどのクラスにもおらんかった。

お父さんの転勤で転校してた。

転校前にボクの事を心配して言うてくれたんか――

そう理解した。

考えてみたらクラスのみんなと違うて、時々ボクに声を掛けてくれる女の子やった。

「坂本マンスくん」

「はいッ」

最初の朝礼の出欠で、新しい男の先生に名前を呼ばれた時、誰にも負けん声を張り上げて元気よう答えた。前のクラスメイトや男の先生が驚いた顔をした。

それでもボクはクラスのみんなから距離を置かれた。

それどころか虐めも始まった。

「オマエの髪の毛焼肉臭いな」

「アボジって誰やねん？」

「オマエはパクマンス違うかったんか」

最初は言葉で虐められるだけやった。

「毎晩、特選カルビ食べとるからな。焼肉屋をしとるお母ちゃんが用意してくれるええ肉やねん」

「アボジはお父ちゃんの事やねん。みんなかて、父ちゃんとかオヤジとかいろいろ言うてるやないか」

「朴はアボジの名前やねん。ほんで坂本はお母ちゃんの名前やねん」

言葉には言葉で抵抗したけど、実力行使の虐めには抵抗できへんかった。

上履きに安物のキムチを入れられた、
学生服の背中に『在日』と貼られた、
黒板消しで机と椅子を真っ白にされた、
無言の虐めはどうしようもなかった。

先生に言いつけても「一度お母さんに相談してみればどうだ」と、言うだけやった。

お母ちゃんがＰＴＡに訴えたら、少しは改善されるかも知れへんと言う先生を無責任やと思うた。

そんなん言えるわけないやんか――

お母ちゃんは毎晩遅うまで働いてはるんや――

そんなお母ちゃんの心配事を増やしとうはなかった。

転校した女の子のお父さんは、朴マンスと言うまで返事せんかったボクと付き合うなと言うた人なんや。

ＰＴＡもそんな親の集まりに違いない。

お母ちゃんはボクのために訴えてくれるやろうけど、どんな対応をされるかと考えたら、ボクへの虐めをお母ちゃんに言えるはずなかった。

高学年になるにつれてボクへの虐めはエスカレートした。

給食の配膳当番が、みんなが嫌がるピーマンやタマネギをボクの器に山盛りにした、

掃除当番を押し付けられた、
クラス委員を選ぶ時なんかは、ウサギの世話係に選ばれたボクに、先生までが悪い冗談を言うた。

「坂本、ウサギの世話係はエサをやったり、糞の後片付けをしたりする仕事なんやで」

「ええ、分かっています」

「ウサギを食べたらイカンで」

その冗談にクラスがドッと沸いた。

先生までそうなんやから、どうしようもないわ。


ボクを悩ませる事があった。

「マンス、アナタも来年は中学生でしょ。そろそろ自分のベッドで眠るようにしてくれないかしら」

お母ちゃんにいきなり言われた。

「もう、アナタをソファーからベッドに運ぶ事もできないし……」

「今かて、自分で歩いてベッドに行っているやん」

ボクの身長は一七〇センチを超えていて、頭ひとつ分、お母ちゃんより大きくなってた。

「それはそうだけど、私が添い寝する年齢でもないでしょ。アナタは十分大きくなったのだから、そんなアナタと添い寝したら疲れが取れないのよ」

困った顔で言うた。

本心やないな――

「分かった。今晩からベッドで寝るわ」

ボクはソファーで眠るのを止めて、晩御飯とお風呂に入った後はベッドで眠るようにした。

ボクを悩ませているのはそれだけやなかった。

臭いや。

お母ちゃんのモンでもない、もちろんボクのモンでもない、臭いが部屋に漂うようになった。

煙草の臭い。

ポマードの臭い。

汗の臭い。

懐かしい臭いやったから、ボクはその臭いの正体をすぐに理解した。

アボジの臭いやった。

またウチに来てくれるようになったんか？

そやけど、お母ちゃんがそれを内緒にしているのはなんでやろう？

ボクにベッドで眠るように言うたんも、アボジが来るからなんやろうか？

あれこれ考えたけど、アボジはもう長い事来てないし、それを顔色ひとつ変えんと隠してるお母ちゃんには訊けんかった。

朝起きると、

「おはよう、マンス。もうすぐ朝御飯できるわよ」

いつものようにお母ちゃんが微笑んでくれる。

またあの臭いや――

鮭の干物を焼く匂いと、味噌汁の匂いに混じってあの臭いがする。

「今朝は鮭なんやね」

声を掛けてお母ちゃんのもとに歩み寄った。

いつもはお母ちゃんとボクの二人分やけど、鮭も味噌汁も明らかに多かった。

「来てるん？」

お母ちゃんの寝室のドアに目線を向けて、小声で確認した。

「ええ」

短く答えて頷いた。

「会えない？」

「お仕事でお疲れなの。熟睡されてるわ」

早口で囁《ささや》くように言うた。

「そうなんや」

仕方がないと諦めた。

そのまま朝御飯を食べて登校した。

モヤモヤした気分になった。

やっぱりアボジやったんや――

それを今までお母ちゃんは隠していたんや――

二人で同じベッドに――

そこまで考えて、その先を打ち消した。

もう十二歳になってたボクは、男と女が同じベッドで寝てたら何をするんか知ってた。

週に二回ほど、アボジはお母ちゃんのもとに通って来た。

一度も顔を合わせる事はなかった。

昭和五十九年四月。

ボクは中学に進学した。

＊

金の匂いがするガキが入学して来よった。

坂本マンスとかいうガキや。

同じ小学校から進学してきたワイらのツレのガキの話では、小学校低学年までは「朴マンス」と呼ばれな返事もせんかったガキらしいわ。

「在日か？」

「ええ、オトンの名前が朴ヨンスクとかで」

「在日やったら金持ちの家の子供という可能性もあるな」

「毎日特選カルビを食べとるとか自慢してましたわ」

そのうえ住んどるんが塩町か魚町辺りのマンションらしいと付け加えよった。

「どっちにしても、えらい家賃の高い繁華街やんか」

ちょっと思案して一年のガキに指示した。

「オマエ、この学校の不良グループに入れや」

「なんでですのん？」

「どうせワイら黒里《くろさと》団地のモンはハミゴにされるんや。周りのモンから一目置かれるためには、不良グループに入って箔をつけたほうがええ」

「そやけど井尻《いじり》先輩は――」

「ワイには学校だけやない、もっと大きなバックがおるがな。この学校でワイに逆らえるヤツなんぞおるかいな」

ホンマはそれ以外の算段もあったんやけど、一年のガキに明かす事やなかった。

「ほんで不良グループに入ったら、マンスたらいうガキからカツアゲするように仕向けるんや」

「カツアゲですか」

「せや、金をせびるんや」

「そんなんできますの？」

「できるがな。ええか、小学生やないんやで。中学の不良グループやったら、そんな美味しいガキを見逃すはずがあれへんやろ」

ワイが唆《そそのか》したガキは、一週間もせんうちに不良グループに入りよった。

2

地域の小学校から生徒が集まる中学校は一学年八クラスあって、ひとクラスに五十人の生徒がおった。全校生徒は千二百人のマンモス校やった。

これだけの生徒がおったらボクへの虐めも弱まるやろう――

自分が千二百人のひとりに過ぎない事に漠然とそう考えた。

それが間違いやったと気付かされたんは、中学に進学して二ヶ月経った梅雨入り時季やった。

千二百人もおったら不良もいるし、小学校には無かった不良グループができてた。

いくつかあるグループのひとつにボクは目をつけられた。

雨が上がったある日、校舎の裏に呼び出された。

相手は六人でその内の二人は三年生、残りの三人は二年生やった。

詰襟の学年章でそうと分かった。

ひとり交っとる一年生の顔に見覚えがあった。

親しくした事はないけど小学校の同級生やった。

「コイツに聞いたんやけど」

一年生の肩に手を置いていちばん背の低い二年生が言うた。

「オマエ、本名は朴マンスていうらしいな」

「それはアボジの苗字です」

「今は坂本マンスと名乗っとるらしいやないか」

「それはお母さんの苗字です」

「どっちが本名なんや？」

「どっちも本名です」

「そやけどオヤジさんと母ちゃんの苗字が違うんはおかしないか？」

ガムをクチュクチュさせながらネチネチと質問する相手に嫌気が差した。

二年生と三年生の五人は見るからに不良という感じやったんで我慢した。

「結婚していないから苗字が違うんです」

「するとなんか、オマエの母ちゃんは妾なんか？」

お母ちゃんの事を悪う言われて腹が立った。

「違うわ。結婚でけへん理由があんねん」

ぶっきらぼうに返した。

「ほう、どんな理由やねん？」

返答に詰まった。

「朴いう名前からして、オマエのオヤジは在日やろう。そやから日本人の母ちゃんは結婚しとうないんと違うか？」

「勝手な事ぬかすなや。それが自分らになんの関係があるんじゃッ」

ボクが怒鳴り返したら三年生のひとりが無言で歩み出た。

「それが目上のモンに言うセリフかッ」

いきなり鳩尾《みぞおち》パンチを入れられた。

あまりの痛さに崩れ落ちそうになったボクの両腕を二年生の二人が左右から支えた。

口から涎《よだれ》を垂らすボクの髪を鷲摑《わしづか》みにして、さっきボクにネチネチ言うた二年生がボクの耳元で囁いた。

「確かにオマエの言う通りやわ。ワイらもそんな事には興味ないしな」

「そしたら、なんで……」

「オマエのオヤジ、パチ屋やそうやないか」

「それが、どないしましたん？」

「小遣いも仰山、貰うとるんやないか？」

「知るけッ」

「ちょっと見せてみいな」

いきなりボクの学生ズボンの尻ポケットから二つ折りの財布を抜き取った。

二人の二年生に腕を押さえられたまま、パンチを入れられた鳩尾の痛みもあって抵抗できなんだ。

「大して持ってませんわ」

ボクの財布の中身を確認した二年生が、腕を組んでる二人の三年生に報告した。

「ナンボや」

「千円札が二枚に、小銭ですわ」

二年生が答えた。

三年生がチッと舌を鳴らした。

「とりあえず、全部貰うとくか」

二年生から財布を受け取った三年生が、財布の中身を取り出して、それを学ランのポケットに仕舞い込んだ。中腰になってボクの鼻先で言うた。

「今日のところはこれくらいにしとったる。そやけど次はそうはいかんで。痛い目に合いとうなかったら、それなりの金額用意しとけや」

言いながら、嬲《なぶ》るように、空になった財布でボクの頬っぺたをペタペタ叩いた。


次の日の朝、朝食を食べながらお母ちゃんに言うた。

フレンチトーストとフレッシュトマトのサラダやったけど、いつもなら感じる甘みもバターの香りも、ボクは全然感じへんほど緊張してた。

「お小遣い欲しいねんけど……」

おずおずと切り出した。

ボクには決まった額のお小遣いがなかった。

それでも不自由せんかったんは、欲しいと言うたらお母ちゃんがすぐにくれるからや。いつも二千円か三千円、ボクが何を買いたいか訊いてお小遣いをくれるお母ちゃんやった。

「いいわよ。何を買いたいの？」

エプロンからガマグチを取り出しながらお母ちゃんが言うた。

「図鑑を買いたいねん」

「図鑑って？」

「生物の図鑑」

「どんな図鑑かしら」

「動物や鳥や魚や……それから昆虫とか、爬虫類も……全部で五巻あるカラーの図鑑やねん。それで生物の勉強をしたいねん」

前の晩に考えてた事を口にした。

「学校の近くの本屋さんで見て欲しくなったんや」

嘘を重ねた。

確かにその本屋さんは三階建ての大きな本屋さんやけど、生物図鑑が置いてあるのかどうかは知らへんし、そんなモンに興味は無かった。

「いくらくらいするのかしら？」

「一万円くらいするんと違うかな」

二千円と小銭でボクは不良に絡まれた、次はこんな金額で済まさんと言われた、痛い目ェに合いとうなかったら、もっと用意しろと脅かされた、一万円やったらアイツらも納得しよるやろ――

カツアゲされた夜にそう考えたんや。

そやけどその次は、同じくらいか、もっと大きな金額を要求されるな――

そんな想いもあったけど、その時はその時やと割り切った。

もしその図鑑を見せて欲しいとお母ちゃんに言われたらどうしよ――

そんな心配もあった。

生物部に入って部室でみんなと勉強しとることにしたらええやんか――

自分でもビックリするくらい、悪い考えは次から次へと浮かんだ。

アボジがマンスやいう名前つけたんが悪いんや――

朴ヨンスクいうアボジの名前が悪いんや――

お母ちゃんの事を妾やと言われてボクは抵抗したんや――

灯りを消したベッドの中でそんな事をあれこれ考えたボクやった。

「それじゃ、これでは足りないわね」

お母ちゃんが取り出したガマグチをエプロンに戻して自分の寝室に消えた。

しばらく待たされて、寝室から出てきたお母ちゃんが手にしてたんは聖徳太子の一万円札やった。

「これで足りるかしら？」

「足りると思うで」

「買ったらお母さんにも見せてね」

「生物部で使うから持って帰られへんねん」

「アナタ生物部に入ったの？」

「うん、友達に誘われて……」

これ以上訊かんといて――

焦った。

そんなボクにお母ちゃんは一万円札を渡してくれた。

「ちょっと汚れているけど、使えないわけじゃないのよ。これでお買いなさい」

あっさりと渡してくれた。

「さ、それじゃ食べましょう。朝はしっかり食べないとダメよ」

促された。

一万円札を自分の財布に仕舞うとバターの香りを感じるようになった。

口に含んだフレンチトーストはとろけるほど甘かった。

ミニトマトのサラダも全部食べたボクは「行ってきます」と、元気よう言うて部屋を出た。

道路に出ると梅雨寒の空はどんよりと曇ってた。


またカツアゲされた。

前と同じ校舎の裏に連れて行かれた。

ボクが大人しく差し出した一万円札を当然のように受け取ったアイツらは「次回は六月末や」と、言うて立ち去ろうとした。

「ちょっと待てやッ」

ボクの声にアイツらが一斉に振り返った。

「待って下さい」

言い直した。

「どないしたちゅうねん？」

例のコンマイ二年生が一歩前に出た。

「一万円札なんですよ。聖徳太子なんですよ」

哀願する声で言うた。

「それが？」

「普通の中学生が持ってるお金やないでしょ」

訴えた。

「オヤジがパチ屋やから持っとんやろ」

軽く往なされた。

「ボクはこれからも、毎月一万円払わなアカンのですか」

涙声になった。

「その一万円札はアボジの、いえ、お父ちゃんの金やないんです。お母ちゃんが夜遅うまで働いて、やっと稼いだ一万円なんです」

「オマエの母ちゃん何をしとるねん？」

二年生の隣に踏み出した三年生に訊かれた。

「焼肉屋ですけど……」

「コイツ小学生の時は、毎日特選カルビを食べとるて自慢してましたわ。コイツの母ちゃんが焼肉屋をしているとかで」

二年生、三年生の後ろに隠れてた元のクラスメイトの一年生が言うた。

自慢していたわけやない。

ボクの髪の毛が臭いと言うた同級生に「毎日特選カルビ食べとるからな」と言うてやっただけや。

その言葉にみんながざわめいたけど、さすがに二ヶ月もカルビが続くと飽きてしもうた。

それからはハンバーグや鯖の味噌煮や、他にもいろいろお母ちゃんは作ってくれるようになってた。

特にボクが好きやったんはハンバーグやった。

「なんやとッ」

三年生が驚いた声を上げた。

「毎日特選カルビを食べとんかッ」

言うてから腕組みをして考え込んだ。

「ほな、月に一万円では足りんのう。来月から三万円もらおうか」

「さ、三万円！　そんなん無理に決まってますやん」

「なんが無理やねん。ワイもオヤジに連れられて焼肉行った事あるけど、特選カルビなんぞ一度も喰うた事がないわ。それを小学生から毎日食べとったやと。罰金やと思うて払わんかいッ」

「罰金てなんやねん。そんなアホな話聞けるかッ」

「誰がアホやねん」

三年生がボクの近くに戻った。

それに二年生も一年生も続いて、ボクは六人に囲まれてしもうた。

「先生に言い付けたる」

三年生の目を睨んで言うた。

「オマエらにカツアゲされたことを訴えたる」

いきなりパンチを飛ばされた。

今度も鳩尾やった。

パンチした三年生に飛び掛かろうとしたら、周りから四人の二年生に身体をがっしりと摑まれた。

身動きがとれんようになった。

「また殴られたいみたいやな」

ボクの鳩尾にパンチを叩き込んだ三年生が、もうひとりの三年生に言うた。

「そやな。そやけど顔に傷を付けたり、骨を折ったりしたら後々面倒やで」

そう言うて、もうひとりの三年生もボクのお腹にパンチを叩き込んだ。それからボクは、拳骨や平手で、首から上を除く上半身や太腿を叩かれまくった。

もうアカン――

諦め掛けた時にぶっとい声がした。

「ゴラァ、オノレら何をしてけつかんねん！」

ボクを嬲《いたぶ》る手が止まった。

「なんや、井尻か」

三年生の言葉に、ボクを摑んでいた二年生と一年生の力が弱うなった。

「オマエには関係のないこっちゃ。ほっといてくれんか」

「そうはいかんねん。そいつはワイのマブダチやからな」

二人の三年生が一歩後ろに下がった。

それに合わせてボクを摑んでいた二年生も手を離した。

支えを失ってよろけて倒れそうになったけど、なんとか踏み止まった。

呼び出された校舎の裏は土の空き地で、連日の雨で水溜りもあって、転んだりしたら泥塗れになってしまう。

視線を上げて不良らに声を掛けた相手を見た。

学年章で二年生やと分かった。

学生服がボロかった。

詰襟にカラーもなかった。

「井尻のマブダチかいな。ほな、今日のところはこれくらいにしとったるわ」

三年生が吐き捨てた。

不良らは逃げるようにその場を後にした。

二年生の男子が、三年生を含む不良らを退散させよった——

驚きを覚えた。

それ以上に、井尻という男子を警戒した。

友達どころか、話した事もない相手やった。

アイツら以上の不良かも知れへん——

警戒して当然やろ。

「エライやられよったな」

笑みを浮かべてボクのもとに歩み寄った。

「たいしたことおませんわ」

強がって言うた。

「それより、アンタ誰ですの？　なんでアイツら名前聞いただけで尻尾巻いて逃げよりましてん？」

「オマエと同じように差別されとるもんや」

「差別？　ボクは差別されとるんやのうて、虐められとるだけですけど」

「原因と結果や」

よう分からない事を言うた。

「差別が原因で、その結果が虐めやないか」

なんとのう理解できた。

「ほな、アンタも在日なんですか？」

「ワイは違う。別の理由で差別されてた」

「されてた、という事は今はされてないと……」

「今もされとる。されとるけど、オマエみたいに虐められてはおらへん」

「どうしてでしょ？」

「ワイの仲間らがアイツらは怖いねん」

立ち話もなんやからと、井尻という男子に言われて、校舎裏に放置されてた壊れかけのベンチに並んで座った。

「坂本マンスくんやったな。ワイは井尻信昭《のぶあき》いうねん」

「井尻さんはどうして虐められないんですか？」

「ノブさんでええで。ワイもオマエのことをマンちゃんて呼ぶからな」

「それじゃノブさんはどうして虐められないんですか？」

「仲間や」

「仲間？」

「アイツらは、ワイの仲間が怖いねん」

「三年生でも？」

「三年生どころやない。高校生でも、それより上の町中の不良でも、ワイらの仲間を怖がって、喧嘩は避けよる」

やっぱり不良なんや――

高校生より上の不良でさえ怖がるほどの不良なんや――

そう理解した。

「マンちゃんもワイらの仲間に入らへんか？」

「いえ、ボクは……」

「やっぱりダチやなかったわってワイが言うたら、アイツらにまたやられるで。今回の事があるし、のうてもアイツら月に三万円要求しよったやないか」

立ち聞きしとったんか——

それもボクがやられ始めるだいぶん前からやんか——

考え込んだ。

井尻という男子の言う通り、アイツらは図に乗ってカツアゲを続けるやろう。

「仲間になるためにはどうしたらええんですか？」

なる気はなかった。

念のために訊いてみた。

「月に十万円のミカジメ料を払うてくれたら仲間にしてやるがな」

やっぱり不良や——

いや、不良どころの話やない。ヤクザやないか——

「大金過ぎますわ」

苦笑しながら言うた。

顔が引きつって苦笑できんかった。

「ワイらヤクザと違うで」

図星を指された。

「まぁ、ヤクザでも怖がるし、ヤクザになっとる仲間もいてるけどな」

相手が苦笑した。

背筋が冷とうなるような苦笑やった。

「自分で稼げる金額でもないし、そんなんお母ちゃんにも、よう言いませんわ」

ヘラヘラと笑うた。

一秒でも早う逃げたかった。

「そらそうやろ。お母ちゃんに言うて納得して貰える金額やないのは百も承知や。心配せんでええ。今度の日曜日、ワイがマンちゃんち行って、お母ちゃん納得させたるさけぇ」

「お母ちゃんを脅すんですかッ」

「おいおい、人聞きの悪い事を言うなや。脅したりせえへん。納得させると言うとるやないか」

「そやけど……」

「心配すな。マンちゃんのお母ちゃんかて、必ず納得してくれよる。説得はワイに任したらええねん」

ボクの肩に腕を回した。

そのまま住所を訊かれて、ボクは塩町のマンションの部屋を告げてしもうた。

「ええとこに住んどんな。よっしゃ、焼肉屋をしてるマンちゃんのお母ちゃんが家にいてるんは何曜日なんや」

「午前中は家にいます。焼肉屋に休みはありません」

訊かれるまま喋ってしもた。

「ほな、次の日曜日の朝にマンちゃんの部屋訪ねるわ」

「お母ちゃんの都合を訊いてみないと……」

「要らん心配せんでええ。友達が来ると伝えてくれたらええんや」

ボクの肩をポンポン叩いて笑顔を見せた。

その笑顔にも背筋が寒うなった。

唯一の救いと言えるんは、土曜日の夜にはアボジが家に来ん事やった。

日曜日はボクが家に居るからアボジは来ないねん。

アボジまで厄介事に巻き込まんで済む事が、唯一といえば唯一の救いに思えた。

永い事アボジと顔を合わせたことはなかった。

理由が分からんまま、アボジに嫌われてた。

こんなヤツ、アボジに会わせたらホンマに嫌われてしまうわ——

優しかった頃のアボジの記憶があるボクはそう考えた。

＊

ワイの思い通りに事は進んだ。

一年生のツレを唆しただけやない。

不良グループにも因果を含めた。

いくらなんでも、カツアゲをするような連中やあらへん。あれこれ調べたら、朴マンスの父ちゃんはパチ屋やった。その情報を奴らに吹き込んで、「一万円くらいやったら余裕で出しよるで」と、言うてやった。

「そやけど、そんなんしたら退学になりませんか？」

グループのリーダの三年生が不安げに言うた。

不良のくせに肝の据わっとらん奴やった。

「なるかいな。中学は義務教育やで。そうそう簡単に退学になるはずがないやろ。繰り返しカツアゲしたらあぶないかも知れへんけどな」

「そやけど……」

それでもビビっとる相手に言うてやった。

「カツアゲした金はオマエらの自由にしたらええんやで」

3

約束の日曜日。

いつものようにお母ちゃんと朝御飯を食べてたら玄関のチャイムが鳴った。

「あら、誰かしら?」

「友達が来たんや」

真っ先に玄関へと走り寄った。

ヤクザみたいな連中と一緒に来たんと違うやろうか——

その事を心配した。

玄関のドアを開けると雨の匂いがした。

井尻がひとりで立ってた。

少しだけ安心した。

学校で会うた時と同じボロな学生服で、骨の折れたこうもり傘の先から雨の雫《しずく》を垂らしてた。

学生服もかなり濡れてた。

いまさらやけど、井尻はボクよりかなり背が低い。

お母ちゃんより低いくらいや。

ボクは廊下に立っているし、三和土《たたき》に立っている井尻との身長差は余計や。

こんなコンマイ奴、ひとりならやれるかもしれへん――

そんな事まで考えたくらいや。

低い位置から睨《ね》めあげるように「来たで」と言われ、ボクの想いは消し飛んだ。

「お友達が来られたの？」

奥からお母ちゃんが出てきた。

「こんにちは。井尻信昭と申します。せっかくの日曜日にお邪魔してすみません」

ずいぶんと丁寧な挨拶をする井尻にお母ちゃんが恐縮した。

「これはご丁寧に。マンスの母親の満子と申します」

両手を膝の上に揃えて挨拶を返した。

「こんなところではなんですので、どうぞお上がり下さい」

「それではお言葉に甘えまして」

靴を脱いだ井尻は裸足やった。

玄関マットで足を拭いた。

スリッパを履いた。

「おや、お食事中でしたか」

「もうすぐ終わりますので、リビングのソファーでお待ちください」

なんかお母ちゃん変や――

そう感じた。

友達と紹介した相手を大人みたいに扱うて言葉遣いも中学生に対するモンやない。

そやけどボクはなんとのうやけど、その理由が分かった。

二人の間に漂う空気が違うねん。

ボクの知らんバチバチする空気やってん。

「お母ちゃん、ボクもうええわ」

食欲が無くなってお母ちゃんに言うた。

「そう？　だったらお友達とソファーで待ってて。私は食事を片付けて飲み物の用意でもするから」

声が冷たかった。

「ほんとうにお気遣いなく」

応接テーブルを挟み、井尻と向かい合う格好で座った。

身を乗り出して小声で言うた。

「ずいぶん態度が違いますね。言葉遣いも」

「ワイは大人やからな」

井尻も身を乗り出して小声で答えた。

キッチンからコーヒーの豆を挽く音がした。

インスタントコーヒーでええのに――

ボクは本格的なコーヒーよりインスタントコーヒーの方が好きや。

普段お母ちゃんは自分のためだけにコーヒー豆を挽く。

「フレッシュとお砂糖はどうなさいます？」

キッチンから声がした。

井尻が返答した。

「私はブラックが好みですので」

私？　ワイと違うんか――

お母ちゃんがトレイにコーヒーセットを載せて現れた。

「お口に合えばいいのですが」

井尻とボクの前に置いた。

ボクのソーサーには角砂糖とフレッシュが添えられていた。

井尻がソーサーごとカップを持ち上げてコーヒーに口を付けた。

ひと口啜って言うた。

「なかなか良い豆をお使いですね」

ボクはコーヒーに角砂糖とフレッシュを入れて飲んだ。

やっぱり苦かった。

インスタントコーヒーの方が美味しいわ――

思っただけで口にはせんかった。

「生物部の先輩でいらっしゃるの？」

お母ちゃんの言葉に井尻が首を傾げた。

「生物部？」

「うちの子が生物図鑑を買いたいと言っていたので」

ああ、あれか――

カツアゲされた一万円札を、生物図鑑を買いたいとお母ちゃんに強請った事を思い出した。

「それは……」

口籠った。

井尻が割って入った。

「もしかしてアイツらにカツアゲされた一万円なのか？」

要らんこと言いやがって——

「マンス、カツアゲってどういう事なの？」

お母ちゃんが声を尖らせた。

「お母さん。マンスくんを責めないであげて下さい。彼は質の悪い上級生らに虐めにあっていたんですよ」

「虐めに……」

「ええ、マンスくんは小学生の時から、クラスメイトに排斥されていたそうです。自分のお父さんの事をアボジとか言うものですから。それが中学に進学してから不良グループに目を付けられまして。お母さんであれば、その理由がお分かりになるかと」

お母ちゃんが言葉を詰まらせた。

「まさか……」

「そうです。在日だという理由で虐められていました」

断定した。

「それを井尻くんが助けてくれたんだよ」

堪らなくなって口添えした。

「そうでしたか。アナタも」

「いいえ、私は在日ではありません。貧乏ゆえに蔑まされてきました。でも今は、私のことより、マンスくんの事が大事です。このままにしておけば、マンスくんは、また不良連中に虐められ、金銭を求めるでしょう。連中の要求は益々過激になるのに違いありません」

「私が校長先生に掛け合います」

お母ちゃんが鼻息を荒くした。

ソファーから立ち上がらんばかりの勢いやった。

逆に井尻はソファーに深々と背中を沈めた。

「それはどうでしょ」

「そんな悪い子は退学にしてもらいます」

お母ちゃんの勢いが止まらへん。

「冷静になって下さい」

井尻が宥めた。

「中学は義務教育なんですよ。そうそう簡単に退学にはできないと考えますよ」

それに、と加えた。

「退学になった理由が、在日の母親からの抗議だったと知ったら、父母たちはどう考えるでしょう。退学になった者たちの父母だけではありません。その他の父母たちが、自分たちの子供たちにどんな吹き込みをするか、その事も考えるべきではないでしょうか?」

お母ちゃんが萎えた。

言うた。

「私たち母子はどうしたらいいんでしょ。何も悪い事はしていないのに……」

目が潤んでた。

「ひとつのご提案だとお聞きください。方法がないわけではありません」

「それはどういう？」

「マンスくんを私たちのグループで保護するのです。そうすればマンスくんを虐める者はいなくなります」

「そやで。ボクを虐めてた三年生らかて、井尻くんのひと声で、すごすご引っ込んでしまいよったもん」

　ここぞとばかりに口を挟んだ。

「グループとはどういう事でしょうか？」

「難しくは考えないで下さい。私たちの仲間になって下さればいいだけです。ただしそのためには、何がしかの協力金が必要になります」

「具体的に言ってください」

　お母ちゃんが姿勢を正した。

「月に十万円の協力金をお納め願いたいのです。私たちは全力でマンスくんをお守りいたします」

　お母ちゃんが足元に視線を落とした。

　項垂れているんやのうて真剣に考え込んでる眼差しやった。

「分かりました」

　ソファーを立ち上がった。

「マンス、いらっしゃい」

　寝室に伴われた。

「ここで見ていなさい」

　クローゼットの前で待つように言われた。

お母ちゃんは四つ這いになってクローゼットの奥に潜り込んだ。

中から頭陀袋《ずだぶくろ》を引っ張り出した、
頭陀袋の口を開けてボクに見せた、
思わず声が出そうになった、
頭陀袋の中にはたくさんの紙幣が何枚かずつ、輪ゴムで止められてた。

「私のヘソクリなの」

床に正座の姿勢でボクを見上げてはにかんだ。

「なんでヘソクリなんか……」

「焼肉屋で働いているけどお給料は頂けないの」

儲かったお金はアボジのモンになると言うた。

「それだけじゃないのよ。焼肉屋の名義も、このマンションの部屋の名義も全部アボジのものなの。だからアボジに隠れて売上金を盗んでヘソクリをしているの。悪いお母さんでしょ」

お母ちゃんがヘソクリしている事よりお給料も貰えんで働かされている事に驚いた。

それだけやない。

お母ちゃんに休みも許さんで働かせ、その手当も払うてないアボジに腹が立った。

身勝手やと思うた。

憎しみを感じた。

許さへん気持ちになった。

「ほな、生活費はどないしてんの？」

抗議する言葉はお母ちゃんやのうて、アボジに向けられたもんやった。

「光熱費とかは、アボジが払って下さっているわ」

「食費もいるやん」

「それも私のヘソクリでなんとかしているの。私がお店の売り上げを誤魔化している事を、アボジが見て見ないフリをして下さっているのも、それがあるからでしょうね」

はにかんで言うた。

「でもまさか、これほどの金額を誤魔化しているとは考えてもいないでしょうけどね」

頬を紅う染めた。

「服とかは？」

「アナタの着るものは、その都度お願いしてお金を頂いているの」

「お母ちゃんのは？」

「お店で着る割烹着は草臥《くたび》れたら、新しいものを支給して下さるわ。それ以外は、昔買った普段着を……。でも、お母さんはアナタと違って、これ以上、体が大きくなったりしないから、新調する必要もないでしょ」

化粧品は？

石鹸やシャンプーは？

コーヒー豆は？

後から後から訊きたい事が浮かんだ。

それと同じくらい、アボジに対する憎しみが浮かんだ。

何も言えんかった。

「これをお友達にお渡しなさい」

お母ちゃんが頭陀袋の中から輪ゴムで止めた一万円札の束を差し出した。

「ちょうど十万円あるわよ」

「でも……」

「遠慮しなくていいの。この袋の中のお金はね、マンス、アナタのために貯えているお金なの」

「ボクのために？」

「ええ、アナタの将来のために貯めているお金なの。だからアナタが好きに使ってもいいのよ」

ボクの将来？

そんなん一度も考えた事がなかった。

「さ、お友達を待たせたら悪いわ。すぐに持ってお行きなさい。お母さんはこの袋が見つからないよう、クローゼットの奥に隠さなくてはいけないから」

誰に？

考えるまでもない。

見つからへんようにする相手はアボジやろ。

クローゼットの奥に消えたお母ちゃんを後にしてリビングルームに戻った。

井尻が足を組んでコーヒーを飲んでいた。

「これ」と、井尻に輪ゴム止めした一万円札の束を渡した。

受け取った井尻が「えらい香ばしい匂いのする札やのう」と、嬉しそうに言うた。

そない言うたら――

思い出した。

カツアゲされた一万円札も汚れていた。

あれは焼肉のタレの汚れやったんか――

応接テーブルを挟んでソファーに腰を下ろしたボクの目の前で、井尻が指に唾を付けて札を数え始めた。一回数えて、二回目を数えているところでお母ちゃんがリビングルームに戻った。

「十万円ありましたか？」

二回目を数え終わった井尻にお母ちゃんが問うた。

「ええ、確かに」

「今後月々のお支払いが値上がりする事はあるのかしら？」

「絶対におまへん。そんなんしたらお互いの信頼関係にヒビが入りますやん。特に銭の約束事に関して、ワイらは絶対に約束を違《たが》える事はおまへんさけぇ」

ワイら？

金を手にした途端、言葉遣いまで変わっとるやないか――

「念のためにお住いの場所を教えて頂けるかしら？」

「黒里団地です。お見受けしたところ言葉遣いが関東の方のようですけど、ここいらで黒里団地いうたら、みんな知っとる場所ですわ」

「分かりました。黒里団地なら私も知っています。もちろん訪ねた事はありませんが。貧困者救済団地なんでしょ。アメリカなんかでは昔からあったみたいですけど、日本でも最近各地にできているそうですね」

「そうです。貧乏人が集められとる団地です。そやけど舐めたらあきまへんで。世間から爪弾きにおうてるぶん、仲間内の結束は固いもんがありますねん」

「ずいぶんお安い労賃で働いて下さる方がいらっしゃるんでしょ。私の店でもお願いしようかしら。

とは言っても、接客は無理でしょうから、お店周りの清掃とかになりますけどね」

二人の会話が変わった。

井尻はいつもの調子に戻ったし、お母ちゃんは険のある言葉遣いになった。

「どうやらワイは目障りみたいですから、お暇《いとま》さしてもらいますわ」

ソファーを立って、学生服のズボンのポケットに十万円の束を捩じ込んだ。

「ほな、さいなら」

頭も下げんとリビングルームを後にした。

「マンス、お見送りはいいのッ！」

後に続こうとソファーを立ったボクにお母ちゃんが言うた。

「それより、少し話があるからお座りなさい」

言われてソファーに座り直した。

玄関のドアが閉まる音がした。

立ったままで玄関に続く廊下を睨んでいたお母ちゃんがボクの隣に座った。

「さっきも言った事だけど、あのお金は全部アナタのものなの。だからこれからは必要な時は、勝手に使ってもいいのよ」

「そんなん言うてもあんな大金……」

「さっきの子に毎月十万円払わなくちゃいけないんでしょ。そのお金も自由に取り出していいの」

お母ちゃんがボクの頭を抱っこした。

「でも、これだけはお願い」

囁くように言うた。

「二度とあの子をここには呼ばないで欲しいの。不気味だわ」

「そうかなぁ」

「これだけは約束して欲しいの、お金を渡す以上のお付き合いはしないでちょうだい。あの子だけでなくて、あの子の仲間の人たちともね」

なんでなん？

疑問で頭がいっぱいになった。

それを口にすることができんかったボクは「うん、分かった」と、お母ちゃんの腕の中で答えるしかなかった。

＊

とりあえず十万円は手に入れた。

「今後月々のお支払いが値上がりする事はあるのかしら？」

オバハンは念を押した。

さすが苦労人やと誉めてやりたいけど、深慮遠謀に欠けとるわ。それがオバハンの限界なんやろうな。

確かに十万円は中学生のワイにとっては大金やけど、見据えとんはもっと先の事や。

骨の髄までしゃぶったる——

ワイはそない考えとってん。

そやけど未だその時機やない。

生涯を掛けた金づるを見付けたんや。

それはオバハンだけやない。

本命はパチ屋のオトンや。

マンちゃんのバックには途轍もない金脈が控えとんや。

しゃぶり尽すんのんには何年もかかるやろ。

十万円は鼻糞みたいなモンや。

毅然としとったオバハンやったけど、さすがにワイの思惑までは読み取れへんみたいやったようや。そやけどワイの不気味さは感じてたみたいやったな。

その点では、ワイもまだまだ修行が足らんわ。

こなれてへんわ。

相手の懐にすんなりと入れるようにせなアカンと反省したわ。

4

お母ちゃんとの約束をボクは次の日の月曜日に破ってしもうた。

どうしてお母ちゃんが井尻からボクをあれほど遠ざけるんのか、それが納得できんかったのや。

昼休みに井尻を探した。

二年生のどのクラスにも井尻の姿が見付からへんかった。

「ちょっとすんません」

廊下の窓からお弁当を食べてた二年生の女子に訊ねた。

「井尻さんってどのクラスなんでしょ？」

「井尻くん――」

訊かれた相手が明らかに警戒する目をした。

「井尻くんやったら、屋上にいてるわ」

その言い方に引っ掛かるモンがあったけど、お礼を言うてボクは校舎の屋上に昇った。

屋上のコンクリートに胡坐《あぐら》を掻いて、十人くらいの生徒が輪になって弁当を――弁当というても大きなオニギリやけど、それを黙々と食べていた。

梅雨の空はどんよりと曇っていた。

屋上のコンクリートは今朝方の雨で濡れとった。

それに構いもせんと生徒らは直に座っとった。

堪らん湿気やった。

二人の女子生徒もいた。

みんな髪の毛はバサバサで着てる制服もボロかった。

グループのひとりがボクに気付いて声を掛けて、全員が一斉に顔を向けた。

その中に井尻の顔もあった。

立ち上がり、ズボンの埃を叩いて井尻がボクの方に歩み寄って来た。

「どないしたん?」

「井尻さん……」

「おいおい、もうワイらは他人やないねんからノブさんでええで」

手ェに齧《かじ》り掛けのオニギリを持ったまま言うた。

「なんでこんなとこで……」

「ワイら男子は平気なんやけど女子がな、オニギリだけの弁当見られるんが恥ずかしい言うて、ここで一緒に食べてんねん」

納得した。

オニギリは大きいだけやのうて麦飯やった。

「それをわざわざ見に来たんか?」

「いやそうやないんですわ。ボクのお母ちゃんが井尻、いやノブさんと親しくなるな言うて……」

「まぁ、普通の親ならそう言うわな」

意に介さへん風に井尻が納得した。

ボクは小学生の時から在日差別を受けていて、それをあえて気にしてへんフリをしてたけど、やっぱり肩身の狭い思いをして来た。その事に触れられるんが本心からイヤやった。

「お母ちゃんがな、井尻くんの後ろ盾があったら、もう二度とボクが虐められる事はないやろうて言いよんねん。なんで中学二年生の井尻くんにそんな力があるんかと不思議に思うて訪ねて来たんよ」

「そうか。マンちゃんのお母ちゃん、黒里団地の地名は知ってたもんな」

「そんな凄い団地なん？」

「いっぺん来てみるか？　次の日曜日に案内してやるわ。マンちゃんの家まで迎えに行ってやるさけぇ」

「けどお母ちゃんが……」

「昼には焼肉屋に出勤しよるんやろ。物陰から見といて、マンちゃんのお母ちゃんがマンション出たら、ピンポンするがな」

「それやったら……」

どんどん井尻のペースで話が進んだ。

お母ちゃんの言いつけに背く罪悪感もあったけど、ボクはどうしても井尻という人間と、黒里団地の秘密を知りたかった。

「それオマエの弁当か？」

ボクの手元のランチボックスを指差して言うた。

「そうやけど……」

一緒に食べる事もあるかと持って来たランチボックスやった。

「ほな、ワイらと食べような」

「それは……」

迷った。

迷ったんはボクの弁当がかなり豪華やからや。

少なくとも、麦飯のオニギリを頬張っているあの人らの弁当と比べたら雲泥の差があった。

あの人ら気を悪くせんやろうか――

「遠慮する事はない。ワイら仲間やんか。あの中にはマンちゃんと同じ一年も居てるけど、三年も居てるんや。顔を覚えて貰うて悪うはないやろ。マンちゃんが誰かに絡まれたりしたら、助けになってくれよるで」

背中を押されてグループに加わった。

「一年の朴マンスくんや。質の悪い奴らに虐められとってな、ワイが助けたってんけど、これからみんなも力になってやってくれや」

自己紹介された。

舐めるように見られた。

「在日か？」

三年の学年章を着けた目付きの鋭い男子が訊ねた。

「そうやねん。それで虐められとんねん」

井尻はタメロやった。

井尻の隣に胡坐を掻いて座った。

ランチボックスを開けるとどよめきが広がった。

その日のボクのオカズは、卵焼きとタコさんウインナーと豚肉の生姜焼きとレタスやった。ご飯はもちろん白米で、それにノリタマのフリカケを振ってあった。

全員の目が釘付けになった。

「美味しそう」

溜息を吐くように言うたんは、向いに女座りしている女子やった。

セーラー服の襟に縫い着けられた白線で一年生やと分かった。

その白線も黒ずんでた。

「良かったら、ひと口食べる?」

ランチボックスのオカズ入れを押し出した。

卵焼きを指で摘まんで口に入れた。

モグモグしてから空を見上げて言うた。

「あまーい。こんな甘い卵焼き食べたんは生まれて初めてやわ」

「オレもええか?」

三年の男子に訊かれた。

「ええ、どうぞ」

ボクが答えた。

「オレも」

「ワイも」

「アタシも」

四方八方から手が伸びた。

「おい、おい。そんなんしたら、マンちゃんのオカズが無うなるやんか」

井尻が注意してくれたけど「大丈夫やで。ボクはノリタマご飯だけで十分やから」と言うて、オカズ入れはたちまち空になってしもうた。

みんな臭かった。

ボクのランチボックスのオカズ入れに群がる連中はそれぞれが、それぞれなりの臭いがした。

体臭であったり。

口臭であったり。

腋《わき》臭《が》であったり。

アンモニア臭であったり。

どぶ臭であったり。

知らん臭いもあった。

風のそよぐ屋上やというのに、ボクは堪らん臭いに吐き気を覚えた。

それらをまとめて、貧乏の臭いやとボクには思えた。

＊

マンちゃんを黒里地区に伴った。

梅雨の晴れ間の蒸し暑い日やった。

「三軒長屋いうやっちゃ」

訝しげな目をしとったから教えたった。

「三軒長屋？」

「ボロイ家が三軒ずつ並んどるやろ」

「あれで三軒分なん？　ボクはてっきり……」

一軒分と思うとったみたいやな。

「八畳一間に台所の一軒家や。ワイはオカンと二人暮らしやけど、親子五人暮らしとる連中もいてるんや。安いからしゃぁないけどな」

驚いとるマンちゃんに追い打ちをかけたった。

「便所もないねん」

「え、え、え、ほしたらトイレは……」

「この突き当りにポットン便所があんねん。それを団地の皆全員で使うねん」

「全員て……」

「軽く二百人はおるやろうな」

「二百……」

「男は立ちションや。婆さんらも立ちションしよるわ」

「――――」

想像でけへん顔で絶句した。

「電気もないねん。もちろんプロパンもあらへん。煮炊きは七輪ですんねん。それとな、水道もあれへん。そやから風呂もない。風呂は銭湯で済ますんや。けどな、ゼニがないから毎晩は入られへん。週に一度か二度、月に一度という連中もいてるわ」

マンちゃんがなんかを納得した顔をした。

それでええんや――

訊かんでも分かる。

マンちゃんが納得しとんは、ワイやワイらのダチの髪の毛ェがボサボサで、体臭がきつうて、着てる服もヨレヨレやった理由を納得したんやろう。

それでええんや――

マンちゃんを連れて来た目当てのひとつは、ホンマモンの貧乏がどないなモンか、世間知らずのマンちゃんに知らせたるためや。貧乏、舐めたらアカンと思い知らせるためなんや。

マンちゃんのオカンにしても、苦労しとるみたいやから、黒里団地の事は知っとるようやったけど、まさかこれほどのモンやとは想像もしとらんやろ。

「ずいぶんお安い労賃で働いて下さる方がいらっしゃるんでしょ。私の店でもお願いしようかしら。とは言っても、接客は無理でしょうから、お店周りの清掃とかになりますけどね」

あのオバハン、しらッとそんな事を言いよった。

性根の芯からワイらを馬鹿にしくさった上から目線やった。

マンちゃんの足が止まった。

「あれは？」

目線の先には井戸端会議をしとるオバハンらの一群がいよった。

「洗濯や洗いモンをしとるオバハンらや」

水道がない団地では井戸が水道の代わりになる。赤子を背負ったオバハンや、オバハンらの横で指をしゃぶっとるガキらや、賑やかにはしとるけど、手ェは動いとる。

オバハンのひとりがワイに目を留めて立ち上がった。

「井尻さん、お友達とご一緒ですか」

首にかけた汚れた手拭いで口元を拭いながら言うた。

「はい、朴マンスくんです。この子が例のお金を寄付してくれたんです」

ワイの言葉にオバハンらが一斉に立ち上がった。

全員の視線が集まった。

「寄付て？」

「マンちゃんに都合してもろうた十万円やがな。ワイはな、あれを全部ここの人らに配ってんねん」

「配ってるって？」

「千円札に両替してな」

会話しとるワイらのもとにオバハンのひとりが早足で駆け寄った。

マンちゃんに深々と頭を下げた。

「町内の婦人会長をしとる仙石美和と言うモンだす。この度は、この貧乏団地に多大な寄付を頂きありがとうございます。頂いたお金は、それぞれの家庭の事情で、過不足のないよう分配さして貰うてます。ホンマになんとお礼を言うてええやら」

言うて、もっぺん深々と頭を下げよった。

「はぁ、どうも」

どない答えてええんか分からん風のマンちゃんが、オバハンにちょこんと頭を下げた。

団地からの帰り路。

マンちゃんが感心した声で言うた。

「ボクの十万円、団地の人らの役に立ってたんやね」

「せやで。仙石のオバハンも言うとったけど、マンちゃんは黒里団地の有名人や。なんかあったら、あの人らが力になってくれるさけぇな」

「そうなんや。ボクはてっきり……」

「ん？　てっきり？」

「いやなんでもない」

「ワイがあの金をポッケナイナイしてると思うてたんか？」

「いや、あ、うん、ゴメン」

顔を赤らめよった。

ホンマに世間知らずのボンボンやで。

確かにマンちゃんは団地で有名人や。

けど、団地の人間がホンマに感謝しとるんはワイや。

この井尻信昭や。

直《じか》に金を手渡しとんがワイなんやから当然やろ。

恩義を覚えた団地の人間は、それは団地だけやのうて団地の出身者も、この先ワイの力になってくれるに違いない。それがこの先どんだけワイの助けになるか。それを考えたら目先の十万円なぞ、たいした金やあらへん。

マンちゃんの信頼も厚うした。

ノブさんは金に汚い人間やない――

マンちゃんはそう考えるやろ。

黒里団地訪問は大成功やった。

5

中学二年の夏休み前の七月に事件が起こった。
夜中にオシッコがしとうなって目が覚めた。
自分の寝室を出てトイレに向かった。
お母ちゃんの寝室から物音が聞こえた。
アボジが来てるんやな――
物音はベッドが軋む音やった。
それに喘ぎ声が混じってた。
アボジがお母ちゃんとセックスをするために来てるんやと想像できた。
「どうもボクのアボジ、母ちゃんとセックスするためだけに通うてるみたいなんや」
ノブさんに愚痴を言うた事ある。
「なるほどマンちゃんの母ちゃんは愛人というわけか」
その言い草に不愉快になった。
そない言われても仕方がないか。
小学校二年生までは、あれほどボクを可愛がってくれたアボジの態度が急に変わった。
お母ちゃんに焼肉屋をやらせるようになった、

売り上げをアボジは自分のモンにしているらしい。

ボクの戸籍上の名前は坂本マンスや。

朴マンスやない。

お母ちゃんとアボジは夫婦やないという事なんや。

愛人言われても仕方ないやろ。

夫婦でもないのに週に何度かセックスしているんやから当然や。

そんなお母ちゃんを悪う思う事がボクにはできへん。

一生懸命に生きてはるんや。

自分のためやない。

ボクのために生きてくれとるんや。

ボクは誰よりもお母ちゃんの優しさを知っとる。

ボクだけに向けてくれる優しい顔を知っとる。

嘘のない優しさや。

たとえお母ちゃんがアボジの愛人やったとしても、ボクはそんなお母ちゃんを不潔やとは思わへん。

お母ちゃんがボクを溺愛してくれとるように、ボクもお母ちゃんを溺愛しとるんや。

イヤイヤしとるセックスも、ボクのために我慢してくれとるに違いないねん。

「マンちゃん、精通は未だなんか？」

訊かれた。

「それ何？」

「チンチンから精子が出るんは知っとるよな？」

「うん、それくらいなら……。大人になったら出るんやろ？」

「大人にならんでも出るがな」

ノブさんが呆れた。

「ワイなんか小学五年で出たで」

「へぇ、早いんやな」

感心した。

「別に早うはないわ」

鼻を鳴らした。

もしかしてセックスの経験もあるんとちゃうやろか――

そんな事も疑った。

確認する事はできんかった。

毎日校舎の屋上でノブさんらとお弁当を食べる時に、指に着いた麦飯を舌で舐め取る女子に胸を苦しくさせるボクやった。


その夜――

オシッコに目が覚めたボクは爪先立ちになって、足を忍ばせてトイレに向かった。

オシッコの音をさせんよう便器に座ってオシッコをした。

水は流さんかった。

以前、水を流してトイレを出たら、鬼の形相をしたアボジが仁王立ちしてた。

無言で殴られ足蹴にされて、次の日は風邪だと嘘を吐いて学校を休んだ。

あの時、お母ちゃんはボクを助けてくれへんかった。

それどころか泣いてアボジに詫びるボクの声に自分の寝室から出ても来んかった。

「どうして助けてくれんかったん？」

殴られた次の日、ベッドに横になったボクの腫れた顎を、冷たいタオルで手当てしてくれたお母ちゃんに訊いてみた。風邪で休むと学校に嘘の電話を入れてくれたんもお母ちゃんやった。

「ごめんなさい。助けに出られない事情があったの」

納得できる説明やなかった。

けど、お母ちゃんの哀しそうな顔に、それ以上の質問はできんかった。

その夜も、そっとトイレを出て、また足音を忍ばせて自分の寝室に戻ろうとした。

足が止まった。

喘ぎ声と荒い鼻息がハッキリと耳に届いたんや。

お母ちゃんとアボジは――

その様子を想像した。

具体的な想像はでけんかった。

情景がまったく浮かんで来んねん。

寝室のドアノブに手を掛けてた。

ゆっくり回して、音がせんようにドアを薄く開けた。

自分の口を手で塞いだ。

想像していたんとはぜんぜん違う景色があった。

うつ伏せになったお母ちゃんがお尻を突き出してた。

それにマッパのアボジが跨って、腰を打ちつけるみたいに犯してた。

お母ちゃんはアボジに喉輪絞めされ上半身を仰け反らせてた。

見た事も無い服を着せられていた。

「この慰安婦の売女が、オマエは金で買われた女やさけェ。もっと尻を突き出さんかいッ」

くぐもる声で言いながらアボジがお母ちゃんを責めてた。

その光景に興奮した。

パジャマが破れるほどチンチンを大きくした。

辛抱堪らんようになった。

ドアをそっと閉めて自分の寝室に戻った。

掛布団を丸めた。

掛布団をお母ちゃんにした。

アボジのように腰を打ちつけた。

堪らへん快感に襲われて射精した。

精通やった。

「最初の頃はな、射精すると変な罪悪感に捉われるんや。そやけどそんなん気にせんでええ」

ノブさんに言われたことを思い出した。

罪悪感？

そんなモンまったく湧いてこんかった。

その後も腰を振り続けた。

どれくらい振ってたやろう――

「マンス、朝御飯よ」

お母ちゃんの声がしたんは、ベランダの掃き出し窓のカーテンの隙間から朝陽が射し込んでる時間やった。そのタイミングでボクは、その日何度目かの射精をした。

精液は出んかった。

金玉が空っぽになってた。

それまでのどの射精より、激しい快感にボクは思わず呻き声を出してしもうた。

「どうしたの、マンス」

呻き声にお母ちゃんがドアを開けた。

丸めた掛布団を抱きかかえたボクに唖然とした。

「マンス……」

顔を顰《しか》めた。

「精液は時間が経つとイカ臭うなるんよ。そやから早めにチリ紙とかを捨てなあかん」

教えてくれたノブさんの言葉を思い出した。

居直るしかなかった。

そやかて丸めた布団抱きかかえてるブサイクな格好見られてしもうたし――

鼻が馬鹿になっとんかイカ臭さは分からへんかった。

お母ちゃんは嗅ぎ取っとるみたいや――

居直るしかないやんか――

「なんであんな事してたん？」

お母ちゃんを問い詰めた。

「あんな事って？」

「アボジと」

「マンス……」

「首絞められたら気持ちええの？」

お母ちゃんの顔色がどんどん悪うなるのに追及を止めんかった。

「それにあの服なんなん？　あんな服、お母ちゃんが着てるの見た事ないで」

お母ちゃんの唇が激しく震え始めた。

「アボジが言うとった『慰安婦』て、戦争の時に日本軍が奴隷にしてた朝鮮の女の人らやな。なんでアボジはお母ちゃんの事をそないに言うん？」

お母ちゃんが崩れ落ちた。

床に手を突いた。

肩を小刻みに震わせた。

「お母ちゃん……」

心配になった。

呼び掛けたボクの声は涙声やった。

目から大粒の涙が零れ落ちた。

頬っぺたを濡らして顎の先から布団に流れた。

「お母ちゃんッ、お願いやからなんか言うてや」

縋る言葉で呼び掛けた。

お母ちゃんが身体を硬うして勢いを付けて立ち上がった。

そしていつもの笑顔で微笑んでくれた。

目ェは赤う潤んでたけど――

「シャワーを浴びて着替えてらっしゃい」

「うん、分かった」

返事してバスルームに駆け込んだ。

着ていたモンを全部脱ぎ捨てて、ランドリーバッグに放り込んで、スイッチポンもせんと水を浴びた。冷たい水が気持ち良うてどんどん元気になった。

いや、違うねん。

ボクを元気にしたんは冷たい水やないねん。

お母ちゃんの笑顔やねん。

それくらいお母ちゃんの笑顔には威力があんねん。

「ここに着替えを置いておくからね」

バスルームのガラス戸の向こうでお母ちゃんの声がした。

「遅刻するから早くなさい」

「うん、分かった」

声を張り上げて返事して、バスルームを出てバスタオルで身体を拭いて、お母ちゃんが用意してくれた服に着替えた。

キッチンテーブルにはベーコンエッグとバターを塗ったトーストと、野菜サラダが用意されてた。

コーヒーは未だ湯気が立ってた。

すぐにできる料理やから、アボジの分は後で作るんやな――

「さ、食べましょ」

「いただきます」

シュガーポットから出した角砂糖二個をスプーンで溶かして、コーヒーをフーフーして口に含んだ。冷たい水で冷えてた身体に染み渡るような美味しさやった。

「食べながらでいいから話を聞いて」

お母ちゃんが言うた。

ベーコンを齧ってからトーストを齧った。

「これを見て欲しいの」

お母ちゃんがエプロンのポケットから出した紙をテーブルの上に置いた。

紙には『恨』と大きく書かれてあった。

「アナタがシャワーを浴びている間に書いたのだけど、この字を読めるかしら？」

「恨みいう文字やな」

「そう。でも韓国ではこれをハンって読むの。意味も違うの」

「どない違うん？」

「これはお母ちゃんのお母さんから教わった事なんだけど、『恨』の文字にはね、人間の悪い感情が全部込められているの。誰にだってその感情はあるでしょうけどね」

「お母ちゃんにもあるん？」

ボクの素直な質問にお母ちゃんは微笑んでくれた。

「もちろんあるわよ」

信じられへんかった。

お母ちゃんが怒っている顔も、機嫌が悪い顔も見た事がない。

「アボジやお母ちゃんのお父さんやお母さんが生まれた朝鮮には、『恨』の感情を抱いて生きている人がたくさんいるらしいの」

「ホンマに？」

「これもお母ちゃんのお母さんから教わった事なんだけど、朝鮮という国はね、日本や支那や周りの国に支配され続けてきた国なの。だから『恨』という感情を強く持つようになったのね」

でも、と言葉を強くして言うた。

「『恨』という言葉には恨みだけでなくて、痛恨とか悲哀とか、無情感という意味も込められているの。『恨』は恨みや怒りだけを意味する言葉ではないの。やり場のない哀しみや、果たされなかった夢への憧れが込められている言葉なの」

テーブルに置かれた『恨』の字を凝視した。

「ごめんなさい。うまく説明できないけど……」

お母ちゃんが照れくさそうに微笑した。

「でもね、マンス。ここからが大事な事なのよ」

テーブルに身を乗り出してボクの頬っぺたを撫でてくれた。

「『恨』の感情に衝き動かされて自分の行動や考えを決めたらダメなの。人間だもの、悪い感情に囚《とら》われることはあるでしょうけど、それでは何も解決しないでしょ。誰かを悪く思う事はあっても、その感情のままに流されてはダメなの。分かった？」

「うん、分かった」

コックリした。

お母ちゃんの言うてる事が全部分かったんやなかった。

それでも、もの凄く大事な事を言おうとしているんやとは分かった。

「これもらってもええ？」

『恨』と太字で書かれた紙を指差した。

「いいわよ。でも、誰にも見せてはダメよ」

「うん、分かった」

返事して紙切れを畳んでズボンのポケットに入れた。

「それから昨日の夜アナタが見たことだけど、アボジも『恨』を抱えていらっしゃるの。だからあんな事をされるのよ」

そんなん聞きとうなかった。

ボクの胸の中にストンと落ちて、重みを増していた『恨』の文字が急に軽いモンになってしもうた。

サラダを口いっぱいに頬張って目玉焼きも口に入れた。

それからトーストをまた齧った。

無我夢中で食べた。

お母ちゃんと目を合わさんで済むようにした。

口いっぱいに頬張った食べ物をコーヒーで流し込んだ。

「食べ終わったら私の目を見て」

お母ちゃんに言われて顔を上げた。

真っ直ぐな目ェが向けられとった。

黒目がキレイやな――

そんな事を考えた。

「私にも『恨』の気持ちがあるって言ったでしょ」

返事をせんでお母ちゃんの言葉を待った。

「私はね、私のお父さんとお母さんを憎んでいるの」

「どうして……」

お母ちゃんが他人を、ましてや自分の両親を憎んでいるやなんて信じられへんかった。

「生きていくためには仕方がなかったんでしょうけど、日本に帰化したお父さんらを憎んでいるの。どうして朝鮮に戻らなかったのかと考えてね。在日差別を受けるたびに、私は差別した人でなく、差別される原因を作ったお父さんたちを憎んだわ」

だからマンスにお願いがあるの、とお母ちゃんが言うた。

「日本人として死ぬのは仕様がないわ。でも死んだ後まで日本の土に骨を埋められるのはイヤなの」

「ボク、どないしたらええの？」

お母ちゃんが死んだ後の事やから、ボクが何かせんとイカン事は理解できた。

「私が死んだら私の身体は煙になって空に舞い上がって風になるの。でもお骨はそうはいかないわ」

「お墓に入るんやね」

「だからそれがイヤなの」

「どうしたらええの？」

「散骨して欲しいの」

「サンコツって？」

「粉々に砕いて海に流して欲しいの」

お母ちゃんは、見た事もない故郷の朝鮮半島に帰りたいんやろうか？

そう考えた。

違う気がした。

「自由になりたいの」

やっぱり違った――

「差別の無い広い空と広い海で『恨』から解放されたいの」

お母ちゃんはそう言うて微笑んだ。


お母ちゃんとアボジの事は誰にも内緒にしようと思ってたけど、自分ひとりで抱えるのは重た過ぎた。とは言うても、そんな事を話せる相手はひとりしか居れへんかった。

「精通ありましたで」

そんな風にノブさんに切り出した。

お母ちゃんらのセックスに興奮して射精しまくった二日後の放課後やった。

場所はノブさんらと弁当を食べる屋上で、その日の弁当終わりに放課後話があると耳打ちしてた。

「そらぁ目出度《めでた》いこっちゃないか。そやけど女子なら赤飯ちゅう事になるんやろうけど、男子はそうもいかんわな。で、なにをオカズにマスこいたんや？」

「母ちゃんらのセックスですわ」

考えた通りに話題が転がり始めた。

「ほう、親のセックス覗き見したんか。黒里地区でもようある事やけど、マンちゃんは塩町のマンション暮らしやろ。ようそんな事ができたな」

「夜中にトイレに起きたらお母ちゃんの寝室から怪しい声がしましてん」

「それで覗いたんか。バレたらエライことになっとったな」

「次の朝にバレましたわ」

苦笑して言うた。

「ノブさんの言うてはったイカ臭でバレてしまいましてん」

「始末をしてなかったんかいな。あれほど始末せえて……」

呆れる声で言うた。

「始末するもなんも、覗き見した夜中から朝までシコってましてん。始末する暇なんか、ありませんでしたわ」

「夜中から朝までとなッ」

「そうですわ。何回射精したかも数えられんほどやりましてん」

「いったいお母ちゃんはどんなセックスしてたんや」

案の定、喰いついて来よった。

アボジとお母ちゃんのセックスを事細こう説明した。

聞きながらノブさんが鼻息を荒うした。

喋ってるボクもあの時の情景を思い出して股間がカッチンカッチンになってしもうた。

「いきなり両親の変態セックスを覗き見したんか？」

股間をズボンの上から右手で握り締めた井尻が言うた。

「エライ刺激的な話やないか」

「ノブさんは見た事ありませんの？」

「イヤらしい雑誌とかで見た事はあるけど、現物はさすがにないわ」

素直に認めたノブさんに初めて勝った気になった。

「あれはホンマに刺激的でしたわ」

優越感に浸って言うた。

「そやけど首絞められてホンマに気持ちええんやろうか？」

確認したかったんはその事やった。

お母ちゃんが嫌々あんな目に合わされていたんやったら我慢できへん。

ボクとの生活を守るためにやってるんやったら我慢でけへん。

と言うてもボクにはどないにもしようがないけど、それだけは許せん事やった。

どんだけアボジに殴られようが、足蹴にされようが、止めてくれと言うたんねん――

本気で腹を括っとった。

「それは人それぞれやろうな。虐められて快感を覚えるモンもおれば、金のために我慢するモンもおるんとちゃうか？」

「女も男も？」

「男の場合は快感を覚えるからそうするんやろうけど、女の場合は二通りあるやろな」

「お母ちゃんはどっちなんやろ？」

たちまちボクらの立場は逆転した。

ボクはノブさんに教えを請う立場になった。

「そら、お母ちゃん本人に訊かな分からへんやろ。それとな、さっきマンちゃんが言うてたお母ちゃんの服装やけど、それは韓服やな」

「韓服？」

「チマチョゴリや。そんな衣装まで用意して、慰安婦、慰安婦と罵倒しながら首絞めセックスしとるんやから、これはなかなかのホンマモンやで。やっぱり本人に訊くしかないやろう」

「訊けるわけないやん」

「そらそうやな」

頷いたノブさんが話題を変えた。

「オマエのアボジごっつい屋敷に住んでるらしいな」

「知らんけど」

アボジがどこに住んどるんか聞いた事もないし、興味もなかった。

「ワイらの仲間から聞いてん」

息子のボクでも知らん事を――

なんで？

疑問に思うた。

小学校二年生まではお母ちゃんとボクとアボジの三人の親子やと勝手に思うてた。

ところが二年生の時から、アボジは急にボクに冷とうなった。

マンションにも来んようになって、お母ちゃんに焼肉屋やらすようになって――

「大きなお世話と違いますか」

他所《よそ》の人間が知っとる事に不機嫌になった。

宥めるようにノブさんが言うた。

「わざわざ調べたんやないねん。ワイの仲間に、マンちゃんのお母ちゃんと浅からぬ付き合いの人間がいよってな」

浅からぬ付き合い？

「エライ持って回った言い方するんですね」

「そんなつもりやないけど、お母ちゃんがやってる『寿亭』に肉を卸してる店で働いている人間が仲間におるねん」

「お母ちゃんの焼肉屋は『寿亭』っていうんですの？」

「そうやそれがお母ちゃんの店の屋号や。マンちゃんから一文字とってそんな屋号にしたんやろうな。かなりの高級店やさけぇ卸してる肉も半端やないらしいで」

肉を卸しているけど、事実上の取引相手はアボジやと言うた。

「そやからマンちゃんのアボジの事を知ってても不自然ではないわな」

「で、それが何か？」

「マンちゃんのアボジは姫路郊外の豪邸で、韓国から呼び寄せたベッピンさんと夫婦で暮らしとるらしいねん」

「エェェ」

だいたいの予想はしていたけど、実際に知らされると驚いて声を出してしもうた。

「それが笑わせよんやけど――」

クックックと喉を鳴らした。

「韓国から呼び寄せたベッピンさんいうんがキッツイオナゴでな。日本語一切喋らんらしいねん」

「ほなアボジは韓国語で……」

「いや、なんとかしようとはしてるらしいねんけど、マンちゃんのアボジかて日本暮らしが永いやん。今では片言の韓国語しか喋られへんねん」

「なんでそんな女と……」

「聞くところによると向こうの偉いさんの紹介らしいねん。通訳で韓国に同行した女の話やと、マンちゃんちのアボジは相手の血筋ばっかり質問して、相手は相手で、アボジの収入と財産の事ばっかり訊いてたらしいわ」

相手は財産目当ての結婚やったんやろう、とノブさんが言うた。

そしてアボジは血筋のええ女と家庭を持ちたかった、それだけの理由らしい。

そんなどぉでもええ事でお母ちゃんを妾扱いしとるんか――

「それにしても、ようそんな細かい事まで知ってはるんですね」

心の片隅に疑う気持ちもあった。

ノブさんの作り話やと思いたい気持ちがあった。

「ワイらの情報網ナメたらアカンで。情報が金になる時代に生きているんやからな」

得意げに言うノブさんに訊ねた。

「ノブさんは、高校進学しますのん？」

話題を変えた。

ノブさんであってもアボジやお母ちゃんの話をするのが不愉快やった。

「するかいな。時間が勿体ないわ」

「ほな……」

「自分で商売始めるつもりや」

「何をしはるんですか？」

「それは秘密や」

「水臭いですやん」

「ちゃうちゃう。どんな商売を始めるにしても、元手が掛かるやんか。最初の三年はその元手を稼ぐためにする商売や。ワイにあるんは人の繋がりだけやさけぇ、その繋がりを活かした裏の仕事になるわな。そやから今は言われへんねん」

で、さっきの話に戻るけど、とノブさんが言うた。

「マンちゃんのアボジとその嫁さんに愛はないわな。片言しか通じん相手と、ましてやそいつが財産目当てでは愛を育む事もでけへんやろ」

愛を育むやなんて——

ノブさんの物言いにお尻の穴がムズムズした。

「どんなかたちにしろ、嫁さんがおる今も、お母ちゃんとの肉体関係が続いとるという事は、二人は相思相愛なんとちゃうか？」

「そうやろか？」

「大人の愛のかたちは人それぞれや」

ノブさんが言うたけど聞き流した。

なんか悪い事が起こらんかったらええけど——

漠然とやけどボクはそない思うてん。

三学期が始まったばかりの冬の夜中、けたたましい叫び声にボクは飛び起きた。

聞こえたんはアボジの怒鳴り声やった。

「こらッ、満子、満子、目ェを開かんかいなッ。悪い冗談なんやろッ。ええ、悪い冗談なんやろッ」

リビングを挟んだボクの寝室にも聞こえてくる怒鳴り声やった。

ただ事やないと寝室のドアを開けて廊下に出た。

同じタイミングでお母ちゃんの寝室のドアを開けたアボジと目が合うた。

瞬間息を呑んだように固まったアボジはマッパやった。

汗まみれの身体からブランと男のモンがだらしのうぶら下がってた。

チンコは委縮してブランとしていたんは金玉やった。

「オマエはすっこんどれ」

それだけ言うてアタフタとリビングのコードレスフォンへと駆け寄った。

「ワイや、ワイ。ヨンスクや。誰ぞ医者を知らんか」

電話の相手に怒鳴り上げた。

「事故や。事故が起こったんや。……救急車呼べる事故とちゃうねん」

ごっつう苛立っとった。

「相手はもう死んどんやから呼ぶだけ無駄やねん」

えッ、死んどる！

この時間にこの場所で、この状況で——

死んどる相手はお母ちゃんとしか考えられへんやんかッ——

必死に電話しとるアボジには目もくれんとお母ちゃんの寝室に駆け込んだ。

ほしたらお母ちゃん。

乱れた韓服を着せられたお母ちゃん。

首は赤い紐が巻かれとったお母ちゃん。

口から吐き出すように舌を伸ばして白目を剝いとった。

どこからどう見ても、死んでるようにしか見えへんお母ちゃんの姿に凍り付いた。

そのままガクガクと震え出した。

「すっこんどれ言うたやろ」

怒鳴り声がして、ボクは髪を摑まれて、お母ちゃんの寝室から引き出された。

足をもつらせた。

顎に拳固を喰らった。

「ええか、これは事故やからな。事故やねん。ええか、事故やねんからな」

目ェを血走らせて鬼の形相でアボジが吠えた。

「もうすぐ片付けのモンが来るから、オマエは自分の部屋で大人しゅうにしとけッ」

「アボジ……」

言葉が見付からんかった。

「アボジがお母ちゃん殺したんか？」

やっとの事でそれだけ言えた。

「ちゃうわ。事故や言うたやろ。オマエはなんも聞かんかった。なんも見んかった。要らんこと考えたり、要らんこと言うたりせんように、自分の部屋でジッとしとれ」

「アボジがお母ちゃん殺したんやろッ。あの赤い紐はなんやねん。あれでお母ちゃん絞め殺したんやろッ。アボジがお母ちゃん殺したんやろッ」

込み上げるモンがあって怒鳴り上げた。

「ちゃうわ、ボケッ」

言うなりアボジの蹴りが絨毯《じゅうたん》に倒れてるボクの左顔面に叩き込まれた。

「事故やと言うとるやろがッ」

怒鳴りながら、繰り返し繰り返し、アボジに蹴りまくられた。

アボジはボクも殺す気なんやろうか？

そんな事を考えながら意識が遠くなってしもうた。


意識が戻った。

煙草の煙の臭いがした。

ソファーに縋って立ち上がった。

ダイニングテーブルの椅子でアボジが誰かと電話をしてた。

テーブルに置かれた灰皿は吸い殻の山やった。

「ええ、そうでんねん。事件にはしとうないんですわ。急性の心臓麻痺か脳梗塞か、なるべく障らんように診断書書いて貰われへんでしょうか？　同胞のよしみでお願いしますわ」

同胞のよしみ？

アボジが電話している相手が在日繋がりの医者やと分かった。

「ええ、もちろん出すモンは十二分に出さして貰いまっさけぇ」

金でお母ちゃんが死んだ事をないモンにしようとしとるんか——

アボジに歩み寄った。

そんなん許されるはずがあれへんやんかッ――

電話の向こうの医者に言うてやるつもりで歩み寄った。

アボジに睨まれ、その目付きの怖さに立ち竦《すく》んでしもうた。

意識を失う前、アボジに殺されるかも知れんとビビったボクは、その時になってもビビったままやった。

「へぇ、へぇ、脳梗塞でんな。それで了解しますわ。ほな、あんじょうお願いしまっさ」

通話を終えた。

アポジがボクに顔を向けた。

「ええか、オマエのお母ちゃんは急性の脳梗塞で死んだんや。余所《よそ》で要らんこと言うたらアカンで」

「そやけどお母ちゃんは……」

「なんべんも言わすなッ。アイツは急性の脳梗塞で死んだんや」

怖い目で睨み付けたままイライラして言うた。

「今日は学校を休め。この部屋で、オレと一緒に満子の帰り待つんや。どっちゃにしろ、そんなアオタンまみれの顔で学校に行ったら、あれこれ詮索されて面倒やしな」

「帰ってくんの……」

お母ちゃん生きてたんか――

心に明かりが灯った。

いや、そやけどさっき、お母ちゃんが脳梗塞で死んだって――

「骨になって帰ってくるんや。まさか屋敷に持って帰るわけにもいかんし、墓も用意しとらんし……」

えっ、葬式もせんと焼き場に？

「えらい早まってしもうたわ。骨の処理まで頭が回らんかった。金を握らせて骨も処分したら良かったのに、ついつい仏心が出てしもうたわ」

天井を見上げて大きな息を吐いた。

お母ちゃんの言葉を思い出した。

「お骨は海に散骨してくれて、前にお母ちゃん言うてはったけど……」

警戒しながらアボジに言うた。

余計な事を言うて、また殴られるかも知れへんと警戒した。

アボジの顔が明かるうなった。

「そうか。その手ェがあったかッ」

膝を打って喜んだ。

「故人の遺志や。そうするんが一番やなッ」

なんでお母ちゃんが散骨を望んだんかも知らんと燥《はしゃ》ぎよる――

「よっしゃッ、骨が帰ってきたら海にほかしに行こか」

ほかす？

ゴミやないねんで――

「散骨だけやったらボクだけでもでけるけど」

イキって言うたわけと違う。

お母ちゃんに散骨して欲しいて言われたボクは、学校の図書館で散骨のことを調べとった。

粉々にせなアカンと書いてあった。

それがどんだけの手間か分からへんかったけど、やってやれへん事やないやろうと考えた。

お母ちゃんが散骨を望んだ理由も知らへん、知ろうともせんアボジに、散骨に立ち合うて貰いとうはなかった。立ち合うだけやのうて、お骨にも触って欲しくはなかった。

「オマエひとりでか？」

「お母ちゃんが死んだんは内緒なんやろ？　それやったらアボジは行かん方がええんとちゃうん？」

「まぁ、そういう事になるかのう……」

ちょっと考えさせてくれとアボジが黙り込んだ。

だいぶん考え込んでから口を開いた。

「身寄りのないアイツの事やから、暫く黙っとってもバレへんやろうけど……」

呆れた。

そんな事をあれこれ考えてたんか――

「身寄りならボクがおるやんか。ボクは坂本マンスなんやで」

「そうやねん。オマエがおるねんなぁ……」

厄介者を見る目をボクに向けた。

「とりあえずはなんとかなるとしても、オマエも来年は高校生や。そのオマエが孤児ではなにかと面倒な事になるやも知れへんなぁ……」

「ボクは高校なんか行かんでええで」

ノブさんは高校には進学せんと言うた。

ボクも勉強が好きなわけやないし、高校になんか行かんでもええと思えた。

「義務教育は中学までなんやからそれでもええかぁ……」

また間延びした声でアボジが言うた。

さっきからボクの言葉に反応するだけやんか――

自分の頭で考えられへんのかい――

「ほな、そうするか……」

「散骨もボクがしてええんやな」

念を押した。

「どこにすんねん？」

「海やろ。ここは姫路やん。自転車で行ったらすぐ瀬戸内海やんか」

「まぁ、そらそうやけど……」

「ほな、ボクに任せてや」

念押しした。

アカンと言わんかった。

「けど、アイツの望みを叶えるんやったら……」

決まりやと思うたのにまだなんか言うつもりみたいや。

「日本海の方がええかも知れんな……」

「なんでなん？」

「日本海は半島に繋がってるやないか」

少しはお母ちゃんの気持ちも考えとんか――

的外れやけどな――

お母ちゃんは半島に帰りたいと考えたんと違うねん――

自分の胸の奥にある『恨』という厄介な感情から自由になりとうて、広い海に散骨して欲しいと願いはったんや。まぁ、日本の土に埋められるんがイヤやったという事もあるやろうけど、たとえそれが半島の地でも、お母ちゃんはイヤがったに違いないねん。

「海は繋がっとるから、どこでもええて言うてはったで」

「そうか、そないな事を言うとったんか……」

ひと呼吸置いた。

「ほな、瀬戸内海でもええか」

あっさり納得した。


夕方まで待たされた。

その間、聞きとうもない話を聞かされた。

「あれはホンマに事故やったんや」

ボソッと言うた。

「そやけど責任はアイツにもある。いや、むしろ責任のほとんどはアイツにあると言うてもええやろう」

不思議な事を言うた。

なにを訳の分からん事を――

憮然とした。

いや、ちゃうねん――

お母ちゃんが死ぬ前に寝室でどんな事があったんか、実のとこ興味津々やってん。憮然とした顔付きをしてたんは、その気持ちを悟られるのが恥ずかしかったからや。

「アイツは首絞めセックスが好きやった」

ポツリと言うたアボジの言葉に胸が高まった。

ドキドキした。

チンコがドクドクし始めた。

アカン、アカンと思うてもドクドクが止まらへんかった。

「前は喉輪締めしとった。それが昨日の晩は、どこで買うて来たんか、絹の帯締め出しよって、これで首を絞めてくれて言いよってん」

あの赤い紐か――

「危ないから止めた方がええて言うたんやで。そやのにアイツがどうしてもと言うさけぇ……」

なんで昨日は覗き見せんかんったんやろ――

首に赤い紐を巻かれて犯されとるお母ちゃんの姿を想像して、ボクのチンコはいっそう硬うなった。

「手加減が分からへん。ましてやタオルみたいな木綿とちゃうねん。絹やねん。よう滑ってからに首に喰い込みよるねん」

ひょっとしたら――

考えた途端にチンコが萎み始めた。

お母ちゃんはそうなると分かってて、絹の紐で自分の首を絞めるよう言うたんと違うやろうか？

その可能性もあると考えた。

昼間から夜遅うまで働かされて。

手当てももらえんで。

セックスのときには韓服を着せられて。

慰安婦と罵られて。

首絞めながら犯されて。

死にたいとも思わんまでも、殺されてもかまへんとお母ちゃんは考えはったんやないんやろうか？

そやけどこればっかりは、ノブさんの言うた通り、本人に確認するしかない事やった。

散骨や。

散骨だけはちゃんとせなアカン――

ボクはその想いに必死で縋り付いた。

お母ちゃんが死んで、ポッカリ穴が開いてしもうたボクにとって他に縋れるモンがなかったんや。

散骨はお母ちゃんから直にボクが頼まれた事や。

アボジもホンマの理由は知らへん。

散骨や。

散骨なんや。

さっきボコボコにされたアボジへの恐怖心は消えてなかった。

機嫌を損ねるのが怖かった。

遊びの上での事であってもアボジは人殺しなんや。

ひとり殺しとんや。

お母ちゃんのためなら殴られても構へん。

その挙句に死ぬかも知れへんと思うと委縮してしまう。

そんな自分を認めとうなかった。

目ェを逸らした。

散骨や。

散骨なんや。

ボクの手で。

ボクだけで散骨するんや。

必至でその事だけを考えた。

それがなかったら、お母ちゃんが死んだ事を処理できんかってん。

「アレは根っからのヘンタイやったんやな」

アボジが諦めるように言うた。


お母ちゃんのお骨が帰って来たんは夜の遅い時間やった。

白い風呂敷包みをアボジが玄関で受け取って、ダイニングテーブルに置いた。

「アイツの骨壺や」

ひとり言を言うた。

「これを海に流したらええねんな?」

風呂敷包みを解いて骨壺を取り出した。

骨壺をひっくり返して中身を風呂敷にぶちまけた。

「ほら見てみぃ。人の骨て分かるやろ」

言うてキッチンをゴソゴソしだした。

ボクは変わり果てたお母ちゃんのお骨に目が釘付けになってた。

どない言うたらええんか――

骨になってもお母ちゃんは愛《いと》しかった。

「これでええか」

アボジがキッチンから持ってきたんはすり鉢とすりこぎ棒やった。

粉々にする気なんか――

ちょっと安心した。

お母ちゃんの骨にも触って欲しくないと思ってたけど、さすがにそれをひとりで粉にする自信は無かった。

アボジがお母ちゃんのお骨をすり鉢に入れて、大きめのお骨をすりこぎ棒で叩き割り始めた。

「何すんの?」

あえて質問してみた。

「人骨やと分からんようにするねん。このまま漁師の網にでもかかって、人骨やと知れたら事件になるやろうがッ。それにな、こうするんが散骨の作法やねん、よう覚えとけ」

それくらい知っとるわ――

大きいお骨を叩き割った後で、アボジは、ゴリゴリとお母ちゃんのお骨をすりこぎ始めた。

「ええか、証拠隠滅ちゃうねんで。これが作法なんやで」

また作法やと言うた。

「どういう作法なん？」

「つまりや。原形のままで海に流したら、死んだモンに会いとうなった身内とかが、潜ったり、網を投げたりしよるかも知れへんやろ。そこまでせんとしても、死んだモンに対する未練を断ち切るために、こうやって粉にするねん」

そのとおりや――

図書館の本にもそう書いてあった。

言いながらアボジの顎から一滴の雫が垂れた。

涙？

アボジ泣いてるやん――

汗やなかった。

アボジは目を真っ赤にして泣いてはった。

「おい、すり鉢押さえてくれんか」

泣き顔を呆然と見てたボクに言うた。

さっきまでの怒鳴り声と違うてか細い声やった。

「すり鉢が安定せんから仕事がしにくいねん」

鼻汁まで垂らしとる。

「うん、分かった」

慌ててすり鉢を両手でしっかりとダイニングテーブルに押さえ付けた。

いつの間にか、ボクの両目からも涙が落ちてた。

「おおきにな」

アボジが言うた。

その言葉が、ボクに対してか、お母ちゃんに対してか分らへんかったけど、そんな事は気にもせんと、ボクはその言葉をすんなりと受け入れた。

(韓国から呼び寄せたベッピンさんいうんがキッツイオナゴでな。日本語一切喋らんらしいねん)

ゴリゴリ、ゴリゴリ、ゴリゴリ。

お母ちゃんのお骨を粉にする音に交じってノブさんの声が聞こえた。

ノブさんの話によると、アボジは相手の血筋ばっかり質問して、相手は相手で、アボジの収入と財産の事ばっかり訊いてたらしい。

相手は財産目当ての結婚やったんやろうとノブさんが言うた。

アボジは血筋のええ女と家庭を持ちたかったそれだけの理由らしい。

ゴリゴリ、ゴリゴリ、ゴリゴリ。

そんなしょうもない事でお母ちゃん殺しよって――

ゴリゴリ、ゴリゴリ、ゴリゴリ。

アボジに対する怒りとか、憎しみを掻き立てようとしたけど、粉になっていくお母ちゃんのお骨を見ながら、ボクはそれもできんでいた。

ゴリゴリ、ゴリゴリ、ゴリゴリ。

ゴリゴリ、ゴリゴリ、ゴリゴリ。

ゴリゴリ、ゴリゴリ、ゴリゴリ。

散骨や。

散骨するんや。

必死になってその事だけを考えた。

ゴリゴリ、ゴリゴリ、ゴリゴリ。

ゴリゴリ、ゴリゴリ、ゴリゴリ。

ゴリゴリ、ゴリゴリ、ゴリゴリ。

ゴリゴリ、ゴリゴリ、ゴリゴリ。

ゴリゴリ、ゴリゴリ、ゴリゴリ。

ゴリゴリ、ゴリゴリ、ゴリゴリ。


かなりの時間を掛けてお母ちゃんのお骨は白い粉になった。

「明日は医者とか焼き場とか、あっちこっち廻って、手数料とか口止め料とか払わなアカン。エライ物入りなこっちゃで」

立ったままアボジがボヤいてボクに確認した。

「オマエ、ホンマにひとりで散骨できるんやな?」

「うん、できるで」

きっぱりと答えた。

「ほな、オレは後始末せなアカン事があるさけぇ、散骨の件はマンス、オマエに任せる。しくじるんやないで」

「しくじるって?」

「身なりをちゃんとして行けという事や。平日に学生服なんかでウロウロしてて、補導でもされたらどないすんねん。荷物を調べられたりしたら一大事やろ」

「分かった。ジャンパーやったらええやろうか?」

「マスクもして行け。寒い時期やから風邪引きやと思われるやろ」

「マスクあるかな?」

「なかったら買いに行け。顔が隠れるくらいの大きなマスク買うんやで」

「うん、分かった」

「骨壺を持ち歩くんも感心せんな」

言うたアボジが、すり鉢で粉にしたお母ちゃんのお骨を風呂敷に広げた。

しっかり縛って差し出した。

「これを鞄に入れて持って行け。鞄はあるな?」

「うん、去年、修学旅行に行く時に、お母ちゃんが買うてくれたボストンバッグがあるから、それに入れて持って行くわ」

まるで共犯者みたいやな——

会話を交わしながらそんな事を考えたりした。

「ほな、これ以上遅うなっても具合悪いんで帰るで」

アボジが腕を捲《まく》って時計を確認した。

「アカン、こんな時間か」

慌ててコードレスフォンを手にして番号をプッシュした。

「ああ、春江さんか。仕事で遅うなってしもうてな。もう半時間もせんで帰宅するからとジウさんに伝えてんか」

ボクの知らん名前やった。

ジウとかいうんがアボジの嫁で、春江さんがお手伝いさんなんやろ。

通話を終えたアボジがボクの目を見て頷いた。

ボクも頷き返してアボジは無言でマンションを後にした。

その夜ボクは粉になったお母ちゃんのお骨を包んだ風呂敷を抱いて眠った。

朝からなんも食べてへんのに、お腹は全然空いてなかった。


翌朝ボクは、ボストンバッグに風呂敷を入れて姫路駅へ向かった。

歩いて行けるとこに海はあったけど、せめて散骨が終わるまでは、知ってる顔に会いとうなかった。

舞子駅までの切符を買って山陽本線に乗った。

電車を降りて知らん道を歩いた。

ボクが考えてた場所はなかなか見つからんかった。

探していたんは突堤や。

ただ海に撒くだけやのうて、粉になったお骨が風に流れるような場所をイメージしてたんや。

こんなんやったらチャリで姫路港に行ったら良かった――

後悔したけど、もう昼に近い時間になっていたし、今さら姫路に戻るのもどうかと思えた。

ラーメン屋があった。

めちゃくちゃお腹が空いてたボクは、散骨も終わってないのに、お骨の入ったボストンバッグを手にしたままフラフラと入ってしもうた。

ラーメン屋というより中華ソバ屋さんやった。

人の良さげなお婆さんとお爺さんが二人でやってる小さな店やった。

醬油ラーメンと炒飯を頼んで食べた。

お勘定をする時にお婆さんに訊いてみた。

「今度の日曜日に友達と釣りに来ようと思って突堤を探しとんですが、どっか近場にありませんか」

「それやったら」

答えてくれたんはカウンターの中にいたお爺さんやった。

道順を教えられて言われた。

「ボン、まだ子供やないか。学校はどないしたんや」

「風邪で昨日から休んでたんやけど、体調が良うなったんで気分転換に出てきましてん」

自分でも驚くくらいスラスラと嘘が言えた。

「それでマスクしとんか。風邪は引き始めと治り端が大事やで。潮風に当たるんは感心せんな」

「もう熱も平熱に下がってますから」

「どれ」

お婆さんがボクの額に手を当てた。

「うんうん、平熱やな」

お爺さんに伝えた。

「今日は下見だけやから……」

「ボン、気ィ付けていくんやで。早めに家に帰った方がええで」

「ありがとうございます。ご馳走様でした」

お爺さんに優しい言葉をかけられて、ボクの頭に浮かんだモンがあった。

お母ちゃんがクローゼットの中に隠していた頭陀袋や。

毎月十万円を、ボクはあの頭陀袋から出してノブさんに渡してた。それやのに頭陀袋の中身は全然減ってなかった。それどころか増えてた。

あれからお母ちゃん、家に帰るんが遅うなってたな――

ボンヤリと考えた。

ボクがノブさんにお金を渡すようになってから、お母ちゃんの帰りが遅うなった。

お酒の臭いがしてたな――

そんな事も思い出された。

朝食の時、お母ちゃんの体臭にお酒の臭いが混じった。

顔色が悪うて辛そうにしてる事もあった。

店の売り上げを伸ばすために、お客さんの酒の相手までしてたんか――

考えなアカン事が仰山あった。

考えた末に、この件はノブさんに相談するしかないと思うた。


突堤に着いて散骨を始めた。

風呂敷を裏返していっぺんに撒くんと違うて、鞄の中で風呂敷を解いて、零れんよう左手に鞄を持って、右手の三本指でお骨の粉を摘まんでちょっとずつ風に流した。

お母ちゃんとのお別れや――

そんな想いでちょっとずつ風に流した。

ひと摘まみ口に入れてみた。

味はせんかった。

せんかったけど甘く感じた。

それからボクは骨粉を風に流すんやのうて、ひと摘まみ、ひと摘まみしては口の中に入れた。

お母ちゃんはボクの身ィになって骨になる――

「差別の無い広い空と広い海で『恨』から解放されたいの」

お母ちゃんはそう言うた。

それやのにボクは――

お母ちゃんを海に流さんと自分の身体に閉じ込めようとしとる。

可哀想なお母ちゃん――

ボクの心の中にも『恨』は芽生えとるやろうか？

その『恨』が、お母ちゃんの骨粉を養分にしてこれから育っていくんやろうか――

そう考えたらお母ちゃんは可哀想やけど――

お骨の粉の最後のひと摘まみまでボクは口の中で味わった。

＊

マンちゃんのお母ちゃんが死によった。

お父ちゃんのヨンスクに殺されよった。

お父ちゃんと二人して、お母ちゃんのお骨を粉にして、マンちゃんがそれを散骨したらしいけど、不思議やったんは、マンちゃんがお父ちゃんに、それほどの憤りとか憎しみを感じてない事やった。それどころか、どこかお父ちゃんに同情してるような事まで言うた。

「あんなに慕うとったお母ちゃん殺されて、マンちゃんもキツイやろうな」

「アボジにはアボジなりにキツイ事もあったん違うやろうか？」

マンちゃんは遠い目をしただけやった。

まぁええわ。混乱もしとるんやろう——

そない考えて、それ以上煽るんは控えた。

どっちゃにしても、マンちゃんのお母ちゃんはヨンスクに殺されたんや。感情の深いところで、マンちゃんにも含むところはあるやろうけど、それを煽るタイミングやない。そう判断した。

いずれこの事件は、ヨンスクの財産を根こそぎにする時に使えるやろう。

ワイが直接、ヨンスクの金庫に手ぇを入れられるモンでもないねん。

マンちゃんを通じて、それを根こそぎにする時機が来るやろうから、それまであの父子の事は静観や。

そう考えたんには他にも理由があった。

中学の卒業が間近に迫っとった。

高校に進む気は無いし、どこかに就職するつもりも無い。

ワイは、個人で始められる銭稼ぎをせなアカンかってん。

元手はない。

あるのは人脈だけや。

それを元手に新しい商売始めなアカン。
とりあえずの目標は三億円や。
卒業式を控え、ワイは商売の準備を始めとった。

6

一週間後に中学の卒業を控えてボクはアボジから引っ越すように言われた。

お母ちゃんが居らんようになってから、アボジは一回も部屋には来んかったのに、その日は学校から帰るボクを部屋で待ってて、いきなりその話をされた。

「この部屋は売りに出す。そのためにはリフォームとかもせなアカン。そやからオマエもこの部屋を出るつもりで用意せぇ」

突然言われて唖然としてしもうた。

この部屋もアボジの名義やとお母ちゃん言うてたな――

売り飛ばして金に換えるつもりか――

「ほな、ボクはどこで暮らしたらええん？」

「とりあえず『ヘブン一号店』の二階に部屋を用意したる。当分はそこで暮らしたらええやろ」

『ヘブン一号店』はアボジが姫路で最初に開いたパチンコ店や。

一号店を含め、その時点でアボジは四つのパチンコ店を経営してた。

「ただ暮らすだけでは時間を持て余すやろ。昼間は店の手伝いをしてくれたらええ」

「手伝いて？」

「アルバイト社員として雇ってやろうちゅう事や。それとも卒業後の就職口とかあるんか？」

お母ちゃんが死んだ日に、高校に進学せえへんとアボジに言うたんは、その場の勢いやった。

お母ちゃんの死を無いモンとして、

「オマエも来年は高校生や。そのオマエが孤児では何かと面倒な事になるかも知れへんなぁ……」

と、言うたアボジにムカついて言うた言葉やった。

他の連中みたいに受験勉強もしてないし、かというて、卒業後の事なんか、これッぽっちも考えてへんかった。

「まッ、就職先は無いわな。そもそも保証人になってくれる親もおらんのやからな」

ボクをそんな境遇にしたんが自分やと分かっとんかいッ――

「そやからウチで雇うてやると言うとるんじゃ」

「荷物はどないしたらええん？」

「ボストンバッグに要るモンまとめとけ。他の家具とか電化製品とか、その他のあれこれは、全部廃品回収業者に売り払うからな」

「ボストンバッグひとつだけなん？」

「ワイがパチンコ屋に勤め始めた時は、それさえなかったんや」

アボジが加古川のパチンコ店を経営する金田さんとかいう人に拾われた話は、お母ちゃんから聞かされた事があった。その頃は駅や公園のベンチで寝泊まりしとったアボジやった。

それに比べたらマシやと考えとるんやろうな――

「卒業式が終わったら、店のモンがオマエを迎えに行くさけぇ、そのまま『ヘブン一号店』に引っ越しや。部屋の仕舞いの業者は朝から入れるさけぇ、ボストンバッグは卒業式に忘れんように持って行くんやで。ええか、分かったな」

それだけ言うてアボジが部屋を後にした。

ノブさんを頼る事にした。

何をどう頼るのか、具体的な考えは無かったけど、その時点で頼れるのはノブさんしかおらんかった。

一年前に中学を卒業してたノブさんと会うのは月に一度だけやった。

月々の十万円を集金しにマンションの部屋に来る。

ボクが差し出す十万円受け取るだけで部屋にも上がらへん。

ノブさんの電話番号どころか、電話を持ってるかどうかも知らんので、ボクはその夜、前に一度だけ訪れた事のある黒里団地を訪ねた。

宵の口やいうのに真っ暗やった。

薄暮の名残を頼りに土の道を歩いた。

ノブさんの家を知らんかった自分の迂闊さに気が付いた頃には、とっぷりと日が暮れていた。

仕方がないんで手近な玄関の戸をホトホトと叩いた。

「誰や?」

中から人の声がした。

オバサンの声やった。

「あ、すいません。ノブさんを訪ねて来たんですが」

声に向かって言うた。

「ノブさん?」

「ええ、去年中学を卒業して……」

「井尻さんとこの息子さんかいな」

「そうです。井尻さんです」

「あの子、この時間には未だ居らんで。黒里団地に帰って来るんは夜中になるやろ」

なるほど、ノブさんはこんな時間にも働いているんやと得心した。

「それやったら伝言して欲しいんですけど……」

「伝言て言われてもなぁ……」

明らかに迷惑そうな口調やった。

気にせんと言うた。

こんな不気味なところに何遍も来とうなかった。

「ボク、朴マンスいうモンです」

「エッ、あんたあの朴マンスさんかいな」

相手の口調が百八十度変わって玄関の戸が開いた。

「マンスさんにはいつもお世話になってます。なんなりと言うて下さい。朴マンスさんの言付けでしたら必ずお伝えしますので」

手の平返しに呆れた。

会うた事もないオバサンにこれだけ手厚く対応されるやなんて——

手応えみたいなモンを感じた。

「今夜、何時になってもええんで、ボクの部屋に来るように伝言して頂けませんでしょうか？」

「井尻さんとこの息子さん、朴マンスさんの住所はご存じなんで？」

「ええ、何度か部屋に来た事がありますから」

「分かりました。必ずお伝えします」

オバサンが暗闇に消える気配がした。

「ちょっと待って下さい」

呼び止めた。

「はい、なんでしょう?」

「ノブさんは夜中までどんな仕事をしてはるんですか?」

中学を卒業したら仕事をして、将来の事業に備えて金を貯めるのだと言うた。

それがどんな仕事なんかボクは教えて貰うてない。

中卒でできる仕事も限られているやろう。

しかもそれを元手に事業を始めると言うた。

もしかして――

考えたんや。

今のままではアボジに言われた通り、パチンコ店のアルバイト店員として住み込みで働くしかない。

住む部屋も無うなるんやから他に選択のしようがない。

そやけどノブさんの仕事を手伝えるんやったらアボジと縁を切れるやないかと考えたんや。

集金に部屋を訪れるたびに、何をしとんか訊いてたんやけど、言葉をゴニョゴニョさせて教えてくれへんノブさんやった。

当時は今ほど切羽詰まってなかったんで、深う追求する事もせんかった。

「主婦売春の元締めですよ」

暗闇のオバサンがあっさりと教えてくれた。

「なかなか評判のええ元締めさんですよ。この黒里団地だけや無うて他の団地でも、井尻の息子さんの世話になってる女の人は仰山いてはります。ウチかてもうちょっと若うて、人三化七《にんさんばけしち》やなかったらお世話になりたいくらいですわ」

言うて「ホホホ」と笑った。

どうやらこの黒里団地では売春は悪い事やないんやな——

「そんなに評判がええんですか？」

「ええ、他の元締めは売り上げの半分はピンハネしますけど、井尻の息子さんは一割しかピンハネしませんねん。そのうえ、料金を踏み倒す客がおったら、黒里団地の強面が取り立てに行くんですけど、その手間賃も気ィよう支払うてくれるんですわ」

どんどんオバサンの口調が砕けたモンになってきた。

この調子やとなんぼでも喋ってくれそうやったけど、他に訊く事も思い付かんかったボクは、喋りを終わらせて自分のマンションに帰った。

主婦売春の元締めはムリやわ——

諦めるしかなかった。


ノブさんが部屋を訪ねてくれたんは夜中の二時過ぎやった。

「何時でもええていう伝言やったさけぇ、来たでぇ」

「わざわざすんません」

この人が主婦売春の元締めやってはるんか――

そう思うただけで胸がドキドキした。

歳でいうたら来月から高校二年生なんや。

そんな人間が主婦を集めて売春しているやなんて――

後光が射しているようにさえ思えた。

「なんの用事やねん？　マンちゃんが夜に黒里団地を訪れるやなんてよほどの事なんやろ」

「話が長うなりますんで上がって貰うてもええですか」

「ほなジャマするわ」

ピッカピカに磨かれて爪先の尖がった黒い革靴を脱いだノブさんは、パリッとしたジャケット姿やった。

香水？

近くを通る時にええ香りがした。

ダイニングテーブルに着席したノブさんに瓶のコーラを出した。

「お酒とかないんで……」

「あたりまえやんか。ワイら未成年なんやで」

その未成年が売春の――

アカン、アカン、今夜の本題はそれやないねん――

「実は……」

要約して話せんかったんで一から十まで、この一年間の出来事を洗い浚いぶちまけた。

アボジとお母ちゃんの首絞めセックスの事。

それが昴じてアボジがお母ちゃんを殺《あや》めてしもうた事。

お母ちゃんはその日のうちに焼き場に運ばれてお骨になった事。

そのお骨をアボジがすり鉢とすりこぎ棒で骨粉にした事。

その骨粉をボクが散骨した事。

多分お母ちゃんが死んだ件は未だ公にされてへんやろうという事。

ボクが勢いで高校には進まへんと言うた事。

中学を卒業したらこの部屋を出るよう言われてる事。

この部屋は売りに出される事。

家具や電化製品も廃品回収業者に売り払われる事。

ボクに許されているのはボストンバッグひとつだけ持って出る事。

アボジの店で住み込みで働く事。

いつか中学の校舎の屋上でノブさんに精通の報告した話とダブる部分もかなりあったけど、それはそれとして、一から十まで全部話した。

「ノブさん、主婦売春の元締めをしとるらしいですね」

その事もついでに言うてみた。

そんな仕事がボクに手伝えるとは思えんかったけど、ダメもとで手伝えるモンかどうか探ってみた。

「オバハンに聞いたんか？」

ノブさんの目が険しくなった。

「ええ、まぁ、話の流れで……」

「ホンマに口が軽うてナンギするわ。それだけマンちゃんを仲間やと思うとるんやろうな」

和らいだ口調で呆れるノブさんに言うてみた。

「ボクでお手伝いできる事ないでしょうか？」

「マンちゃんがかい？　主婦買春の手伝いをか？」

「ええ、それやったらアボジの店でアルバイトする必要もありませんし……」

「無理やな」

あっさり否定された。

「今まで裕福に暮らしてきたマンちゃんに主婦売春は無理や。ホンマモンの貧乏を経験してないマンちゃんに、勤まるもんやないで」

「ほなボクは、これからどないしたらええでしょ？」

「先《ま》ず言えることは……」

項垂れたボクにノブさんが厳《おごそ》かに話し始めた。

「高校には行った方がええな」

「そんなぁ、ノブさんかて……」

ノブさんが手の平をボクの目の前に突き出して言葉を遮った。

「ワイとマンちゃんでは抱えてるモンがちゃうがな」

「抱えてるモン？」

「せや、ワイは文無しから事業を起こさなアカン身の上や。そやけどマンちゃんには、そんな事をせんでも転がり込んでくるかも知れへん財産があるやないか」

ええかマンちゃん、と突き出して広げた指の間からボクを睨んで言うた。

「世の中金がすべてやねん。そうやないと言う奴らもいよるけど、金があったらなんでもでける。金が無いんは首が無いんと一緒やねん」

「金は未だありますよ」

ノブさんが言いたい事が違う事やと分かってたけど、お母ちゃんの寝室に向かい、クローゼットの奥から頭陀袋を引っ張ってダイニングテーブルへ戻った。

実のところを言うたらノブさんに気合負けしてた。

このまま話を続けても呑まれてまう――

気勢を削ぐには金がいちばん効果ある――

そんな風に考えた。

頭陀袋を開いて中身を見せた。

「どうです、ノブさんに毎月ちゃんと十万円払ってきましたけど、未だこんな仰山残ってるんです」

ノブさんが袋の中身をチラ見しただけで興味の無い顔をした。

「お母ちゃんは自殺したんやないかって考える事があるんです」

「自殺？　マンちゃんの父ちゃんの首絞めセックスで死んだんと違うんか？」

「見た目はそうなんやけど、お母ちゃんが死んだ日の首絞めセックスは特別やったんです」

「ほう、どない違うたんや」

「いつもは喉輪締めやったんですけど、その日に限って絹の帯締めで首を絞めてくれと、アボジに頼んだんです」

そこまで詳しい事は言うてなかった。

「それはかなり危険なプレイやな。ワイの売春組織でも禁じ手や。蠟燭《ろうそく》で責めるプレイも赤い和蠟燭と決めとる。普通の白い蠟燭は温度が高いさけぇ火傷をする事があるからな」

　蠟燭プレイなんか関係ないやん――

「この頭陀袋の中には、現時点で七年分の十万円の束が入っていますねん。以前は金種ごとに束にしてたんですけど、今は金種に関係なしに十万円の束にしています」

　ノブさんが不可解そうに首を傾げた。

　お母ちゃんが死んでから頭陀袋の金は増えんようになった。どれくらい残っとるんか分かるように、ボクは十万円の束にしてん。

「七年いうのは、ボクが大学を卒業するまでの月数ですやん」

　まだ分からへんのか――

　段々苛ついてきた。

「ノブさんに毎月十万円、七年間払うても足りるだけの束が入っとるいう事ですねん。お母ちゃんが死んでから、ノブさんに現金を渡す時に気が付いたんですわ。お母ちゃんはボクが大学卒業するまでの貯えの目処が立ったから、自分から望んで絹の帯締めで首を絞めてくれと言うたん違いますやろか?」

　絞め殺したアボジからして責任はお母ちゃんにあると言うてた。

「なるほど、そうも考えられるな」

　腕組みをしたノブさんが頷いた。

「そやけど、死んだモンの気持ちをあれこれ考えても時間のムダや」

　それはそうやけど――

「そんな事より、その金をどないしたいんや？」

「どないしたいと言われても……」

言葉に詰まった。

「マンちゃんが考えなアカンのは父ちゃんの会社の乗っ取りや」

「乗っ取り！」

「せや、ジウとかいう嫁はんにはガキはおらへん」

ジウ――

その名前もノブさんは知っとんかッ。

それだけやない。

子供がおらん事も知っとる。

どこまで広い情報網を持ってんねん――

驚くしかなかった。

けどそれだけやなかった。

「ジウとかいうオナゴはな、マンちゃんのアボジとの性行為も未だに拒否してるらしいねん。なんでもな、下賤の血ィの混じったガキは産みとうないらしいわ」

「なんでそんな事まで……」

「前にも言うたやろ。ワイらの武器は情報だけなんや。特にワイみたいな人間にとっては金持ちの情勢にアンテナ張るんは当たり前や」

「ノブさんみたいな人間って？」

「要は自分で事業を始めて荒稼ぎを目論んどる人間ちゅう事や。朴ヨンスクとワイは直接の利害関係があるわけやないけど、なんせマンちゃんのアボジなんやからな。その朴ヨンスクにアンテナ張るんは当然の事や」

「もしかしてノブさん……」

疑念が湧いた。

口にする事はでけんかった。

「朴ヨンスク目当てでワイがマンちゃんに近付いたと言いたいんか？」

言い当てられた。

「それは考え過ぎや」

笑みを見せたがその言葉を真に受けることがでけんかった。

「どっちゃにしてもや……」

ノブさんが話題を戻した。

「マンちゃんは高校に進学した方がええ。ヨンスクの事業を乗っ取るにしても、中卒では格好が付かへんやろ」

「けど、高校受験もしてへんし、身元保証人もおれへんし……」

「夜学に行けや。夜学なら受験は要らへん。申し込みだけで入れるがな」

「そやけどボクはアボジの店で働かなアカンし……」

「店長経由でもええ。ヨンスクに夜学に通いたいて伝えたらアッサリ許可してくれるわ」

「くれるやろうか」

「ええか、ヨンスクいう男は劣等感の塊や。見栄張りやねん。我が子が中卒やのうて、たとえ夜学であろうが、向学心があると知ったら喜んで許可しよるがな。ジウとの間にガキがでけへんのやったら、いずれはマンちゃんに跡を継がさなアカン。その子が中卒ではと、考えるに違いないねん」

アボジの考えを手に取るように解説するノブさんの言葉を素直には聞けんかった。

そんなボクにいくつかの助言をくれた。

「とりあえず職場では虐められると覚悟しときや」

「アボジの息子やのに虐められますんか？」

「ヨンスクがマンちゃんの事を息子やと社員に紹介するはずがないやろ」

「なんでですの？」

「ジウの手前や。妾腹の子がヨンスクの店の社員になったやなんて知ったら、ジウの神経を逆撫でしよると考えるやろ」

なるほど、そう考えるかも知れへんな――

「そやからマンちゃんは虐められる。確実にな」

「確実に？」

なんでそこまで断言できるんやろ――

「パチ屋に勤めとる連中は在日繋がりが多いやろ。朴はそれほど珍しい名前でもない。アルバイト社員のマンちゃんを社長の息子やと結び付ける奴はおらんやろ」

なるほどな――

「在日いうだけでまともな職に就かれへん可哀想な連中や。在日やのうても、パチ屋には普通の仕事に就かれへん連中が仰山居てるはずや」

「その人らがボクを虐めますの？」

「せや、社会に対して不満を燻らせとるモンは、弱い者虐めが大好きやさけぇな」

「厄介な連中が多いんですね」

「パチ屋なんぞ、世間の厄介モンの集まりやろ。そやけどパチ屋で虐められても。これまでみたいにワイがマンちゃんを助けることはでけへん」

今までも直接助けて貰うたわけやないけど——

ノブさんとの付き合いが、ボクの虐めに対する抑止力になってくれてたんは素直に認める。

これからは、その抑止力が無うなるという事か——

そらそやな——

勤めに出るんやもんな——

「そやけどそれはチャンスでもあるんや」

「虐められるんがチャンスなんですか？」

「せや、相手はマンちゃんがヨンスクの息子やと知らんで虐めるんやろ。それを知ったらどうなる？」

「慌てるでしょうね」

想像して愉快になった。

「慌てるやろうな。そやけど大事なんはその段階でマンちゃんがどんな態度をとるかという事や。ええか、絶対に仕返ししようやなんて思うたらアカンで」

「それはまたなんでですの？」

愉快な気持ちになっているのに水を注されてしもうた。

「相手を疑心暗鬼にさせるんや。あんなに虐めたのに、どうしてこの人は自分の立場を利用して、面倒事を押し付けて来んのやろう。もしかしたらもっと過激な復讐を考えとるんと違うやろうか。

そんな風に思わせるんや。そしたらオマエの勝ちやんか」

マンちゃんがオマエに代わりよった――

「自分が虐めた相手から手厚うされてみ。怯えながら、だんだんその相手を慕うようになるやろ」

「ちょっと待って下さい」

話を止めた。

大事な事を忘れてるんやないかと感じた。

「ノブさんは、いずれアボジがボクの身分を社員に明かすことを前提に話してはるけど、そうなるとは限りませんやん」

「なるわ。ヨンスクとジウは肉体関係もないパチモンの夫婦や。言葉も片言でしか通じへん。コミュニケーションがでけん夫婦やねん。遅かれ早かれ破綻するんは火ィを見るよりも明らかやんか」

ただそのためにはな、と続けた。

「夜学には三年制と四年制があるみたいやけど、短うても三年間、夜学に通いながら虐められる環境での下働きは大抵の苦労やないで。それに耐えなアカン。耐えて、ヨンスクの信頼を得るんや。ヨンスクかて人の親や。オマエの事が心配で、お目付け役を付けるやろ。店長あたりにオマエの働きぶりを訊くに違いないねん」

そやから夜学に通う間は、仕事も学校も無遅刻無欠勤の優等生で過ごせと言うた。

「オマエが、いやマンちゃんが」

気付きよった――

「夜学を卒業するまでの間、ワイらは会わんでおこう」

「友達付き合いを止めると言うんですの？」

「せや、今夜みたいに黒里の団地を訪れるんも無しや。マンちゃんとワイは他人として距離を置くねん」

「そんな……心細いですやん」

「なにを気ぃの弱い事を言うとんねや。それもこれも、高校を卒業した暁には、直ぐにとはさすがに言わんけど、いずれヨンスクの事業を乗っ取る地均《じなら》しやんか」

「事業を乗っ取る地均しですのん？」

どうも乗っ取りというんがピンとけぇへんのやが――

「せや、夜学を卒業したらワイを訪ねてきたらええ。そこでまた助言したるさけぇ」

助言……なん？

ボクはだんだん自分がノブさんにコントロールされてるような気持ちになってた。

「力になれん間、月々の十万円は払わんでええわ」

「ホンマにええんですか？」

「ああ、それにワイもこの三年の内に黒里団地を出るつもりや」

「引っ越しますのん？」

「今な、市営住宅の話が進んでんねん。あの黒里団地を取り潰して、コンクリの集合住宅にしようという話が、な。電気もガス水道も引っ張ってくれよんねん」

電気が通ってなかったんや――

何時間か前に、ノブさんを訪ねて足を運んだ黒里団地が浮かんだ。

闇に沈んだ黒里団地やった。

「そやけど市営住宅の部屋で主婦売春の元締めをするわけにはいかんやろ。そやからどっかに一軒家建てるか買おうと考えてるねん」

「黒里団地とは縁が切れますのんか？」

「いいや、事業に必要な人材とかはあの団地を中心に掻き集めようと思うてる。そやからまったく縁が切れるわけやない」

黒里団地には金のためならなんでもする連中がおるさけぇなあ、と頼もし気に言うた。

「ところで……」と、ノブさんがボクの足元に置いたお母ちゃんの頭陀袋に目線を落とした。

「ボストンバッグひとつの引っ越しなんやな」

何を言いたいんか訊かんでも分かった。

実際のところボクも困ってた。

頭陀袋に入ってるお札をボストンバッグに移したらそれだけで一杯になってしまう。

入り切るかも分からへん。

かというて、お札の詰まったボストンバッグを抱えて住み込みの店に移ることもできへん。

「月々の十万円はええけど、その袋、ワイが預かってやろか？」

どないしよ？

お金が何より大事と考えるノブさんや。

「夜学卒業後には手付かずで返してやるさけぇ」

ノブさんの目を真っ直ぐに見た。

信用してもええやろ――

そう考えた。

いつかノブさんは言うた。

「一度した約束を反故《ほご》にしたら、お互いの信頼関係が崩れてしまう」と。

お金に執着してるけどお金に汚いわけやない。

それに、ボク自身もピンときてないけど、ノブさんはアボジの事業の乗っ取りをボクに唆しとる。

もちろんその時には、それ相応の分け前を要求されるやろうけど、その意味でボクは、ノブさんにとって、まだまだ利用価値のある人間なんや。

頭陀袋の中には八百万円を超える大金が入っとるけど、アボジが経営する『ヘブングループ』の乗っ取りに成功したらそんな金は目糞金やろ。

「助かります」

頭を下げて、お母ちゃんの頭陀袋はノブさんの手に渡った。


中学の卒業式の日、ボクを迎えに来た『ヘブン一号店』の店長さんは、校門の横に停めていた社用車に乗り込んだボクに言うた。

「私だけがキミが社長の息子さんやと知っとる。他の社員は誰も知らん。そやけど店に着いたらキミは普通の新入アルバイト社員や。特別扱いは一切せんからそのつもりでな」

ボクは「ハイッ」と元気良う答えた。

ノブさんの言う通りやった。

アボジはボクにお目付け役を付けたんや。

「夜学に通いたいのですが」

ノブさんに助言された通りに言うてみた。

「夜学であれば、昼間は店の手伝いもできるでしょうから」

「分かった。その件は私から社長にお伝えしておこう」

次の日。

店長から店の外に誘い出されて言われた。

「三年制の夜学に入学できる事になった。夜学の入学金は社長が出して下さるそうだ。身元保証人は私が請け負う。キミは勉学に励むように」

やっぱりノブさん凄いわ——

「店の仕事はどうしたらええんでしょ？」

「社長からは勉学に障りがあるようやったら、店の仕事はせんでええと言われとる」

「いえ、それでは夜学を選んだ意味がありません。夜学に通う時間以外は店の手伝いをさせて下さい。仕事を覚えたいんですッ。よろしくお願いします」

訴えかけて深々と頭を下げた。

「なかなか感心な心掛けやな。分かった。だったら店を手伝って貰おう。この件は私から社長に伝える。社長もさぞお喜びになるだろう」


それから三年経った新年にノブさんから店に年賀状が届いた。

『賀正』と印刷された年賀状には、ノブさんの新しい住所と道案内の地図が手書きされていた。

忘れてなかったんやな——

新しい事業を始めはったんやな——

三年間のブランクが一気に埋まった。

ボクも頑張らなあかん。

ノブさんに負けんようアボジの会社を乗っ取るんや。

そのための三年間やったんやからな。

＊

最初に接触したんは春江という住み込みの家政婦やった。

「朴ヨンスクさんのお宅で家政婦をされている春江さんですね」

買い物帰りの春江に声を掛けた。

「坂本マンスくんのイッコ年長の井尻信昭と申しますが」

「なんの用や」

中年太りのオバハンが憮然とした顔で言いよった。

「少々心配な事がありまして」

「そやからなんですの。ウチは忙しいんやから、用件を聞かせてんか」

「もうすぐ中学を卒業されるようですけど」

「それがどないしてん」

「進路を訊いたら高校には進学せんと言うてましてて」

「それで？」

「今の時代、中卒では何かと職も見付け難いのと違いますやろうか」

「だからウチにどうせぇ言うんや。妾腹の子ぉの事なんか興味ないがな」

口ではそう言うとるけど目は興味津々や。

「旦那様からも説得頂けるようご注進頂けないかと思いまして」

ホンマはそんな説得は要らんねん。

マンちゃんには夜学を希望するよう勧めてある。

マンちゃんはワイの言う通りにするやろう。

春江を呼び止めたんはマンちゃんの卒業式の前日やった。

次の日、マンちゃんは迎えに来た『ヘブン一号店』の店長に夜学への進学希望を口にするはずや。

その希望をマンちゃんのお父ちゃんであるヨンスクが受け入れる事、ヨンスクの記憶にワイの印象が残る事、それがワイの目的やってん。

「伝えとくわ。それでええねんな」

「おおきに。それだけで十分ですわ。もしなんかあったら、こちらに連絡して下さい。できる限りの事はさして貰いますから」

言うてワイの電話番号を書いた単語カードを渡した。

「預かっとくわ」

春江がすんなりと受け取った。

ワイの電話番号がヨンスクの手に渡るかどうか、それは心配してなかった。

必ず渡るモンやと確信してた。

どうせ春江はゴシップ好きのオバハンやろ。

マンちゃんのお母ちゃんとヨンスクの関係に興味があるに違いないねん。

半島からキッツイ性格の嫁はんを貰うてから、ヨンスクの塩町通いが止まった。

それが何年か置いて再開した。

続いた。

まさかヨンスクがマンちゃんのお母ちゃんを殺した事までは知らんやろうけど、ある夜を境に、ヨンスクの塩町通いがふっつりと途絶えた理由に興味があるはずや。

探りを入れようと下衆《げす》な動機でヨンスクに渡すやろ。

案の上、翌日の夕方ヨンスクから電話があった。

簡単な自己紹介の後でマンちゃんを説得して夜学に通わせる事にしたと、それが自分の手柄のように言うた。

「井尻くんは高校生なんだよね」

訊かれたので、全国的にも有名な進学校の名前を答えてやった。

「そうかね。それは頼もしい。またこれからもアイツの力になってくれないかね」

尊大ぶった。

「はい、同じ中学の先輩として、見守っていたいと考えております」

殊勝に返事をしてワイはヨンスクとの関係を持ったんや。

まさか自分が電話してる相手が、黒里団地に住んどる人間やと思いもせんヨンスクやった。

7

夜学の卒業式が終った次の日、ボクは店長に休みを貰うて年賀状を頼りにノブさんの新居を訪れた。

「久しぶりやのう。遠慮せんと上がれや」

初めて新居を訪れたボクをノブさんは快う招き入れてくれた。

「いらっしゃい。マンスさんのお噂はいつも主人から伺っております」

若い女が居た事に驚かされた。

主人？

結婚してたんか――

ノブさんが照れ笑いした。

「未だ籍は入れてへんねん。そやけど、もうちょっと大きな家を建てたら入籍するつもりや。こんなコンマイ家ではガキも作れんさけぇな」

「なんか、凄いですね」

「黒里団地の住人はコンクリの市営住宅にも優先的に入居でける。そやけどそれだけでは詰まらん。ワイはもっと稼ぐつもりや。じゃんじゃん稼いで世間の奴らを見下したるんや」

見返すやのうて見下すか――

ノブさんらしいわ――

「ところで手ェにぶら下げとんのはなんや。まさか転居祝いに手ぶらで来たわけでもないやろ」

「これですか。舶来もんのウイスキーです。日本酒も、韓国焼酎も気に入りませんねん。そやから洋酒にしましてん」

「おい、氷とグラスや。炭酸も用意せんかい。ハイボールとしゃれ込もうやないか」

ソファーに腰を下ろしたままノブさんが内縁の嫁さんに命じ、それらはすぐに用意された。

「おおきに」

それらを受け取りながらノブさんの嫁さんに改めて挨拶した。

「朴マンスと申します」

相手が絨毯に正座して三つ指を突いた。

「仙石陽子と申します」

「仙石？」

聞き覚えのある苗字やった。

そないいうたらノブさんに紹介された婦人会長をしてるとかいうオバハンが――

井戸端に屯《たむろ》しとったオバサン連中を思い出した。

「ちゃうで」

宙に目を泳がせたボクをノブさんが笑うた。

「あの仙石の娘やない。親戚でもないねん」

「なにかおつまみを用意しますね」

言って陽子さんが台所へと立った。

「どうかお気遣いなさいませんように」

「マンちゃん、大人みたいな事を言わんでええ」

上機嫌のノブさんが苦笑混じりの笑いを浮かべた。

「夜学も卒業したんです。一人前の大人ですやん」

「せや、そうやったな。忘れるとこやったわ」

ノブさんが立ち上がって箪笥《たんす》へと向かった。

上段の引き出しから茶封筒を取り出して差し出した。

「これは？」

「預かってた金や。頭陀袋のままでは場所取るさけぇ、銀行に預けたんや」

封筒の中身は預金通帳と印鑑やった。

「ワイの名義で預金した。で、それが銀行印や。確かめてんか？」

言われて通帳を確かめた。

やっぱり思うた通りや――

預金された日付けは、三年前にノブさんに金を預けた翌日やった。それ以降金の出し入れは一度も無かった。

「あの時の金額のままですね」

預け入れられた金は八百六十万円やった。

「利息も付いとるやろうけど、中身は一切触ってへんで」

「おおきに」

預金通帳と銀行印をポケットに仕舞って訊いてみた。

「主婦売春の仕事はどうですの？」

「まぁ順調や」

あっさりと言うた。

「電話一本ででける商売や。元手が掛からんのがなによりやったわ」

そうやろうな――

納得した。

会わんかった三年間で、ノブさんは小さいとはいえ一軒家を構えているんや。それなりに順調なんは頷けた。

実はな、とノブさんが声を潜めた。

「陽子にも売春させとんよ」

「自分の嫁に、ですか？」

「いずれ籍を入れたら止めさそうと思うとるけど、今は次の商売のために金を稼がないかん時期やねん。それはアイツも了解しとる」

事も無げに言うた。

金儲けに賭ける覚悟のほどを思い知らされた。

ボクも負けてられへん――

覚悟を新たにした。

「あらあら、お酒を呑みながら内緒話なの？」

陽子さんが大皿に山盛りにした生ホルモンを手にボクらの会話に割り込んだ。

「急ごしらえですけど」

大皿には粒のままのニンニクと青唐辛子、酢味噌の小鉢が載せられていた。

「仕事の話や」

ノブさんが生ホルモンを酢味噌につけて口に放り込んだ。

「マンちゃんも食べえな。この青唐辛子利くで。口ん中火事になって、明日の朝にクソする時は肛門までピリピリしよるホンマモンや」

「いただきます」

箸を伸ばした。

暫しボクとノブさんは無言になった。

「晩御飯の買い物に行ってきます。マンスさん、ゆっくりして行ってくださいね。夜はもつ鍋にしますから」

買い物籠を腕にぶら下げ家を出る陽子さんを見送りながらノブさんが言うた。

「どや、ええ尻しとるやろ。乳も揉み甲斐あるで。マンちゃんなら特別割引してやるけど、今晩要らんか？」

「ボクは……」

「遠慮せんでええねん。マンちゃんがしとる間、ワイは表に出とるさけぇ」

「いや、遠慮やのうて……」

「なんやねん。はっきり言うてくれな分からへんがな」

「首を絞められて悦ぶ、いや、悦ばんでも、どっちかいうたら嫌がる女の方がええんですが、そんなんさしてくれる女、ノブさんの手持ちにいてませんの？」

頭に浮かんでたんは、一度しか見た事のないアボジとお母ちゃんのセックスやった。

ボクは未だ童貞やねん。

この三年間、自分を偽って真面目を演じてきたんや。

セックスするんやったら――

住み込みで働いているのはボクだけやなかった。

同部屋のアルバイト仲間が二人居った。

性欲が溜まったらトイレで処理してた。

店だけでやない。

夜学のトイレでもチンコを扱いてた。

そのオカズはいつもアボジとお母ちゃんの首絞めセックスやった。

他にオカズにするモンが無かった。

アルバイト仲間はヌード雑誌とかを買うて、部屋に放り出してあったけど、ボクはそんなモンには興味のないフリをしてた。

閉店後の後片付けが終わってからは消灯時間まで、学校の予習復習に没頭した。

それもあって、店でのボクの評判は、堅物のガリ勉野郎やった。

どうせセックスするんやったら、アボジとお母ちゃんみたいなセックスをしたかった。

「マンちゃん、そっちの趣味があったんかいな」

「ええ、まぁ……」

「照れる事はないで。性癖は人それぞれやからな」

「で、どうですの？」

「せやな……」

腕を組んで考え込んだ。

「ワイも全部の女とした事はないんで、そういう趣味があるかどうか分からへんけど、二、三声を掛けてみるわ」

「よろしくお願いします」

両膝頭に手を突いて深々と頭を下げた。

ボクの態度が気に入ったんか、ノブさんが「よっしゃ」と膝を打って言うてくれた。

「任しとき。必ず見付けてやるわ。卒業祝いや。料金は要らん。女が見付かったら、朝まで首絞めセックスをしたらええ」

「ホンマですの？」

「ワイとマンちゃんの仲やないけ。遠慮せんでええ」

そない言うて、ノブさんがグラスのハイボールをがぶ飲みした。

生ホルモンを口に放り込んだ。

ニンニクと青唐辛子も喰って頬っぺたを膨らました。


ノブさんからの連絡は卒業式の十日後、トイレ掃除をしてた夕方にあった。

普段のトイレ掃除やない。

パチンコに負けた客が腹いせに、便器やのうてトイレの床にぶちまけた後始末をさせられてたんや。

「おい、パク。オマエに電話や。そやけど取り次ぐんはこれきりやど。仕事中に電話なんぞしてくるなと、常識のない相手に言うとけ」

呼びに来た先輩社員に言われた。

ゴム手袋を脱いで店の二階に急いだ。

「失礼します」

声高に挨拶してバックヤードに踏み入れた。

黒電話の受話器が逆さにされてテーブルの上に置かれてた。

手にして耳に当てた。

「朴です」

「ようマンちゃん。女、見付かったで。次の日曜日の午後八時過ぎに、塩町の『ナックル』いうラブホに入って電話くれや」

それだけ言うて通話は切れた。

バックヤードには三人の先輩社員が休憩してた。

休憩という名目のサボりや。

その中にはボクを呼びに来た男も交じってた。

「そんな事で電話するなや。仕事中なんやで。遊んどんの違うねん。もうええわ。二度と仕事中に電話して来るな。切るで」

ガチャリと叩き付けるように受話器を置いた。

注意された。

「こら、なんを乱暴に扱うとんや。オマエの持ちもん違うねんで」

叱責された。

「すんません。失礼しました」

頭を下げて掃除に戻った。

トイレのドアには『故障中』の札がぶら下げられ、お詫びの言葉を書いた紙が貼られている。

糞尿を撒き散らしたりされるんはパチ屋の日常や。

それらの始末にはいつもボクが指名される。

さっき受話器の置き方を叱った先輩社員に限らず、後輩社員を含めたほとんどの社員が、ボクを下に見て、叱責や指導にかこつけて意地悪する。

どんな虐められても不機嫌にならないから、それがかえってアイツらを付け上がらせるんや。

その事がボクには快感に思える。

いつかアイツらと立場が逆転する。

逆転したら大慌てやな。

考えただけでゾクゾクする。

ノブさんのヨミに狂いは無いやろ。

アボジはいずれボクを登用するに違いない。

あのノブさんがヨミを外すわけがないんや。


待ち兼ねた日曜日の午後八時過ぎ、指定されたラブホに入ってノブさんに電話した。

ノブさんから教えられた売春専用の番号や。

すぐにノブさん本人が応答してくれた。

「三〇二号室ですわ」

「分かった。すぐに行かす。朝までゆっくり可愛がったれや」

「主婦売春でしょ。朝まで大丈夫ですの？」

「旦那は夜勤で、明日の朝の十時までは戻れへんねん」

女を待ちながら、『ヘブン一号店』を出る前の事を思い出した。

その日は予定があると事前に断っていたのに、午後八時前に出ようとしたら引き留められた。

「店長の了解は得てますけど」

そんな言葉で相手は納得せんかった。

「困るんだよね。キミもいつまでも学生気分じゃ続けていけないよ」

ウジウジと能書きを垂れよった。

何が困るんじゃ――

店長は許可しているし、ボクが抜ける算段でシフトも整っとる。

「ウッサイワ。許可を出した店長に文句言えやッ」

いつも素直なボクに怒鳴り返された相手は黙ってしもうた。

こんなもんや――

先輩社員らはまさかボクが逆らうやなんて、思ってもおらんかったんやろ。

そやけどこれからは違うで――

そんな風に考えながら、内心ではかなり後悔していた。

なんであんな事を言うたんやろ――

今まで我慢してたんが台無しやんか――

後悔する一方でノブさんの事も考えた。

ノブさんのヨミが間違うはずがあれへん――

ボクがアボジに登用されたら、ボクがアボジの実の息子やと知れたら――

そんな思いに縋るしかなかった。

ボクが先輩社員に言い返したんは、ノブさんのヨミに頼ったからだけやない。

アボジに対する恨みがあった。

直接どうこうというんやないけど、先輩社員に虐められたら虐められるほど、それに対する鬱屈の捌《は》け口がアボジに、いやヨンスクに向けられ溜まってたんや。

あたりまえやろ。

お母ちゃんさえ生きてたら、アイツに殺されたりせぇへんかったら、ボクは普通に高校にも通えたし、住み込みのアルバイト社員として働く必要もなかったんや。

虐められるたび、そんな思いに囚われるのは当然の事やろ。

いずれアイツの会社を乗っ取ったる――

具体的にはイメージでけへんけど、そんな思いも溜まってた。

乗っ取りに成功したら、身包《みぐる》み剝いで路頭に迷わしたんねん。

ボクがこの三年間で受けた仕打ちの百倍の仕打ちを味わわしたんねん。

童貞を捨てられる――

反抗したのにはその思いもあった。

しかもや。

今まで何度も妄想してきた首絞めセックスで捨てられる――

そんなドキドキ感に浸ってたボクに、要らん事を言うてきたアイツが悪いんや。

暴言を吐いた相手を思い浮かべて考えた。

店に戻ったら謝ろ――

土下座せえ言われたら土下座でもしよ――

考えてたら部屋のチャイムが鳴った。

ドアを開けたら女が立ってた。

「マンスさんでよろしかったですか？」

「そや、マンスや。まぁ入りいな」

女を部屋に招き入れた。

幸薄そうな痩せ細った中年女やった。

ソファーに腰を下ろしたら、女が足元の床に正座しよった。

さすがやで、ノブさん――

女はドンピシャでボクの好みやった。

「首絞めの事はノブさんから聞いているんやな」

「ええ、聞いています」

「これまでも経験あるんか？」

「ええ、お客さんのようなヘンタイさんに何度かお会いしましたから。でも、事前に断りを入れられたヘンタイさんはお客さんが初めてです」

「ボクはやっぱりヘンタイか？」

「私もヘンタイですから」

女が薄く笑って立ち上がった。

命令もしてないのに服を脱ぎ始めた。

ガリガリやった。

全裸になった女は余計に痩せが目に付いた。

あばら骨の浮き出た身体にチンコがカッチンカッチンになった。

ボクも全裸になった。

女に問い掛けた。

「このままやるか？　それとも先に風呂にするか？」

「時間は充分ありますからお風呂に入りませんか？　私にご奉仕をさせてください」

誘われて風呂に入った。

二人で湯船に浸かった。

「洗わせてください」

女が言うた。

浴室の椅子にどっかりと股を開いて腰を下ろした。

女は備え付けのヘチマに石鹸を泡立てて丹念に身体の隅々まで洗うてくれた。

女の言うた「ご奉仕」はそれだけやなかった。

石鹸を洗い流した後でボクの身体を舐め始めた。

それこそ身体中、足の指の股から肛門から、もちろんカッチンカッチンに勃起したチンコも、女は丁寧に舐め尽した。

再度、湯船に浸かった。

あがった。

身体を拭いてベッドに横になった。

女が言うた。

「止めて下さいとか、お止め下さいと、もし私が申し上げても止めないで下さいね」

「どういう事？」

「快感が絶頂に達すると無意識にそう言ってしまうんです。でも、それは止めないでと同じ意味だとお考え下さい」

「首絞めやけど」

過って殺してしまう事もあるやんか――

「承知しています。危ないと思ったら『ストップ』と声を掛けます。その時は即座に中止して下さい。声が出せない時は、お客さんの腕か背中をペタペタと叩きます。それも『ストップ』の合図だと思ってください」

「おう、心得た」

言うていきなり女の両足首を握って股を全開にした。

その中心にあるオマンコに自分の熱《い》きり勃《た》ったチンコをぶち込んだ。

浴室での「ご奉仕」の時から我慢を重ねてたんや。

前戯はせんかった。

オマンコは、限界まで勃起したチンコを受け入れるに十分なほどには濡れてなかった。

ギシギシと軋むような挿入感やった。

無理矢理女を犯しているようで益々興奮した。

挿入したまま女の首に手を掛けた。

か細い首――

それだけで射精しそうになった。

確認した。

「中に出してもええんか？」

「ええ、卵管結束の手術を受けていますから」

答えた女は既に喘ぎ声や。

チンコを抜き挿ししながらボクは女の首を絞めた。

「ああ、止めて下さい」

女が喘ぎ声で言うて膣がドクドクと波打った。

忽《たちま》ちボクは果ててしもうた。

チンコを抜く暇も無う、グイグイ締め付ける女の膣にチンコは再び硬度を取り戻した。

それからも女は何度も「止めて下さい」「お許しくださいさい」と繰り返し、繰り返すほどにそれは絶叫になって、一度も「ストップ」の声もボクの腕や背中をペタペタと叩く事も無く、様々に体位を変え、その時々で首を絞め、果てれば怒張し、延々朝まで幸薄い女とのセックスは続いた。

「また、呼んでくださいね」

風呂を使い、服を着た女が言うて部屋を後にした。

時計を確認すると午前七時やった。

遅刻するがな――

ボクも風呂に入って服を着た。

勤めてから無遅刻無欠勤のボクなんや。

いずれアボジの店を自分のモンにするまでは、絶対に遅刻も欠勤もしないと決めてた。

女の首を締めながらボクは涙が止まらへんかった。

お母ちゃんを想い出して涙が溢れた。

哀しみの涙やない。

怒りでもない。

悔恨の涙でもない。

ボクが流したのは「恨」の涙や――

ホンマにそうか？

心の中で問い掛ける声があった。

オマエはついさっきまで、お母ちゃんの事を忘れてたやないか――

せせら笑う声やった。

「忘れてへんわ」

ズボンの尻ポケットから二つ折りの財布を取り出した。四つ折りにした『恨』と書かれた紙を開いた。あの日、お母ちゃんから手渡された紙や。

虐められたり、馬鹿にされたりするたびに、その紙を開いて我慢してきた。

それも嘘やな――

再び心の中でせせら笑う声がした。

ああ、嘘やで――

虐められるたびやない。馬鹿にされるたびでもないわ――

心の中で答えた。

そうなんや。

ボクはその紙の事さえ忘れていた。

ましてや『恨』の事なぞ、永い間、思い出す事もなかった。

首絞めセックスをして、お母ちゃんの事を思い出しただけなんや。

そやけどこれからは違う――

心の中で自身に言い聞かせた。

夜学も終わって十八歳になった。

アボジに復讐するのはこれからなんや――

改めてそう考え直した。


ラブホから帰ると店長に呼び出された。

誰も居らへんバックヤードで二人きりになった。

告げられた。

「社長が駅前の『ヘブン三号店』に来るよう仰っておられる」

「社長が？」

それを伝えるために人払いしたんか――

アボジとボクが実の親子やという事は、店では秘密になってた。

アルバイト社員であるボクが、社長のアボジに呼び出されるという事を、他の社員の前では伝え難かったんやろ。

「マンスくん」

店長がしみじみとした口調でボクの名を呼んだ。

「今まで本当にありがとう」

頭まで下げてくれた。

「よう我慢してくれた。マンスくんの働きぶりは社長にも伝えてあるからな」

店長がボクに微笑み掛けた。

「これで私の勤めも終わりや。来月には退職や」

晴れ晴れとした顔で言うた。

「退職？　店長辞めはるんですか？」

「そうや。もともとマンスくんの中学の卒業式に迎えに行った年に辞める予定やったんや。そやけど社長に頼まれて、マンスくんが夜学を終えるまで勤めてたんや。まぁ、社長もまさかマンスくんがここまで続くとは思っていらっしゃらなかったんじゃないかな。失敬なことを言うようだがね」

いつになく良く喋る店長にボクは確信した。

アボジはボクを登用するつもりや――

この店の店長の座を考えてくれるんかも知れへん――

店長が呼んでくれたタクシーで姫路駅前の『ヘブン三号店』に乗り付けた。

バックヤードに入るとアボジが両手を大きく広げてボクを迎えてくれた。

「おめでとう。オマエの働きぶりは耳にしとるで。無遅刻無欠勤やったそうやないか。特に若い社員にオマエは人気がある。ぜんぜん先輩ぶらんと、教え方も丁寧やし、他人が嫌がる仕事も率先垂範してやってるそうやないか」

アボジの声は誇らしげやった。

「ありがとうございます。ついてはお願い事がございます」

「おお、なんでも言うてみ。いつまでも住み込みがキツイと言うんやったら姫路市内にマンションのひとつも買うてやるで」

「社長……」

ワザと声を詰まらせた。

「そこまで私の事を……」

「遠慮するな。たったひとりの血を分けた息子やないか」

「ありがとうございます」

繰り返して頭を下げた。

「いや実はな、塩町に家具付きの分譲マンション買うてあんねん。駐車場もある2DKの新築マンションや」

「そんなものまで……」

絶句した。

ワザとや無かった。

「住み込みという不自由な境遇でオマエはホンマによう頑張った。褒美やと思うて受け取ってくれたらええんや」

「それでしたらアボジ……」

アボジが塩町で買うたと言う分譲マンションは、アボジなりのサプライズなんやろうけど、それやったらと、自分なりに考えていた最高の道筋をぶつけてみた。

「そこまでして頂いた上に厚かましくも思えるのですが、社長、このマンスには、もうひとつ改まってのお願いがございます」

「なんや。えらい畏まってからに」

「私を本社所属で社長付のマネージャーに取り立てて頂けませんでしょうか」

「えッ……」

いきなりの申し出に今度はアボジが絶句した。

吐いたツバは呑まれへんのや――

自分を鼓舞した。

続けた。

「会社をもっと大きくしたいんです。その力を授けて欲しいんです。お願いします。私に仕事をやらせて下さい」

渾身の願いを込めて言うた。

もう直ぐ辞職するらしい『ヘブン一号店』の店長の後釜もあり得るかも知れへんと思ってたけど、ここまできたら後には引けなんだ。

この後、店長に着任するのも面倒に思えた。

どうせなら、もっと経営に近い立ち場になりたかった。

「そら、そこまで言うんやったら……考えんでもないけど……」

「社長が心配されているのは、義理のオムニであるジウさんの事なんでしょうか？」

「それは……」

「私が満子母さんとアボジの間に産まれた子やと表面に出す必要はありません。ただ私は社長の力になって働きたいだけなんです」

「そこまで言うんやったら……」

アボジが微妙な顔をした。

韓国人の嫁さんの話を持ち出したんが悪かったんやろうか――

不安になった。

腹を括るしかなかった。

「オマエ、オレの後を継ぐ気があるんか？」

「もちろんです。なければ中学卒業してからずっと、住み込みで働いたりはしません。社長のご厚情で夜学も卒業する事ができました。この上は、社長が金田さんの運転手をしながらパチンコ店の経営を学んだように、私も、社長の鞄持ちなどしながら経営を教えて頂きたいのです」

必死で訴えた。

アボジも顔は曇ったままや。

長い時間考え込んだ。

口を開いた。

「分かった。その希望を叶えてやろう」

エッ――

すんなり認めよった――

「ありがとうございます」

「一週間待て」

「はい、一週間ですね」

「ハッキリせなアカン事があんねん。一週間あったらそれもハッキリするやろ。それまで待て」

ずいぶん深刻な顔でアボジが言うた。

ボクの希望はそれから一週間も経たんうちに叶えられた。

「近々、総務部長が『ヘブン一号店』に辞令を持って行くさけぇ」

それをもってボクの本店への異動が正式に決定するとアボジから電話があったんや。

アボジから連絡があった夜にボクはノブさんの元を訪れた。

「どないやった？」

ニヤニヤ顔のノブさんに訊かれてラブホの夜を思い出した。

これからの事を相談するつもりで行ったんやけど、訊かれてしまうとボクの顔もにやけてしもうた。

「最高でしたわ。久しぶりにキンタマ空っぽになるまでさしてもらいましたわ」

「そうか、そうか。それは何よりや。女からもワイの方に連絡があってな、マンちゃんの事、エライ気に入ってたみたいやで」

「そうですか。ほなまた世話してもろうて――と言いたいところなんですが、そうはいかん事情ができましてん」

「どないしたんや？」

笑みが消えた。

コホンとひとつ咳払いしてボクも真顔に戻った。

「ノブさんのヨミ通りでした。アボジから呼ばれて、ボクの本社への異動が決まりました」

「そうか、やっぱり血は水よりも濃しやのう」

「役職も社長付のマネージャーで納得しよりましたわ」

「それ、どんな立場やねん？」

「社長の下が専務で、その次がマネージャーですわ」

総務部長とかいうのもおったはずやけど、店で働く者とは無関係や。

「店長より偉いんか？」

「ええ、そうです」

「具体的にどんな仕事をするんや？」

「さぁ、それは……」

具体的にと訊かれても、ボクはこの三年間下働きのアルバイト社員やったんや。

マネージャーを名乗る奴がちょいちょい店に来たけど直接話をした事もない。

ボクだけで無うて、店長とマネージャーが話をする時には、他の社員もバックヤードから出るように言われるんや。

どんな仕事をしているんか判るはずもないねん。

ありのままをノブさんに告げた。

「そうかぁ。で、そのマネージャーいうのは何人いてるんや？」

「さぁ、それも……」

「なんや、それも知らんのんか。ようそれでマネージャーさしてくれて言うたな」

「まっ、その場の勢いで……」

「度胸だけは褒めたるわ」

呆れ顔で言うた。

「これもその場の思い付きですねんけど、社長付のマネージャーにしてくれて言いましてん。そやから当分はアボジの鞄持ちみたいな仕事になると思います」

「ほんで父ちゃんはマンちゃんの事を実の息子やと公表するんかいな？」

「さぁそれがなんや微妙なところで」

アボジに実の息子である事を公表する必要はないと申し出た時の様子を事細こう説明した。

話を聞いたノブさんがニヤリとした。

「なかなかおもろい事になっとるやないか」

「なってますか？」

ノブさんのニヤリ顔の意味も、言葉の意味も理解できんかった。

「これからどないなりますねんやろ？」

「それは先のお楽しみや。せやけど案外早いとこ決着するみたいやな」

「意味が分かりませんわ」

だんだんイライラしてきた。

実のところボクは不安やったんや。

自分がアボジに望んだ役職が、とんだ的外れやったんやないかと、今さらながら不安になっていた。

よくよく考えるまでもなく十八歳は未成年や。

マネージャーどころか、店長でさえ未成年者はおれへんやろ。

ノブさんの見立ては違うた。

「マンちゃんの父ちゃんも脇が甘いのう」

企む顔で言うた。

「考えてもみんかい。昨日までアルバイト社員やったマンちゃんが、店長飛び越して、いきなりマネージャーとかいう役職に就くねんで。店では坂本マンスやのうて朴マンスと名乗っとんやろ。それやったらマンちゃんや父ちゃんが言わんでも、少なくともマンちゃんが社長の血縁者やと周りのモンは勝手に理解しよるやろ」

その曖昧さがええんやと言うた。

「周りのモンはマンちゃんとの距離感が測れんようになる。どない付き合うたらええんか、ウロウロするやろ。そこでマンちゃんが横柄に出るんやのうて謙虚に出てみ、周りのモンの人望を集める事間違いなしや」

なるほどな――

やっぱりノブさんに相談に来て良かった。

「ワイもそろそろ事業を始めよう思うてんねん」

ノブさんの言葉に身を乗り出した。

「いったいどんな事業を始めますの？」

「廃品回収業や」

「産廃の仕事ですか」

ちょっと肩透かしを喰らった気持ちになった。

自分の嫁さんまで巻き込んで主婦売春を組織して、それで得た資金で始める事業としてはずいぶん地味に思えた。

「ただの産廃と違うで。医療品専門の産廃やねん」

「リサイクルでもしますのんか？」

「リサイクル？」

ノブさんが怪訝そうに首を傾げた。

少し考え込んで破顔した。

「服の回収違うがな」

医療品を衣料品と聞き違えたボクを笑うた。

「神戸から大阪の病院を廻って使用済みの注射針とか回収すんねん。その産廃の権利を買うのに三億円使うてん」

三億も——

「それがそんな大きな儲けになるですか？」

当然の疑問やった。

「まともに処理したら処理代とかも掛かるやろうけど、ワイはそんな事せぇへんからな」

丹波山系の山奥に不法投棄をするんやと言うた。

「大型ダンプを一日走らして、医療廃棄物を回収してな、そこらの山奥にポイ投げしたら五百万くらいの稼ぎになるねん」

「そらごっついですね。一日五百万の仕事やったら週に六日で三千万円、月に一億二千万円の稼ぎですやん。三ヶ月もせんうちに元が取れますがな」

「そう毎日ある仕事やないねん。それにしても二年もあったら元は取れるやろうな」

ノブさんはホクホク顔や。

「それやったら」

ボクは小指を立ててノブさんに訊いた。

「こっちのほうは辞めますのん？」

辞める前に女を手当てして貰わなアカンと考えた。

「辞めへんけどな。まぁ慈善事業やと思うて続けるつもりや」

「慈善事業？」

主婦売春が慈善事業というのがピンとこんかった。

「ああ、たいした儲けにもならへんけど、金が要るとか、セックスが好きで堪らんとか、そんな女が居よるからな」

たいした儲けにもならん？

ノブさんは中学卒業してからの四年間で三億という金を貯めたんや。

その商売がたいした儲けにはならん言うのか。

「オレが元締め止めたら、他の質の悪い元締めにワイの組織に在籍していた女たちが、どないな扱いを受けるか知れへんやろ。そやから慈善事業や」

客が払った金の一割しかピンハネしていないノブさんやと、いつか暗闇のオバサンから聞かされた事を思い出した。

「ワイが面倒見とる女の数は始めた時の何倍にもなっとる。一晩中電話が鳴り止む事がないねん。そやけど新しい事業始めたら、ワイが電話番するわけにもいかんので、それは陽子にやらそうと考えとる」

陽子さんは主婦売春を上がるんか——

いまさらのように気付いてみれば、ノブさんの左の薬指には金無垢の太い指輪が鈍く光ってた。

おめでとうさんです——

胸の裡でボクは二人に呟いた。

あえてそれを口にしたら、陽子さんの過去に触れる事になるやろうと言葉を控えた。

「ノブさんも頑張ってはります。ボクも負けんよう、アボジの会社を乗っ取るくらいの気概で励みますわ」

アボジの会社を乗っ取る――

それはかつてノブさんに唆された事や。

ボクは見栄を張って自分の考えみたいに言うたけど、具体的にどないしたらええのか、皆目見当もつかへん事やった。

「それならワイが力になれる事も、無いではないで」

「ノブさんが？」

「せや、もう忘れとるかも知れへんけど、ワイの産廃会社に税務調査は入られへんねん。そやから少々不自然な領収証も書いてやる事がでける。見返りは領収書金額の一割や」

「それをボクが利用できますのん？」

「例えばやな、マンちゃんの仕事上の事で店舗の改装とかしたりするとしたらや、改装工事の注文先は黒里団地のコネで紹介したる」

「そんなんできますの？」

「舐めたらアカンで。たいがいの商売には通じとんねん」

「安う請け負ってくれますねんな？」

「そらそうや。マンちゃんは友達価格でや」

けどそれだけやない、とノブさんが続けた。

「工事費の請求書はワイの会社が発行したる」

例えば三百万円の工事に対して五百万円の請求書を発行してくれると言うた。

「手数料は一割の五十万円や。差額の百五十万円はマンちゃんがポッケナイナイしたらええんや」

ボクが自分の裁量で、あれこれでけるようになったら、やってへん工事でも、ノブさんが架空の請求書と領収書を発行してくれると言う。

「それやったら支払額の九割がマンちゃんのモンになるという仕組みや」

それとな、とノブさんが声を潜めた。

「会社を乗っ取るとなると、今後マンちゃんのジャマになる奴もいよるやろ。勢い余って殺してしまう事もあるかも知れへん。その時はワイに連絡したらええ。跡形も無う死体を処理してやるさけェ。超高性能の焼却炉があんねん。骨どころか、痕跡のひとつも残らへん。死体があった事さえ識別でけへん焼却炉や。一体一千万円で請け負うたるがな」

なるほど、医療廃棄物の不法投棄だけやないんやな――

主婦売春の仕事を「たいした儲けにもならん」と言うたノブさんの言葉が腑に落ちた。

医療廃棄物だけや無うて、もっとえげつない事をすんねんな――

ノブさんが心底から頼もしゅう思えた。


アボジから連絡のあった三日後の朝いちばんに本社の総務部長が『ヘブン一号店』を訪れた。

ボクの異動辞令を持参したんや。

総務部長は店員らからしたら雲上人や。

実物を目にするのが初めてやというモンも少なくないやろ。

ただの白髪頭の爺さんやんけ――

総務部長を見下したのはボクだけやったやろうな。

事前に店長から総務部長の来店の目的を聞かされていた。

ボクは社長付のマネージャーに抜擢されるんや。

始業前のバックヤードに社員全員が招集された。

白髪頭の総務部長が気を付けの姿勢をしたボクに辞令を恭しく読み上げた。

居合わせた連中の驚きはどれほどやったやろうか。

事情を知っとる店長以外は鳩が豆鉄砲を喰らったような顔になってた。

たまたま休日で、その場におらんかった連中にも噂はたちまち広がるやろ。

「この後、社長が会いたいと仰っておられる。直ぐに用意をしなさい」

総務部長に言われた。

「しかし、店の仕事が終わっておりませんけど……」

ワザとらしく応えた。

「何を言っているんだね。キミは、たった今から本店所属の正社員なんだ。店の仕事などに構う必要はない」

総務部長が傍らで微笑んでる店長に確認した。

「そうだな」

「勿論です。朴さんが雑用などしなくても良いです」

普段は「おい、こらマンス」と、呼び捨てにしている店長がにこやかに返事した。

「では店長、私は社長のお呼び付けに応じてこの店を出ます」

深々と頭を下げて続けた。

「この三年間で『ヘブン一号店』の皆さんにお世話になった事は決して忘れません。いつの日か、改めてお礼に来させて頂きます」

ボクの言う「お礼」が連中には「お礼参り」のお礼と同じ意味で聞こえとるやろ。

想像して内心でほくそ笑んだ。

異動の噂と一緒に、「お礼」の噂も虐めた奴らに伝わりよるで——

高笑いを抑えんのに難儀したわ。


アボジとの面会場所は『ヘブン三号店』が一階に路面店を構えるビルの三階の事務所やった。

「少々大袈裟ではなかったですか？」

「なんが大袈裟やってん？」

「私みたいな社員の異動辞令を本店の総務部長が持参された事です。朴という名は、在日には珍しい名前でもないでしょうが、あれでは店の人間が、私をアボジの息子だと勘ぐるのではと心配です」

「ジウの事なら、もう気にせんでええねん」

「どういう事でしょう？」

「色々調べてた事が一昨日判ってな。あの女、とんでもない女やってん。バツイチやという触れ込みやったけど、前の亭主との関係は続いとった。偽装離婚や。いずれ証拠を突き付けて叩き出したろうと思うとる」

なるほど、ジウとかいう女はアボジの財産目当てに偽装離婚までしたんか——

合点した。

それにしてもノブさん凄いわ――

「おもろい事になっとるやんけ」と言うたんは、この事を察していたからやろう。

「とは言うても、在日の偉いさんの仲介やさけぇ、あんまり表立ってことを荒立てる訳にもいかん。偉いさんの顔に泥を塗ることになってもアカンさけぇな」

情けない事を言いよる――

考えながらアボジの言葉を待った。

相手の様子から未だ話の先があると察したんや。

「マンスよ」

「はい、社長」

「オレは今年で六十歳になる」

「未だお若いですね」

「確かに年寄りという年齢やないけど、いまさら再婚しようとは思わへん。また血筋のええ女を見付けるんも骨やからな」

未だにそんな事を考えとんか――

つくづく学ばんやっちゃで――

「たとえ再婚したとしても、その相手に子供を産ます事はでけんやろ」

「そんなお歳と違いますやん」

「よお聞け、マンス」

「はい」

「よしんば子宝に恵まれたとしてもや、その子が男か女かは半々や」

そらそやな——

「それになマンス、たとえ男子に恵まれたとしてもや、その子が一人前になるのには時間が掛かり過ぎる。それまで待てる歳でもないんや」

すでにその会話の先を予測でけたけど、あえて口は挟まんとアボジの言葉を待った。

「それにその子供が大人になったとしても、オマエのような立派な人物に育つかどうかも分からへんねや」

「私なんか……」

「いいや、オマエは立派や。オレはなマンス、オマエを特別扱いせんと、むしろ厳しゅう躾《しつけ》たってくれと店長に命じてたんや。人の嫌がる仕事ばかりをさせぇとな」

コイツのせいやったんか——

「そやけど、オマエはそれに反抗もせんと、黙々と仕事に励みよった。その様子は逐一店長から報告受けとるんやで」

複雑な気持ちになるやんか——

厳しくするように言い付けられてたんは店長だけかも知れへん。

他の連中は、その店長の尻馬に乗ってワイを虐めていただけかも知れへんのや。

そんなん聞かされたら、お礼参りがし難うなるわ——

それだけやない。

店長にそんな指示したアボジにも、アボジなりの親心を感じてしまう。

「あれこれ考えた末にな、ひとつの結論に達したんや」

あれこれ考えた？

「マンスよ。オマエをワシの跡取りとして扱うつもりや」

跡取り？

いきなり何を言うねん――

「社長……」

感極まった声が出てしもうた。

本心からの言葉やった。

「話は以上や。今夜は付き合え、オマエに会わせたい男がおるんや」

言うてボクは姫路駅前の高級焼肉店に連れて行かれた。

清浄な焼肉の香りにお母ちゃんが想い出された。

お母ちゃんが営んでた『寿亭』もこんなんやったんやろうな――

アボジが名付けてくれた萬寿という名前から一文字とった屋号やったな――

そんな事を想い出して箸袋に目ェを落としたら、そこには『寿亭』と書いてあった。

お母ちゃんが働いていた店や――

思わず目頭が熱うなった。

涙を流せる状況やなかった。


アボジが紹介したいと言うた男は東野《ひがしの》秀明《ひであき》と名乗った。

年齢はアボジより二つ年上の六十二歳らしい。

「オレの懐刀みたいな男やねん」

言うてから東野いうオッサンにボクを紹介した。

「東野専務、コイツはオレの実の息子でんねん」

躊躇《ためら》いも無う紹介しよった。

その上で東野のオッサンの事を説明した。

「会社での役職は専務取締役やけど、番頭みたいな立場や。東野の下に二人のエリアマネージャーがいてる。東野と分担して、ひとりが二店舗ずつ管理しとる」

その東野の下に付いて、会社の業務を覚えろというのがアボジの指示やった。

「マンスです。よろしくお願いします」

「これはこれは、ご丁寧に。しかし社長にこんな立派な息子さんがいらしたとは」

「息子やと思うて遠慮する事はない。ビシビシ鍛えたってくれたらええで」

厚切りの塩タンを頬張りながら、氷水に浮かべた薬缶マッコリを湯呑茶碗に注いで呑むアボジは、ホンマの上機嫌や。

「いつから出勤できますか？」

「東野専務のご都合さえよろしければ明日からでも出勤させて頂きます」

「そうですか。では明日の午前七時に『ヘブン三号店』で待ち合わせという事で如何でしょう」

「午前七時ですね。承知しました」

「夜が遅くなるのは支障ございませんか？」

「ええ、何時でも」

「午後十時過ぎには上がれると思います」

「承知です。それより遅くなっても構いません。勉強させて頂きます」

「もうそのくらいでええやろ」

アボジが割って入った。

「仕事の話は明日したらええ。今日は目出度い日や。ほれ、オマエらも呑まんかい」

薬缶《やかん》を持ち上げて二人に湯呑茶碗を促した。

「頂戴します」

東野専務が両手で掲げた湯呑茶碗を差し出してマッコリを受けた。

ボクもそれに倣《なら》った。

それから世間話になった。

「坊ちゃんはどのようなご趣味をお持ちでしょうか？」

「東野専務、坊ちゃんはお止め下さい。マンスくんで良いですから」

「では、マンスくんの趣味は？」

「ずっと店の下働きをしながら夜学に通っていましたので、趣味らしい趣味はありません。東野専務のご趣味を伺えますでしょうか」

「私は不調法者でして、仕事が趣味と言いますか、酒を呑みに出かける事もほとんどありません」

こちらの方も、と小指を立てた。

「とんとご無沙汰でして」

魚町には特殊浴場を始めとする風俗店も軒を並べる。

朴念仁か――

それなら呑む打つ買うのどれとも無縁なんやろうな――

そう見切って相手に言うた。

「実は自分も賭け事は嫌いでして、射幸心を徒《いたずら》に煽るパチンコ機種の増加に憂慮しています」

本心はその逆や。

もっと射幸心を煽って、ギャンブル中毒の泥沼に、客らを陥れさせたらええと考えてた。

「フィーバー台が発表されてからパチンコ産業もずいぶん様変わりしました。それまで町場の娯楽だったものがバクチ化している傾向が見受けられます。一部のお客様は中毒になってしまわれ、家庭崩壊にまで及ぶケースもあるようです」

嘆かわしいと言わんばかりや。

「嘆かわしい事ですね」

同じように表情を曇らせた。

＊

マンちゃんがいきなり社長付のマネージャーに就任しよった。

最初にマンちゃんの口からそれを聞いた時、ずいぶんと無茶な要求しよったなと呆れたけれど、その要求をすんなり呑んだヨンスクにはもっと呆れた。

そこまでヨンスクが弱っとんやったら、見逃す手はないとワイはヨンスクを追い込む事にした。

ヨンスクが弱っとる理由は深く考えるまでもない。

孤独なんや。

身の丈に合わん嫁はんを半島から貰うて、自分の事を心から慕うてくれてるマンちゃんのお母ちゃんを殺して、その罪悪感に苛まれとるヨンスクの孤独は深う考えんでも分かる。

もともとヨンスクに首絞めセックスの癖があったかどうかも怪しい。

それはヨンスクの劣等感の裏返しやないかとワイは睨んどる。

ホンマのところを言うたらヨンスクは、そんな歪んだ関係やなしに、もっと穏やかな関係を持ちたかったのかも知らん。

ワイはヨンスクにオナゴを宛てがうつもりやった。

被虐趣味のあるオナゴや。

根っからのどM女を宛がうつもりやってん。

けど考えが変わった。

未成年のマンちゃんをマネージャーに登用するほどヨンスクが弱っとんやったら、単純に被虐趣味のオナゴではアカンと思えた。

貪欲に被虐を求めるだけのオナゴではアカン。

むしろそれを嫌がるオナゴやないとアカン。

嫌がりながら溺れてしまう、そんなオナゴや。

マンちゃんのお母ちゃんの代わりになるようなオナゴや。

ワイは自分の手持ちから、慎重にオナゴを吟味した。

いっぺんしか会話を交わした事はないけど、マンちゃんのお母ちゃんの印象はしっかり残っとる。

芯のあるベッピンさんやった。

野菊のような、と言うのは陳腐か。

日陰の花やな――

もともとマンちゃんのお母ちゃんに被虐趣味があったわけやないやろうけど、受け入れる素地はあったんと違うやろうか。

そう見込んで、ワイはお母ちゃんに寄せたオナゴを物色した。
居った。
和田友美《わだゆみ》いうオナゴや。
ワイは友美をヨンスクに近付けた。
直接仲介したわけやない。
魚町のキャバレーに働かせて、自然に近付けさした。
友美とマンちゃんのお母ちゃんの決定的な違いは金や。
銭に対する執着心が半端無いんが友美やねん。
守銭奴やない。
自分で使い切れんほどの銭を持つ事に耽溺《たんでき》しよるオナゴやねん。
友美はワイのオナゴでもあった。
愛人のひとりやってん。
それをヨンスクに差し出すのに一片の躊躇《ちゅうちょ》もなかった。
自分の嫁も主婦売春で働かせていたワイや。
自分の愛人を銭のために差し出す事に躊躇なんぞあろうはずがない。
友美をヨンスクのモンにするのんはヨンスクの歓心を買う事が目的やない。
そんなんどっちゃでもええ事や。
いずれヨンスクは友美の首を絞めるやろ。
そうさせるよう友美が動く。ヨンスクの銭を我がモンにする方途やと含んである。
友美との首絞めセックスは思い出しとうない記憶を掘り返すやろ。

罪悪感やら後悔に苛まれ、ヨンスクは正常な判断ができんようになる。
それが狙いや。
もうひとり居る。
マン公や。
マザコンのマンスや。
アイツは中坊の時の記憶で首絞めセックスに溺れとるけど、ホンマモンやない。
本心では真面目な恋愛をしたいはずやねん。
そやけどそれではワイの企みが狂うてしまう。
アイツにも正常な判断ができんようになって貰わなアカンねん。
いずれマンちゃんにも女を宛ごうてやる。
それまで待っとくんやで、マンちゃん。

8

ボクがアボジのパチンコグループ『ヘブン』に入社して十年の歳月が流れた。

二十五歳になったボクには本店勤務だけでも七年のキャリアがある。

業務の流れは完璧に把握しとる。

グループの番頭格の専務、東野のオッサンの信望も厚いし、その年の初め、二人いたエリアマネージャーのひとりが退職したのを機に、ボクはその後釜に登用された。

社長付のマネージャーから実務を担当するエリアマネージャーに抜擢されたんや。

バブル景気を経て『ヘブングループ』の規模も、四店舗から六店舗へと大きくなっていた。

ボクのエリアマネージャー抜擢に合わせて、『ヘブン三号店』の店長もエリアマネージャーに昇格した。

最古参の五十歳になる店長で、ボクとは倍の年齢差があるけど、マネージャーとしては新米や。

マネージャーとしての経験値はボクより劣る。

ボクが任されたのは姫路郊外の二店舗やった。

『ヘブン一号店』と『ヘブン六号店』や。

その名のとおり、『ヘブン一号店』はアボジが最初にパチ屋を始めた店舗で、東野のオッサンを介して、アボジがボクの担当店を決めたんには、それなりの思い入れがあったに違いない。

アルバイト社員としてボクが採用されたのも『ヘブン一号店』やったからな。

三百台ほどのパチンコ台が設置されている六号店はともかくとしても、一号店に至っては百台少々という小型店舗やった。

しかも郊外店舗やから客入りも売り上げも芳《かんば》しゅうはない。

『ヘブングループ』の稼ぎを支えているのは、駅前の『二号店』『三号店』『四号店』と『五号店』や。

同じ郊外店舗とはいえ、ショッピングモールに隣接して建てられた『ヘブン六号店』は、買い物ついでの客でそれなりに賑わっとった。

ボクが目を付けたのは『ヘブン一号店』やった。

閉店後のバックヤードで店長の岩城次郎《いわきじろう》と話し合った。

「この店を繁盛店にしたいんです」

「繁盛店と言われてもなぁ」

困惑する表情で岩城が白髪頭を掻いた。

岩城はボクが世話になった前の店長が退職した後、『ヘブン三号店』の主任から昇格した六十二歳の爺さんや。

その人事には同い年の東野のオッサンの温情もあったんやろうが、昇格は永年勤続功労賞みたいなもんで、『ヘブン一号店』がヒマなんをええ事に、ロクに働きもせん爺さんやった。

「そこそこ赤字にならん程度にやってくれたらええと、東野さんには言われてますねん」

それに、と続けた岩城がボクの癇に障る事を言うた。

「オレも来年で引退しようと思うてますねん。いまさらジタバタしとうおませんわ」

役職上位のボクに対する敬意なんぞ微塵もない物言いやった。

癇に障ったけど相手は老齢の店長で、役職上はボクの方が上やが、無下に怒鳴り付けるわけにもいかへん。

この十年間、ボクは好青年を演じてきた。

それをぶち壊しにしとうはなかった。

話し合いをその場で終わらせ岩城を帰らした。

「主任は協会の会合に出とる。今夜は直帰してええと携帯鳴らしたってくれや」

言い残して岩城が店を後にした。

なんでボクがオノレの伝言をせなアカンねん――

「お疲れさまでした」

愛想良く見送ったボクは、内心で「チャンス到来や」と考えた。

ボクには以前から温めていた企てがあった。

店長に言われた主任や無うて別の人間の携帯を鳴らした。

「今夜決行や。午前二時に来てくれ」

「かしこまりました」

相手が承諾して手筈は整った。

小一時間くらいして主任の真鍋哲也《まなべてつや》がバックヤードに帰って来た。

「あれ、店長は？」

部屋を見渡して言うた。

「帰りましたわ。せっかくこの店を立て直す相談しよう思うとったのに、あのジイサンにはこの店を立て直す気がないみたいですわ。主任に協力して貰うしかありませんねん」

「なんや。無駄足かいな。こんな事なら直帰するんやったわ」

ボクの投げ掛けを無視した真鍋がどっかりと打ち合わせテーブルの椅子に腰を下ろした。

店長の岩城ほどではないけど、この中年男もボクを軽う見とる。

ボクがアボジの息子で、エリアマネージャーになったんも依怙贔屓《えこひいき》やと思うてる男や。

「無駄足とちゃいますで」

言うてソファーを立った。

スーツの内ポケットから取り出した封筒を打ち合わせテーブルに投げ置いた。

「なんですの、これ？」

「ボーナスですがな」

「ボーナス？」

不審げな顔で真鍋が封筒の中身を確認した。

「これは……」

言葉を詰まらせた。

「いったいなんですのん？」

「そやからボーナスやと言うてますやん。臨時手当ですわ」

「そやけど……」

真鍋が警戒するのんも当然や。

封筒の中には新券の一万円札が五十枚入っている。

「金が要るんでしょ。遠慮する事ないですよ」

「そやけど……」

繰り返した。

「こんな大金、マネージャーから頂く理由がございませんが」

分かりやすい奴っちゃ——

言葉遣いまで敬語に変わっとるやないか——

風俗マニアの真鍋には、在籍していた店の売り上げをくすねた過去がある。

普通の会社やったら、馘首《かくしゅ》した上に警察に訴えられても良さそうなもんやけど、その辺りが報告を受けた東野のオッサンの甘いところで、繁盛店の『ヘブン三号店』の主任から、売り上げを諦める『ヘブン一号店』の主任に異動されただけでお咎めなしになったんや。

それをあのオッサン——

「人間には更生のチャンスをやらんとアカンからな」

ボクが未だ社長付のマネージャーとしてアイツのケツについてた頃に、偉そうに言うた。

「社長にもご報告方々承認を得たから、この件はくれぐれも内密にするように」

口止めまでされた。

アボジもタイガイやな——

アボジの甘さにも呆れた。

まぁ、あれではな——

当時のアボジは女遊びに狂うてた。

風俗嬢の首を絞めたのが発端やった。

オンナが騒いで出禁になった。

もちろんアボジは優良顧客なんで、一度や二度のトラブルで出禁になったんやあらへん。

繰り返された狼藉に、堪忍袋の緒が切れた風俗店のオーナーが出禁を決めたんや。

その店は姫路の特殊浴場を始めとする風俗に関連する店舗協会の会長が経営する店やった。

アボジの悪評はたちまち広がった。

事の顛末を電話でボクに報せてくれたのはノブさんやった。

「マンちゃんの父ちゃん、よほど溜まっとったんやろうな。それに加えて煩《うるそ》う言うジウとかいう嫁さんも韓国に帰ったままや。羽を伸ばし過ぎたんやのう」

チャンスや――

思い付いたボクは言うてみた。

「ノブさん、首絞めセックスができるオナゴをアボジに世話してもらえんでしょうか？」

「なんやマンちゃん、エライ孝行なこと言うやんけ。そやけどどないして宛ごうたらええねん。ワイは父ちゃんと面識ないし、マンちゃんから女を紹介するんか？」

「そんなんしたら、ボクの好青年の印象が台無しですわ」

苦笑して提案した。

「ノブさんやったらアボジの通う飲み屋とかも調べられるでしょ。そこに女をホステスとして潜り込ませて、それとのうアボジに近付かせて……」

ボクが段取りを説明すると、ノブさんがなんとかすると請け負うてくれた。

もちろんその前に、ノブさんが手当てした女らはボクが味見したけど。

薄幸でお母ちゃんを連想させる女らやった。

自分から積極的にセックスを求めるわけやないけど、いったん首を絞めたら、他の誰よりも溺れよった。

根っからのマゾ体質の女にアボジは夢中になった。

社長業務を放り出すような始末や。

そんなんやから真鍋の処分にも甘かったんや——

そんなあれこれもあって、現在の会社の実質的な経営者は東野のオッサンになっとる。

主任の真鍋は、本来やったら店長に昇格してもおかしくない経歴や。

けどそんな事があったんで未だに主任で燻っとる。

ボクが封筒に入れた五十万円は、真鍋が通うクラスの特殊浴場やったら、軽く三十回以上は通える金額やろ。

「臨時手当の理由は今から言うたるわ。その金で久しぶりに特殊浴場にでも行けや」

「ホンマにありがとうございます。頂きます」

立ち上がって深々と頭を下げた。

「ほな仕事してもらうで」

「今から、ですか?」

「すぐにでも魚町に行きたいちゅう顔やな」

「いや、もちろん仕事さして貰います。そやけどこの時間から仕事やなんて……」

「釘を叩いてもらいたいんや」

「釘調整なら昨日しましたが」

『ヘブン一号店』では二日おきに釘調整をする。

経費を抑えるために他の店みたいに専門の釘師に依頼はしてなかった。

一口に釘師と言うてもその腕前は千差万別や。

玉が入るか入らんかだけで腕前が評価されるものでもない。

人気の釘師が釘を叩いた台は絶妙に玉が躍る。

パチンカーの胸を躍らせる動き方をするんや。

釘師は一台いくらで仕事を請け負う。

人気の釘師ともなれば、何店舗かの仕事を請け負い、専属の運転手を雇うくらい儲かる仕事なんや。

釘師の多くはパチンコ店の従業員経験者や。

それなりの修業を積んで独立する。

釘師を題材にした漫画の影響もあって、釘師になる事を目標にパチンコ店に就職する者もいよる。

真鍋もそのひとりやった。

そやからそこそこ釘を叩ける。

残念な事に根が生来の遊び人で、独立するには心許ない腕前やけど、叩けん事はない。

真鍋に指示した。

「この店の釘を甘うしてもらいたいんや。特にスーパーコンビ台の釘を甘々にしてくれ」

ボクが指定したんは一発物の人気台やった。

「そらまたどうしてでしょうか？」

「客寄せや。スーパーコンビ台が爆発しまくったら評判になるやろが」

「評判にはなるでしょうが……」

「不満でもあるんかい」

「この件、店長はご存じなんですか？」

「いや、アイツは話にならん。釘を叩く話をする前に帰りよった」

「それやったら店長に無断でするちゅう事ですか？」

「それが悪いか」

「さすがに店長に無断では……」

躊躇する真鍋の胸倉を摑んだ。

鼻が触れ合うほどに顔を寄せた。

「こらッ、真鍋ッ。ワレなんど勘違いしてへんかッ。店長とエリアマネージャーと、どっちが偉いと思うとるんじゃ」

真鍋が顔を背けるほど唾を飛ばした。

「あの老いぼれがオマエにボーナス払うてくれるかッ。あぁ。嫌なんやったら、金返さんかッ」

言葉だけで無うて真鍋が握り締めてた封筒を捥《も》ぎ取ろうとした。

捥ぎ取られまいと真鍋が必死で抵抗した。

「ゴラァ。言うことが聞けんのやったら金返さんかぁ」

「ちょ、ちょ、ちょ、ちょっと待って下さい。やります。やります。そやからこの金だけは」

封筒を捥ぎ取ろうとした手を離したら、真鍋がクシャクシャになった封筒をポロシャツの下に押し込んだ。

それだけでは不安なんか、ポロシャツごと封筒を握り締めた。

情けないやっちゃで——

ただ単に女とやりたいというだけで、これほど卑屈になれるものなんか——

ちょいちょいノブさんの世話になっとるボクが言えた義理やないけどな——

そやけどボクは好青年の印象を壊すような真似はしてへん。

朝早うから夜遅うまで、仕事最優先で行動してる。

休みの日には朝から晩まで大阪のラブホでやり倒すけど、な。

「用意せえ」

真鍋に言うてホールに出るドアを開けた。

「早う用意せんかいッ」

突っ立っとる真鍋を怒鳴りあげた。

真鍋がアタフタと自分のデスクに駆け寄って、右手に釘を叩くハンマーと玉ゲージを握った。

左手はポロシャツ越しに封筒を摑んだままや。

「ほな行くで」

真鍋を急き立ててホールへの階段を降りた。

「さッ、始めろ」

後に続いた真鍋に命じた。

観念した様子の真鍋が釘を叩き始めた。

カウンターに凭《もた》れ、腕組みをしてその様子をしばらく眺め真鍋に告げた。

「ちょっと出掛けてくるさけぇ、作業を続けとけ」

「どちらにお出掛けでしょうか」

「社長と約束しとる。老いぼれの店長や専務が文句を言わんよう、社長に願い出てくる」

明らかな緊張の解《ほぐ》れが真鍋から窺えた。

息子であるボクが会社のトップに願い出るんや。

自分が責任を問われる事はないやろうと安心したようや。

ほんまにせこい男や――

「それほど時間は掛からへん。往復を入れても二時間程や。戻るまでにあらかた終わらしとけや」

餌を付け加えた。

「戻ったらオマエの行った事がないような高級店に連れてってたるわ」

「は、はい。頑張ります」

特殊浴場と言うたわけやないのに、高級店と聞いて真鍋の声が上ずっとる。

こいつも今夜限りや――

見限った。

金で言いなりになる奴は信用したらアカン――

それはノブさんから訓《おし》えられた事や。

金儲けのためならなんでもするノブさんやけど、ボクがお母ちゃんから預かった頭陀袋の金には手を付けけんかった。そんなノブさんなら信用でける。

二階に上がりバックヤードからアボジの自宅に電話を入れた。

「お疲れ様です。マンスです。お疲れのところ申し訳ございませんが、ご相談がありまして、少々お時間を頂けませんでしょうか」

殊勝に申し出た。

「なんやマンス。こんな時間にどないしたんや」

「『ヘブン一号店』の運営の事で相談がございます」

「直に会うて聞かなあかん話か」

「無理を申しますが、できれば直接お話をさせて頂きたく存じます」

「明日は出掛ける用があんねんけどな……」

どうせノブさんから宛がわれた女のとこやろ——

アボジは未だジウとかいう韓国の嫁さんとは切れてない。

そやけどそのジウは、ほとんど韓国に行ったきりや。

これ幸いと、毎日のように女と会うてる事はノブさんから聞かされてた。

本人は知らんやろうけど、アポジの行動は逐一ノブさんからボクに報告されとるんや。

「それほどお時間は取らせませんので」

「ほな家に来いや」

「ありがとうございます」

受話器を置いて姫路白銀町のアボジ邸に、会社から支給されとるカローラを乗り付けた。

「電話の感じやと改まった話のようやが」

応接室に通されて質問された。

「実は『ヘブン一号店』に関しましてご相談がございます」

「どうかしたんか？」

「あまりにもみすぼらし過ぎます」

「それが不満なんか？　そやけど店の造作の事は東野に任せてあるんやが」

「造作の事ではありません」

「ほな、なんが不満なんや？」

訊かれて切々と訴えた。

「一号店は『ヘブングループ』発祥の店です。その店の売り上げが、赤字を出さん程度にというのが情け無う思えます。集客も含めて、『ヘブン一号店』の運営については、担当エリアマネージャーである自分に一任して頂けませんでしょうか」

「東野専務はどない言うとんぞ？」

やっぱり東野のオッサンの意向伺いかいな――

呆れた気持ちを表に出さんよう熱弁した。

「東野専務には未だ相談していません。偉大な創業者であるアボジの血を引く者として、『ヘブン一号店』を抜本的に改革したいんです。資金を出してくれと言っているのではありません。私の責任において、改革しますので任せて頂けませんでしょうか」

頭を下げた。

しばらく考え込んでアボジが言うた。

「責任においてという言葉に偽りはないんやな」

「はい、どうかこれをお預かりください」

スーツの内ポケットから『辞表』と表書きした白封筒を取り出した。

応接テーブルの上に静かに置いた。

「そこまで覚悟しとるんか」

感極まった声でアボジが言うた。

封筒を手にした。

「よし分かった。これは預からせて貰う。オマエの思うようにしたらええ」

言質を得た。

「ありがとうございます」

神妙に低頭した。

「それでは早速明日から着手致します」

『ヘブン一号店』では真鍋が釘を叩いとる。

明日からでは無うて改革はもう始まっとるんや。

集客、売り上げ改善に向けた改革やない。

機を窺い、息を潜めてきたボクの、アボジに対する復讐のゴングが鳴ったんや。

長い年月やったな——

想いを馳せた。

『ヘブングループ』で勤めるようになってからの十年やない。

ボクが長いと感じたんは、お母ちゃんを殺されてからの年月や。

アボジに対する恩讐の念をひた隠しにして来たんや。

「それでは何も解決しないの」

お母ちゃんに言われた言葉が邪魔をするけど、お母ちゃんにしても両親に対する『恨』の気持ちがあったから、アボジの仕打ちに我慢できたんやろ。

そやけど結局殺されたやんか——

ただ耐えるだけではアカンねん——

歯向かう時は歯向かうべきやねん——

「事後報告でもええけど、専務にもちゃんと話するんやで」

アボジの言葉に頷いて『ヘブン一号店』に戻った。

真鍋が叩いた釘を確認した。

命釘、ジャンプ釘、道釘。

そのどれもが笑いとうなるほど甘ぅ設定されてた。

真鍋が釘を叩いたすべての台を確認したボクは満足を隠さずに言うてやった。

「ええ出来や。これならどの台に座っても爆発間違いなしや」

背後に控えていた真鍋が不安そうに言うた。

「そやけどこんな事したら一発で上にバレまっせ」

真鍋が心配してるんは、店長の岩城だけや無うて専務のオッサンや社長のアボジなんやろ。

「上て誰やねん？」

ワザと惚けて言うてやった。

「東野専務とか、朴社長とか……」

真鍋が目線を逸らして答えた。

「東野のオッサンなんぞ関係あるかい。この店に来るんは月一やないけ。赤字さえ出さへんかったらええ。そんな惚けた事言いよるオッサンやからな」

「朴社長は……」

なにがなんでも自分の保身を図っていたいようや。

ここまでボクが言うとんやから、碌《ろく》に会うた事もないアボジの名前まで持ち出す必要はないやろ。

「オヤジはなおさらや」

はっきりと言い切ってやった。

「ヘブングループの事は東野のオッサンに任せっ切りやないか。事業全体が上向きやと調子こいとる。週に四日はゴルフや。何がおもろいんか知らんけど、ボール飛ばして、転がして、穴に入れて。そんな遊びに夢中になっとる」

ゴルフもそうやけど、ホンマに夢中になっとんは首絞めセックスやけどな――

「そやけど、岩城店長は気付きます。収支を確認したら直ぐに分かる事ですから」

店長の岩城は、毎日終業後にホルコン（ホールコンピューター）から出力される数字を、必要もないのに算盤《そろばん》弾いて確認してる時代遅れの人間や。

そんなんする必要はないねん。

ホルコンが出力するデーターには演算結果も表示されてるんやからな。

要はやる気だけを装っとる無能男が岩城なんや。

「岩城のオッサンはホルコンの数字を見るだけやろ。そら、いずれは店内の賑わいに首を傾げるようになるかも知れへんけど、暫くの間、釘の異常に気付いたりしよらへんわ」

「いやそうでしょうか？　いきなり赤字が続いたら、これは変やと思うんと違いますやろか」

「露骨な赤字出さんかったらええやんか」

「そやけどこの釘では……」

真鍋が心配するのも当然や。

釘を甘うしたスーパーコンビ台は、フィーバー機のようにデジタルで大当たりの抽選が行われる台やない。

命釘から役物に飛び込んだパチンコ玉は、クルーンと呼ばれる部分をクルクル回る。

そのクルーンには三つの穴があって、手前の入賞穴にパチンコ玉が転がり落ちたら台の右側のチューリップが全開放状態になって大量の玉を吐き出す仕組みなんや。

クルーンに入ったパチンコ玉を意図的にコントロールすることはできへん。

確率三分の一、実際は入賞穴が手前にあるんで、それより確率は落ちるし、クルーンに飛び込む前にも仕掛けはあるけど、いずれにしても、役物にパチンコ玉を誘導するジャンプ釘と道釘が甘う設定され、さらに最後の砦である命釘まで甘いんやから、常より大量のパチンコ玉が役物に誘導される。

分母が大きくなったら抽選確率に関係無う、大当たりが出やすくなるんは自明の理や。

そうなると大量出玉を保証しているスーパーコンビ台だけに、『ヘブン一号店』の収支は奈落を転がり落ちるように悪化するやろ。

「心配せんでええ。収支に関しては他に仕掛けを考えとるさけぇな」

「仕掛けですか?」

依然不安顔や。

スーツの袖を捲って腕時計を確認した。

午前一時十五分やった。

午前二時に仕掛けを仕込む者を呼び出しとる。

「もうこんな時間か。オノレはお疲れさんや。帰るなり風俗に行くなり好きにせえや」

「けど、さっき高級店に連れてったるとマネージャーが……」

頬を引き攣《つ》らして舌打ちしたわ。

「しょーもない事は、きっちり覚えとんやな。そやけど高級店はもう店仕舞いしとる時間や」

「全部閉まっとんですか」

未練たらしそうに真鍋が言うた。

その声は恨めしそうにも疑わしそうにも聞こえた。

「ごちゃごちゃ言うなッ」

回し蹴りをケツに叩き込んだった。

尻を突き出して蹲《うずくま》る真鍋を怒鳴り付けた。

「未だ仕事が残っとんじゃッ。四の五の言わんと帰りさらさんかッ。出て行かんともっぺつ喰らわすぞッ」

武術の心得などないが、身長が一八〇センチを超えるガタイのボクや。

手加減無用の蹴りは真鍋の脳天まで響いてるに違いない。

「早う去《い》にさらせッ」

構えて右足を半歩引いた。

それに怯えた真鍋が、尻を庇いながら不格好な姿でバックヤードに続く階段を手摺に摑まり昇った。

その後を、追い立てるようにボクもぴったりと間隔を空けず階段を昇った。

真鍋がバックヤードの裏口から消えた。

ソファーに尻を沈め次の仕事人の来訪を待った。

約束の二時ちょうどにそいつは黒い鞄を手に現れた。

木下徹《きのしたとおる》。

パチンココンサルティングを生業《なりわい》にする三十六歳の男や。

「お待たせしました」

茨城県生まれやという木下が標準語で言うて頭を下げた。

「時間通りやな。時間厳守は大事な事や。この先アンタとは長い付き合いになるやろうからな」

肩に手を置いて言うた。

「早速仕事をして貰おうか」

一階のホールに案内した。

「カウンターは全部で二台や」

手近なジェットカウンターで木下の仕事が始まった。

「千発を下限設定にして、それ以上は五パーセントカットでよろしいんですね」

事前に伝えておいた設定を木下が確認した。

「せや」

短く答えた。

木下に依頼しているのは出玉カッターの取り付けやった。

その設定を木下は再確認したんや。

パチンコの出玉は専用のカウンターで計測される。

その結果が印字されたレシートが景品と交換される。

出玉カッターは、出玉を少なくカウントする事を目的に仕掛けられる装置の事や。

単純に出玉を少なくカウントするんやない。

そんなんしたら、少量の出玉をカウンターに通した客に仕掛けがバレてまう。

木下がボクに確認した「千発を下限設定にして、それ以上は五パーセントカット」というのは、千発までは正常にカウントし、それを超えた場合にのみ、二十個に一個、玉の流れを変えてカウントしないという設定や。

千個以上のパチンコ玉を出玉カウンターに通す客が、それ以上の出玉数をカットされても気付かんやろ。

下限を千発としたのには理由があった。

真鍋に甘釘設定させたスーパーコンビ台は一発の大当たりで七百五十発の玉を吐き出す。

ほとんどのパチンカーが、その時点で止めるとは限らへんけど、もしそういう客がおったとしたら下限を五百発とかにするんは危ない。

もう一点、ボクが導入を考えとんのが大当たり三回での打ち止めと台替わりやった。

ひとりの客に多く勝たせるより、できるだけ多くの客に大当たりの快感を味わわせたいんや。

そのため三回の大当たりで終了とし台も替わらせる。

台を明け渡した客もそのまま帰ったりせんやろ。

どっかのスーパーコンビ台が空くんを待つ。

対策として整理券を発行する。

三回打ち止めルールで台が空くごとに、場内放送で整理券番号を呼び掛ける。

整理券を持った客が来たら、台に待機する店員が整理券を確認して台を解放する。

呼び出しがあるまで客は大人しく待つやろうかと一般的には疑問に感じるやろうけど、それができるのがパチンカーなんや。

ただし大人しくは待たへん。

自分の整理券番号が呼ばれるまで、必ず時間潰しに、他の台で金を吐き出してくれるに違いない。

それやこれやも含めての甘釘作戦や。

甘釘作戦を講じても、それほど極端な赤字にはならへんやろう。

甘釘作戦の効果は、一週間を過ぎた辺りからジワジワと表れ始めた。

それまでも店前で開店を待つ客は何人かおったけど、それが行列になった。

その一団が開店と同時にスーパーコンビ台を狙って我先にと駆け込む。

転倒して怪我をするモンまで現れる始末や。

自分が先やと同じ台を争って、掴み合い、果ては殴り合いの喧嘩まで起こってしまう。

さすがにそのまま放置はできへんので、そこでも整理券を発行することにした。

開店前に並んでいる順に整理券を渡すんや。

スーパーコンビ台の数より多くの人数が並ぶけど、連中は列を乱したり割り込みしたりはせえへん。

パチンコ台を目の当たりにするまでは不思議と『社会人』のパチンカス連中やった。

狙い通りの集客に満足するボクやったけど、その一方で、不満に思う事もあった。

それは店長の岩城が他人事のように無関心やという事や。

集客を岩城に評価されたいなどという気持ちは微塵もなかった。

ボクが不満に思うたんは、岩城がボクの仕掛けた不正に気付かへん事やった。

甘釘設定をカバーするための出玉カッターは明らかな不正行為なんや。

毎日ホルコンから印字される数字を見てるから、ええ加減気付きそうなモンなんやけど、赤字で無い事だけに満足しとるんか数値の異常値をスルーしとる。

異常値というんは『黒誤差』や。

それが出玉カッターの弊害なんや。

ジェットカウンターを操作し、客への払い戻しをカットするんやから、その差額は収支上の黒字として表れる。

それを『黒誤差』と呼ぶ。

一般的な原因として挙げられるのは、客が次回分としてパチンコ玉を持ち帰る事だったりする。

そやけどパチンコ玉は易々《やすやす》と持ち帰られるほど軽量やない。

自ら限度があって当然や。

出玉カッターによって生じる『黒誤差』を解消する方法はある。

その分のパチンコ玉を閉店後にジェットカウンターに流せばええんや。

もちろん吐き出されたレシートを景品に交換したりはせん。

店長個人、あるいは店舗の裏金として蓄えられる。

凡庸な岩城にはそのような才覚さえない。

いつまで経っても岩城が『黒誤差』を不審に思わん事にボクは焦れた。

甘釘作戦は『ヘブン一号店』の繁盛を目的としたモンと違うねん。

ボクの企みは他のところにあってん。


そしてそのまま一ヶ月が経過した。

さすがの岩城も、毎日繰り返される『黒誤差』に疑問を抱き始めた。

その夜、仕事終わりのバックヤードで岩城に声を掛けられた。

「なぁ、マネージャー。ちょっと相談したい事があんねんけど」

「どないしましてん。なんや深刻な話でっか？」

ようやく異変に気付いたかと内心でほくそ笑んだ。

「うん、まあな。そんな深刻な話やないかも知れへんのやけど、この一ヶ月くらいな、『黒誤差』が毎日のように続いとんや」

「『黒誤差』ですか？」

惚けて話を合わせた。

「そやねん。気になって客の動向を場内監視カメラで見てたんやけど、出玉を持ち出しとる客もおらへん。いや、全然おらんわけやない。余り玉をポケットに捩じ込んで帰りよる客もいてる。そやけどそれは以前からあった事や。こうも『黒誤差』が続くと気色悪うてな、そら、『赤誤差』よりはなんぼもましやけどな」

言うてヘラヘラと笑った。

どこまで緊張感のない奴やねん――

『赤誤差』いうのは、潰れた他店の玉を持ち込んで、ジェットカウンターに流されたりしたら発生する誤差や。

「で、相談てなんでんの？」

「いやな、オレはホルコンがめげとるん違うかと心配になってな、メンテを業者に頼みたいんやけど、もしめげてて新しいん導入するとしても金の掛かる話やろ。店舗の施設投資は東野専務の専権事項や。そやからこの件、マネージャーから専務に相談してくれへんやろか」

喝采を叫びたくなる気持ちを抑えた。

ようやく思惑通りに事が動き始めたんや。

「そらホルコンの入れ替えとなったらマネージャーとして稟議書も書かなあきません。そやけど点検くらいやったら専務を通さんでも店長から直接業者に依頼したらよろしいですやん」

「そうか。ほなそうするけど、入れ替えの時は協力頼むで」

ボクの肩を叩いて岩城が言うた。

「明日にでもホルコンの業者に連絡するわ」

帰り支度を始めた。

「ほな、マネージャーお先やで」

バックヤードにボクを残して裏口から退出した。

従業員用の自販機から缶コーヒーを求めてソファーに腰を下ろした。

これからの事に思いを巡らせた。

ホルコン業者やったら、当然の事、出玉カッターの存在を疑うやろ。

その有無を確認するんは簡単や。

閉店後、一定数の玉を流して、それが正しくカウントされているか確認すればええだけなんや。

ボクが木下の手を借りてジェットカウンターに取り付けた出玉カッターの存在が白日の下に曝される。

もちろん店長は我が手柄を得たとばかりに東野専務にご注進するに違いない。

その東野のオッサンがどう動くか――

アボジに話す前に必ずボクを呼び出すやろ。

そこで説教のひとつも垂れるやろ。

会社の金を横領した男を警察にも突き出さんと、主任として雇い続けてる甘い考えの東野のオッサンなんや。

出玉カッターごときでボクの悪事をアボジに告げたりはせんやろ。

ソファーを立って事務机の電話を取った。

「マンスです」

応答した相手に言葉短く告げた。

「おお、マンちゃんかいな。久しぶりやないか。元気にしとったんかいな」

電話の向こうでノブさんの声が燥いだ。

それもそのはずや。

ボクが売春組織を使う時に電話の応対をするのは奥さんの陽子さんで、ノブさんと話す事はない。さらにジェットカウンターを仕込んでからの・ヶ月、その売春組織さえ連絡を控えてきたんや。

「ぼちぼちですわ。ノブさんもお元気そうで」

「ああ、お蔭さんでな」

口調が変わった。

「で、なんの用やねん。まさか飲みの誘いでもないやろ」

潜めた声やった。

「ノブさんが前に言うてはった死体処理をお願いしようと思いましてな」

「何人や？」

ノブさんの声が変わった。

「とりあえず三人ですわ」

「日時と場所は？」

「それが、まだはっきりとした事は言えませんねん。事前に言うとった方がノブさんも段取りも付け易いやろと思いましてな」

「たった三人くらい、今の今でも請け負うがな。そやけどあれやな。いつかはと思うとったけど」

「いつかは？」

「せや、いずれマンちゃんがワイに死体処理をしてくるやろうと思うてたんや」

「鋭い見立てですやんか」

「そやけどその話をしたんは何年も前や。こたびの依頼は喧嘩絡みとかではないみたいやな」

「銭絡みですわ」

「それでこそマンちゃんや。激情に駆られて人殺しするような奴をワイは相手にしとうない。ワイかて子供の頃から差別されて、殺したい思うた奴は仰山いてるけど、いちいち殺してたらキリないからな」

「ボクかて同じですわ。在日差別は当たり前の事やと気にもしてませんねん。しょせんボクらは、日本人にも韓国人にも差別されとる人間でっさけぇ」

「ほな、三人としたら三千万円でええな？」

本店に異動になってから無駄金は一切使うてないボクやった。

いずれ必要になるやろうと見越して、毎月の手当てを貯蓄に回してきた。

特にお母ちゃんが残してくれた金には一切手を付けていない。

三千万円ならギリ用意でける――

「その三千万円には殺しも含まれとるんですな？」

念のため確認した。

「殺し？　なんやねんそれ。そんなん引き受けるはずないやろ」

エッ、金のためならなんでもするんとちゃうんかい――

目の前が暗うなった。

「ワイは殺しだけはせぇへんねん。後々トラウマになりよるからな」

「トラウマ？　なんですのそれ？」

「心の病みたいなモンや。人を殺した感触が後から甦って心を貪りよるねん」

「ノブさんがやるわけやないですやん。手下のモンがやる仕事でしょ」

縋る想いで受話器を握り締めた。

「ええかマンちゃん。ワイの手下でも死体処理できるんは精鋭部隊やねん。その人材を確保して育てるまでどれだけの手間が掛かっているのか。そんな連中の心に傷を残すような事はしとうないねん」

言い訳にしか聞こえへんわ――

「それに死体処理と殺人では刑罰も雲泥の差やさけぇな」

それが本音か――

「ボクは抜き差しならんとこまで来てますねん。いまさらそんなん言われても……」

「それやったらマンちゃんが自分で殺したらええやんか」

あっさり言われた。

「どないせぇ言うんですの？」

「得物《えもの》は無いんか？」

「得物って拳銃とかですのん？」

「拳銃はアカン。そもそもどないして手に入れるんや。その経路だけでもサツの目に留まる可能性があるやんけ」

「刃物とか？」

「それもアカン。素人が簡単に扱えるモンやないねん。やり損なう可能性も考えなアカン」

あれもアカンこれもアカンて――

どないせぇちゅうねん――

混乱しているボクにノブさんが言うた。

「マンちゃんガタイがあるさけぇ撲殺がええと思うで」

「金属バットとかですのん？」

「それが使える状況やったら悪うはないな」

想像してみた。

ボクが呼び出されるのは『ヘブン一号店』のバックヤードやろう。

そんなとこで金属バットを隠し持つなんてでけへん。

「無理ですわ」

「そうか。ほなメリケンサックはどないや？　ポケットに忍ばせといたら相手には分からへんやろう」

「メリケンサック？」

「知らんのかいな？」

「名前くらいは知ってますけど……」

「メリケンサックやったら直ぐに手に入るわ。明日の朝にでもマンちゃんのマンションの郵便受けに放り込んどくさけぇ、それで顔面殴ったらイチコロやで」

「死にますのん？」

「気絶はするやろ。少なくとも相手の動きを止めることはでける。その後は、馬乗りにでもなって、相手が死ぬまで殴りたおすんや」

「やってみますわ。そやけど後始末は大丈夫なんですね？　それも追加注文ですの？」

「そんなん追加注文でもないわ。死体処理だけと違う。現場の証拠隠滅も仕事の内や。心配すな。ワイらは完璧主義者やさけぇ」

殺しの現場は店内かバックヤードの可能性がある。

「深夜前に殺しを終わらせますけど、三人分の血反吐なんかを、その夜のうちに綺麗にして欲しいんですわ。警察のルミノール反応とやらにも反応せんくらいにでっせ」

念のため言い添えた。

「任しとき。連絡待っとるで。井尻商店は二十四時間、年中休みなしや」

「ほな」

短く言うて通話を終えた。

自分で殺さなアカンのか――

殺す三人の顔を思い浮かべた。

相手は老いぼれ二人にショボいオッサンやんけ――

必至で自分を鼓舞した。

これでボクはホンマモンになれるんや――

ホンマモン？

自分の考えを疑った。

そやホンマモンやねん――

疑う気持ちを拭い去った。

なんのために『ヘブングループ』で働いてきたんや！

鼓舞した。

ボクが『ヘブングループ』で働いてきたんは会社を乗っ取るためや。

会社を乗っ取って、アボジを、いやヨンスクを丸裸にして放り出すためなんや。

それがボクの目的やったんや。

そのためには実質的な経営者である東野のオッサンがジャマや。

オッサンを排除する事からボクの復讐は始まるんや。

店長の岩城や主任の真鍋はどないでもええ。

とるに足らん小者や。

ヨンスクの右腕とも言える東野を排除する事が復讐の第一歩やねん。

必死で自分を奮い立たせようとするんやけど、殺人というハードルの高さに臆してしまう。

そやけどもう後戻りでけへん。

『黒誤差』の金をポッケナイナイしたわけやないんで、店のためを思ってやったと言い訳したら東野も見過してくれるやろうけど、それでは弱みを握られてしまう。

当分アイツに頭が上がらんようになってしまう。

ノブさんが悪いんや――

逆恨みかも知れへんけど、金のためならなんでもするはずやなかったんかいな！

殺しだけはせぇへんてどういう事やねん！

ボクはてっきりノブさんの手下のモンがそれをやってくれると思うてたんや。

それ前提で出玉カッターを仕込んだんや！

お母ちゃん、これでええねんな——

問い掛けたけどお母ちゃんは応えてくれへん。

韓服を着せられて、首に赤い紐を巻かれて、白目剝いて、舌を突き出して……

思い出しとうもないお母ちゃんの姿ばかりが脳裏に浮かぶ。

「忘れてはダメよ。『恨』という感情ではなにも解決しないの。むしろ悪くなるばかりなの。だから
その事だけは忘れないで」

そう言うたお母ちゃんの言葉が、言うた時の顔のままで思い出された。


次の朝早うに郵便受けに入ってた二個のメリケンサックを確認した。

両手分か——

さっそく左右の手に装着してみた。

ボクが人殺しをするんか——

その期に及んでなおボクには実感できへんかった。

＊

マンちゃんが動き始めた。

驚いたんはいきなり殺人を口にした事や。

いずれそんな事もあるかも知れへんと思うてたけど、さすがにそれを切り出された時には慌てたわ。

どんな事が起こっとるんか気にはなった。

殺す相手も知りたかった。

まさかお父ちゃんのヨンスクを殺すわけやないやろ。

ヨンスクを殺したんでは会社の乗っ取りに障りがある。

そんな事も分からんマンちゃんやないやろ。

肝心のヨンスクやけど、ワイが宛ごうた女にぞっこんや。

「ヘブングループ」の経営をほったらかしにして溺れとる。

その点、マンちゃんからのオナゴを世話してくれという依頼はしばらく途絶えとる。

それがええ事なんか悪い事なんか判断しかねたけど、殺人まで視野に入れて考え出したんは悪い事やないやろ。

マンちゃんの乗っとりを手伝うだけでは詰まらん。

ヨンスクもマンちゃんも、二人の父子をワイがコントロールできるようにせなアカンねん。

友美の事もそうやけど、殺人という大罪をマンちゃんが背負う事は、ほんでそれにワイが全面的に加担する事が、今後のマンちゃんに対するワイの影響力にどんだけの助けになるんか。

考えただけでワクワクするわ。

9

『ヘブン六号店』を巡回中のボクに電話があった。

「一号店の岩城店長からです」

コードレスフォンの子機を差し出して取り次いだのは六号店店長の白石渉《しらいしわたる》やった。

白石は入社五年目の二十七歳で、六人の店長の中で最も若い店長や。

大卒新規採用社員やという理由でアボジや東野のオッサンの評価も高い。

しょせん学歴コンプレックスの裏返しやんか――

ボクはそう考えとる。

「マンスや」

「岩城です」

思い出した。

その日がホルコンのメンテナンスを依頼した日やった。

毎日『黒誤差』を印字するホルコンに疑問を抱いた岩城が、ホルコン販売業者にメンテナンスを依頼した日や。

「ホルコンの件についてなんですが」

「どうやったんや?」

「異常はありませんでした」

岩城の声が緊張しとる。

「異常がないのに『黒誤差』が出とるんはどういう事やねん」

原因はボクの依頼で木下がジェットカウンターに仕掛けた出玉カッターや。

百も承知で惚けた。

「その件でご相談があります」

「なんや？」

「いえ、電話では……」

岩城が言葉尻を濁らせた。

「一号店にご足労願いたいのですが……」

いつになく丁寧な言葉遣いを連発する岩城に笑いを堪えた。

横柄に返した。

「今日は六号店の巡回日や」

「いえ、営業中でなくても……。いや、むしろ閉店後、社員が退店した後の方がいいです」

「そらどういうこっちゃねん」

語気を強めた。

不正を検証するための呼び出しやろ。

閉店後、社員が退店した後の方がええのは頷ける。

頷けるがあえてごねた。

「今夜は六号店の連中と近所の居酒屋で親睦を深める予定やねん」

「専務もいらっしゃいますよ」

極め付けるように岩城が言うた。

脅しとるつもりなんか――

鼻を鳴らした。

「ほな、しゃーないな。六号店の閉店後に行くわ」

「必ず来て下さいね」

念押しをした岩城が電話を切った。

通話が切れた事を確認し、ボクはコードレスフォンの子機のプッシュボタンを押した。

直ぐ近くのデスクに座った店長の白石が帳簿を捲ってたけど気にはせんかった。

気にする余裕も無かった。

今夜や――

今夜ボクは人殺しをするんや――

「マンスです」

「井尻や」

「例の件、今晩二十三時でどないでしょ」

例の件とは死体の焼却処理や。

「確か三人やったな」

「ええ、そうです。場合によってはひとつ減るかも知れません」

「分かった。餅は餅屋や。任しとかんかい」

「それでは」

言うて通話を終えた。

白石は帳簿に集中したままや。

「すまん。一号店で急用ができて今晩の飲み会に行かれへんようになってしもたわ」

白石が帳簿から顔を上げた。

「皆、楽しみにしてたやろうにすまんな。ボクは参加でけへんけど、これで」

黒革の財布を取り出して数枚の万札を差し出した。

「皆に旨いモンでも食わせてくれ」

白石が椅子を立って、ボクが差し出した万札を押し頂くように受け取った。

「いつもすみません」

「釣りと領収証は要らん。余った金は、皆のオヤツ代にでもしてくれたらええ」

「はい、畏まりました」

一礼した白石がジャケットのポケットに金を仕舞った。

「ほな、巡回の続きや」

白石を伴ってホールへと続く階段を降りた。

降りながら、ポケットに手を入れてメリケンサックを確認した。

閉店時間まで『ヘブン六号店』を巡回し、それから社用車のカローラを『ヘブン一号店』へと走らせた。

一号店には店長の岩城が電話で言うた専務の東野のオッサン以外に主任の真鍋もおった。

岩城と東野のオッサンはソファーで足を組み、如何にも待ち構えていたという体《てい》や。

一方で真鍋は、バックヤードの隅に立ったまま身を小さくしとった。

甘釘設定をした張本人なんやから、自分に下される処分に怯えているんやろ。

気にせんでええと慰めてやりたいほどの怯えようやった。

「待ったで」

電話と違ごて横柄に言うた岩城がソファーを立ち上がった。

アイツらが待ってたんは、クリスタルの灰皿に山盛りにされた吸い殻を見れば一目瞭然や。

「ほな、ホールに行こか」

言うて東野も立ち上がった。

先導する東野に従った。

岩城がボクの後ろを固めた。

「オマエはここに残っとれ」

三人に続こうとした真鍋に岩城が命じた。

どうやら甘釘設定の追及はボクが来る前に終わっとるようやな――

いずれにしても、三人同時に殺す必要がなくなった事はボクにとっての吉事やった。

六号店を出て一号店に着くまでボクは不安やった。

ホンマにボクに人殺しできるんやろうかと心臓が破裂しそうな思いをしてた。

そしてそれは今も続いとる。

この二人がボクの目論見をジャマしよる二人やねん――

必死に自分に言い聞かせた。

壁や――

二人はただの壁やねん――

自分の前に立ちはだかっとる壁を粉砕するだけやねん――

ただし、バックヤードでしょぼくれとった真鍋にはそんな感情が湧いて来んかった。

ただの風俗好きの小者にしか思えんかった。

その真鍋が別行動なんがせめてもの救いに思えた。

とりあえず相手は還暦過ぎの爺さん二人やんけ――

いずれ殺すとしても、三人をいっぺんに相手にするのは、初めて人殺しをするボクには重荷やし、真鍋には純粋な殺意というか、そんなモンが湧いて来んかった。

ホールに降りた東野のオッサンがジェットカウンターに足を向けた。

ジェットカウンターの横にはパチンコ玉で満杯になったドル箱が置かれていた。

「このドル箱には、きっちり二千個の玉が入っている」

東野のオッサンがボクを睨んだ。

「ジェットカウンターに流してみろ」

命令した。

言われるままに玉を流した。

ジェットカウンターがレシートを吐き出した。

岩城が素早くそれを手に取った。

「数字を読み上げてみろ」

東野が岩城に命じた。

眼の前で三文芝居が続けられとる。

ボクがズボンのポケットに両手を突っこんでんのは不貞腐れとるからやない。手探りで忍ばせたメリケンサックを装着していたんや。

「一、九、五、零です」

岩城が弾んだ声でレシートの数字を読み上げた。

「ジェットカウンターが数えた個数は千九百五十個やというわけだな」

「玉貸し機から、間違いなく二千個用意したのにおかしいですね」

三文芝居をまだ続けるつもりなんか、岩城がワザとらしく首を傾げた。

「マンスくん」

東野のオッサンがボクに向き直った。

「この一回だけじゃないんだ。キミが到着する前にも、何度か我々は二千個の玉をジェットカウンターに流してみた。しかし何度流しても、不思議な事に、カウントは千九百五十個なんだ。どういう事か説明してくれるかね」

「簡単ですよ」

これ以上三文芝居に付き合わされるのにうんざりしていたボクは流暢《りゅうちょう》に説明してやった。

「ボクが出玉カッターを仕込んだからです。千個までは通常カウントする。千個を超えたら玉の流れを変えて二十個に一個、カウントされないレーンに玉が流れる。そういう仕組みなんです。ですから今のように二千個を流すと五十個はカウントされません」

ポケットに両手を入れたまま説明した。

「それにしてもよくできていますよね。ボク自身も、実際に玉を流して確認まではしませんでした。お蔭さまで出玉カッターの性能を確認できましたよ」

さらりと言うたボクの言葉に店長の岩城が激昂《げっこう》した。

「キ、キ、キミは自分がなにを言っているのか分かっているのかね。キミのやった事は、お客様に対する不正なんやぞ」

顔を真っ赤にし、摑み掛からんばかりの勢いや。

「まぁ、落ち着きなさい」

東野のオッサンが岩城を宥めた。

「こんな事をしてマンスくんにどんな得があると言うのだね。あえて言えば、集客をしながら、店の収益を極端な赤字にさせないという事かな？　それにしても、出玉をカットするなどという行為は許されるものではないがね。どうやら功名心に走り過ぎた……」

「ちゃうわッ」

怒鳴り声を上げて訳知り顔で語っとる東野のオッサンの言葉を遮った。

「アホンダラ。ボクの目的はそんなんやないわッ」

「だったら何が目的なんだね」

オッサンは相変わらずの上から目線の喋り口調や。

「オマエと岩城、オノレら二人を人気《ひとけ》の無いとこに呼び出すんがワイの目的やったんじゃッ」

「意味不明の事をぬかすなッ」

ボクに負けん怒声で岩城が吠えた。

「意味はこれじゃッ」

ポケットから両手を抜いて構えた。

左右の手には、黒光りするメリケンサックが装着されとる。

「オドレらいてまうんがボクの目的じゃぁ」

言うなり東野の顔面に右ストレートを叩き込んだ。


東野が吹っ飛び――

そうなるはずやったのにならんかった。

ボクの右ストレートは東野のオッサンの両腕でブロックされたんや。

それでもメリケンサックが効いたんか、東野のオッサンは、ボクのストレートが捉えた左前腕を抱えてその場に蹲りよった。

「ワレ、なんをさらすんじゃ」

岩城にしがみつかれた。

ボクの腰を抱えたままぶら下がった。

必死に振り解こうとした。

解けんかった。

ボクも必死なら相手も必死や。

「オドレらいてまうんがボクの目的じゃぁ」

要らん事を言うてしもうた。

そのうえボクはメリケンサックで武装しとんや。

相手が必死になるのも当然やろ。

バランスを崩して岩城もろとも倒れてしもうた。

東野のオッサンが左腕を庇いながら、右腕でパチンコ台を摑んで起き上がった。

倒れとるボクの頭を革靴の先で蹴飛ばした。
けど体重が乗ってなかった。
ダメージは少なかった。
むしろ問題は岩城やった。
このままでは動きも取られへん。
岩城の頭髪を左手で鷲摑みにした。
狙いを定めて脳天に右の拳を叩き込んだ。
腕が伸び切らないので、たいした手応えはなかった。
それでもメリケンサックのお蔭やろうか、岩城の腕の力が弱うなった。
足をバタバタさせた。
踵《かかと》を岩城の上半身に打ち付けた。
岩城は耐えとる。
ボクの下半身から離れようとせぇへん。
東野のオッサンがボクに歩み寄った。
右足を上げてボクの顔面を踏み潰そうとした。
両腕でオッサンのストンピングをブロックした。
ズボンの裾を摑み取った。
バランスを崩し掛けたオッサンの向う脛《ずね》に右拳を叩き込んだ。
効いた。
繰り返しオッサンの向う脛をメリケンサックで攻撃した。

激痛に顔を顰めたオッサンが、たたらを踏んで後ろに倒れてた。

パチンコ台の角で後頭部を強打した。

軽い脳震盪を起こしたみたいやった。

素早く立ち上がって、背後から岩城の首を固めて側頭部にメリケンサックを叩き込んだ。

岩城がボクの身体から離れてオッサンに駆け寄ろうとした。

「せ、専務」

一発では効かんかった。

岩城が腕から逃れようと藻掻《あが》いた。

そやけど首を絞めるのには慣れているボクや。

首絞めプレイのときも必死でもがけと女には言い含めてある。

ただ締めるだけより昂ぶりが増すからや。

必死で抵抗する女と比べたら岩城の抵抗なんぞ子供だましみたいなもんやった。

岩城の首を固めたまま、なんべんもコメカミにメリケンサックをゴツン、ゴツンした。

血が出だしたんでゴリゴリもした。

岩城が崩れ落ちた。

まだ息はある。

脳震盪から回復し始めとる東野のオッサンの方が先決や。

呻きながら上半身を浮かせたオッサンの顔面を蹴り上げた。

足の甲に激痛が走った。

折れたか？

構うてる場合やなかった。
オッサンの腹に馬乗りになった。
細い首を左手で鷲摑みにした。
メリケンサックの右手を叩き込んだ。
まともに顔面に入った。
今度は小指に激痛が走った。
折れたか？
ボクより顔面にメリケンサックを喰らったオッサンの方がダメージは甚大やった。
鼻が潰れた。
歯も何本か折れていた。
ゼイゼイと肺を鳴らして荒い息をするたびに、血を吐き出した。
オッサンの首を鷲摑みにした左手は血塗《ちまみ》れになった。
メリケンサックをオッサンの眉間を狙うて叩き込んだ。
繰り返した。
ガシ、ガシ、ガシ、ガシ。
オッサンの額が割れた。
それでも繰り返した。
ガシ、ガシ、ガシ、ガシ。
オッサンが動かんようになった。
息もしとらへん。

ボクは汗だくになってた。
息が臭い。
自分の息が臭い。
東野のオッサンの血も臭い。
脱糞しとるんか。
それも臭い。
自分の汗も臭い。
血塗れになった左手と右手のメリケンサックをオッサンのカッターシャツで拭いた。
「……せ、専務」
岩城のか細い声に我に返った。
立ち上がって倒れとる岩城の背中に乗った。
ガシ、ガシ、ガシ、ガシ。
髪を鷲摑みにして岩城の脳天にメリケンサックを叩き込んだ。
ガシ、ガシ、ガシ、ガシ。
その繰り返しや。
話が違うやんけ――
ノブさんの顔が浮かんだ。
(少なくとも相手の動きを止めることはでける)
そない言うたんやん。
それやのにワイは東野のオッサンや岩城とくんずほぐれつをやっとる。

メリケンサックのおかげでワイが優位に立てたんは認める。
認めるけど、それを勧めてくれたノブさんに感謝の気持ちはない。
こんな事態になるとは――
もっとちゃんと教えとかんかい――
脳裏に浮かんだノブさんの顔に毒づいた。
ガシ、ガシ、ガシ、ガシ。
ガシ、ガシ、ガシ、ガシ。
岩城が動かんようになったんで、念のため、東野のオッサンにもとどめを刺した。
ガシ、ガシ、ガシ、ガシ。
ガシ、ガシ、ガシ、ガシ。
そんなんする必要は無いと分かっとったけど。
完全に死んでると知っとったけど。
息を吹き返す事もないと分かっとったけど。
その場を離れるんが怖かったんや。
二人を殴り続けるしかなかったんや。

ぐだぐだに疲れてバックヤードに続く階段を昇った。
打ち合わせテーブルの椅子に腰を下ろし真鍋が背中を丸めとった。
ドアが開く音に反応して、飛び上がって直立不動の姿勢をした。
眼ん球が飛び出るくらいに目ェを見開いとった。

「マネージャー……」

　言葉が続かへんみたいや。

「どないしてん。幽霊でも観るような目をしとるやないか」

「血が……」

「ああこれか」

　自分のスーツやカッターシャツを確認して言うた。

「心配すな。返り血や」

「返り血？」

「せや、東野のオッサンと店長の岩城を、これで殺《や》ってしもうたからな」

　右腕を上げて拳のメリケンサックを真鍋に見せた。

「やったって……殺したんですかッ」

　真鍋が目を剝いて驚いた。

「ああ、あの二人は、これからの『ヘブングループ』に要らん人間やからな」

　ホンマは真鍋も殺す気やった。

　そやけど気力が残ってなかった。

　もう人殺しはウンザリやった。

「真鍋、オマエ『ヘブン一号店』店長にしたるわ」

　殺さへんと決めたからには口封じが必要や。

「店長になったら給料も上がる。それだけやないで、この店が、毎日『黒誤差』出してたんはオマエも知っとるやろ。出玉カッターの事は聞いたか？」

「ええ、岩城店長から……」

「ほな、その消し方も知っとるわな」

「はい、ジェットカウンターのチェックに立ち合いましたから」

「これからは店長としてオマエがそれをやったらええ。『黒誤差』分の売り上げはオマエがポッケナイナイしたらええんや。毎日でもフーゾク通えるで」

「それは……」

戸惑う口調で言うた真鍋に背を向ける格好でソファーに倒れ込んだ。

油断したわけやない。

真鍋を試したんや。

いや、試したというより祈りに近いモンがあった。

お願いやからこの不正の誘いに乗ってくれ。

そのまま首までどっぷり漬かってくれ。

そう祈る気持ちがあった。

ホールには東野のオッサンと店長の岩城の死体が転がっとる。

不慣れなボクが顔面やドタマをメリケンサックでぐちゃぐちゃにした死体や。

無我夢中やったけど、今さらのように殺った時の感触が生々しく甦って来る。

もうこれ以上は勘弁して欲しいと祈る気持ちになる。

真鍋が不正に加担して仲間になってくれたら、もう殺さんでもええんや。

お願いやから、それに釣られてくれ。

店長になれるんやど——

毎日の『黒誤差』も自分のモンになるんやど――

祈りながら真鍋に背を向けてソファーでぐったりしとった。

神経だけはピリピリしてた。

尖りに尖っとった。

そろりそろりと、外階段に続くドアに向けて移動しようとしとる真鍋の気配を感じ取った。

器やないか――

分かっとった事やけど、この場から逃げ出そうとしとる真鍋にため息が出た。

ソファーから立ち上がって突進した。

問答無用で後頭部にメリケンサックを叩き込んだ。

ノブさん、アンタの言う通りやったわ――

金で転ぶモンは信用でけんかったわ――

真鍋がその場に崩れ落ちた。

メリケンサックの威力は絶大やった。

そやけど真鍋はまだ死んでへん。

背中に馬乗りになって――

ガシ、ガシ、ガシ、ガシ。

ガシ、ガシ、ガシ、ガシ。

またその繰り返しや。

ガシ、ガシ、ガシ、ガシ。

ガシ、ガシ、ガシ、ガシ。

ええ加減にしてくれや――

うんざりしたけど止めるきっかけが摑まれへん。

外階段に繫がるバックヤードのドアを控えめにノックするモンがあった。

「誰やッ」

拳を振り上げたまま問うた。

「清掃に参りました」

地の底から湧き出るような声が返って来た。

「入れや」

応えると鉄のドアがゆっくりと開いた。

音もなく七人の黒装束の男たちがバックヤードに入ってきた。

最後尾のひとりは、ブルーシートを巻いたと思われる青い筒を肩に抱えとった。

「すまん。ちょっと手間取ってしもうたわ。下に二つあるから引き取ってもらえるか」

言うて真鍋の後頭部にメリケンサックの拳を叩き込んだ。

グシャリと頭蓋骨の潰れる手応えがあった。

「その後でこっちの後片付け頼むで」

「かしこまりました」

先頭の男が表情の無い声で答えた。

黒装束の男たちは、眼の前で行われている惨状を気にする風もなく階下へと降りた。

やがてひとりの男がブルーシートにグルグル巻きした死体らしきものを肩に担いで上がって来た。

そのまま無言で外階段へと消えた。

続いてもうひとり、その男も同じものを肩に担いでいた。

階下に降りた男たちは七人や。

残りの五人は清掃に励んでいるんやろ。

「後でこいつも頼むわ」

外階段に消える男の背中に声を掛けた。

足元には顔の原型を留《とど》めてへん真鍋の死骸が転がっとる。

男は頷きもせんと立ち去った。

やがて二人が戻った。

「清掃してきます」

言うて階下に降りよった。

その内のひとりが青い筒を持って現れた。

筒を転がしてバックヤードの床にブルーシートを広げた。

「ちょっと待ってくれや」

男に声を掛けてスーツの上着を脱いだ。

パンツもカッターシャツも脱いで下着だけの姿になった。

「ここに捨ててもええか？」

問いに男が小さく頷いた。

返り血で汚れた衣服と革靴をブルーシートの上に捨てた。

靴下も捨てた。

それほど汚れてはなかったけど、下着も捨てた。

血糊や頭髪が付着したメリケンサックも同様に捨てた。

「ええで」

マッパになったボクの言葉に、男が真鍋の死骸を転がしながら、衣服やメリケンサックもろとも
ブルーシートに巻き取ってく。

男が手につけた分厚いビニール手袋には滑り止めのイボイボが付いとる。

真鍋の死体も運び出された。

自分のロッカーから取り出したカッターシャツとスーツに着替えた。

下着は無かったから直に着るしかなかった。

靴下も履いた。

靴も履いた。

身なりを整えてからロッカーに目を戻した。

その棚の奥に仕舞っていたモンを睨み付けた。

四つに畳んだ紙切れや。

お母ちゃんから貰うた紙切れや。

『恨』の字が書かれた紙切れや。

紙切れを手にした。

四つ折りにしたまま手の中で握り潰した。

「これではちょっと足りんな」

呟いているところに真鍋を運び出した男が戻った。

「すまんけど、こっちの偽装も手伝うてもらえるか」

立ち止まった男に顔を突き出した。

「二、三発殴ってくれや。手加減無用や」

男がビニール手袋を外した。

その手袋には死体処理の痕跡が残っとる。

それをボクの顔面に付着させとうないための気遣いやろう。

確認する間も無く男の拳がボクの頬を捉えた。

「お代わりや」

踏ん張って次を催促した。

脳震盪を起こしそうな二発の拳骨が顎を叩き唇が切れた。

手の甲で唇の血を拭って三発目を催促した。

「平手打ちをくれ。頬っぺたが腫れるくらいのやつや」

ボクの要望に男が応えた。

「おおきに。これでええわ。それから」

言うて男に手の中で握り潰した紙切れを放った。

「それも捨てといてんか。もうボクには要らんモンや」

男がキャッチした。

終始無言のままの男が階下に消えた。

店長席の電話に手を伸ばし受話器を上げてダイヤルボタンをプッシュした。

アボジの自宅に電話した。

「マンスです」

息苦しそうに言うた。

演技やない。

実際ボクは男に殴られて息が乱れとった。

「専務らの不正を見付けて質《ただ》しました。返り討ちにあってしまいました」

半泣きの声でアボジに訴え掛けた。

話をしている間にボクが腰掛けたソファーも持ち出された。

そらそうやろうな。

真鍋と岩城の返り血を浴びてボクが腰掛けたソファーやもんな。

さすがに抜け目がないわ——


家政婦に案内されたボクを応接間で迎えたアボジがソファーから立ち上がって目を剥いた。

「どなんしたんやッ、オマエ」

驚くのんも無理はあらへん。

『ヘブン一号店』を出る前に、洗面所の鏡で確認したんや。

酷《ひど》いモンやった。

顔面は腫れ上がり、左目の周囲はアオタンで縁取られとった。

加えて唇も切れとった。

「ちょっとは加減せいや」

鏡を覗きながら呟いたわ。

アボジの前で肩を落として項垂れた。

「やられました」

「まぁ、立ったままではなんやから、座って話を聞こうやないか」

ボクに席を勧めてアボジもソファーに腰を落ち着けた。

「専務の東野、『ヘブン一号店』店長の岩城、主任の真鍋にやられました」

「あの三人がオマエをフクロにしたんか？」

アボジが首を傾げた。

それはそうやろ。

東野、岩城は老いぼれや。

真鍋かて喧嘩が強そうには見えへん。

片やボクはガタイがあるし若い。

そのボクが東野ら三人にやられたとは信じられへんのやろ。

「いえ、やられたというのは自分の事ではなく店の金です」

東野ら三人は出玉カッターをジェットカウンターに仕込んで客の出玉を誤魔化していた。

それによって生じる『黒誤差』を毎日の営業終了後、岩城がカウンターに玉を流し込む事で隠蔽していた。

そしてそれを助ける釘調整をしていたんが主任で釘打ちの心得がある真鍋やった。

ありもせん話をでっちあげて悪事を三人に擦《なす》り付けた。

「あの東野が……」

アボジが信じられへんという気持ちを露《あら》わにした。

「主任の真鍋なら分からんでもないが……」

真鍋は店の金を横領し、繁盛店から『ヘブン一号店』へと左遷された前歴を持つ男やから当然やろう。

「真鍋が店の金をくすねた時に、それを赦《ゆる》したのが東野専務でしたよね」

指摘にアボジが頷いた。

「真鍋は風俗に入れ込んで店の金をくすねた男です。『ヘブン一号店』にあっても、アイツの風俗通いは止まる事がありませんでした」

畳み掛けた。

「不正をした金を得る味を占めた者はいずれそれを繰り返します。今回の件も……」

捏造話を続けた。

最初に不正を思い付いたのは真鍋やった。

知り合いのパチンコ台販売業者に働き掛けて出玉カッターの導入を思い付いた。

そやけどそれだけで不正は成立せえへん。

『黒誤差』を粉飾するためにはホルコンをチェックする店長岩城の協力が必要になる。

「真鍋が岩城を巻き込んだんか？」

「どんな甘言を弄したかまでは知りようもありませんが、どうやらそのようです」

岩城は間近の引退を考えていた。

退職金代わりに不正に加担しようと考えたんやないやろうかと推論めいた事を付け加えた。

「パチンコ業界には退職金などという概念はありませんからね。永年の慰労金だと考えたところで無理はないかも知れません」

オーナーであるアボジにとって耳に痛いであろう事を口にした。

アボジが小さく咳払いをして言うた。

「引退を考えとる岩城が誑《たぶら》かされたのはあり得る事かも知れん。そやけど、専務の東野まで不正に加担したとは納得でけへん。アイツは永年オレの金庫番を務めてくれた男なんや。姫路でパチンコ事業を始めた時から苦労を共にしたんや。身内同然の男なんやぞ」

「身内同然、ですか」

復唱した。

「同然でも身内ではありません」

断定的に言うた。

「加えて東野専務には前歴があります」

「前歴？」

「そうです。店の金を横領した真鍋を警察にも訴えず、左遷だけで放免した人間です」

「せやったら今回も……」

「ええ、良く言えば温情、悪く言えば自分の失態を隠そうとしたんでしょう」

「失態？」

「処分せんかった不良社員が再び会社の金に手を付けたんです。それを失態と考えるのは当然だと思いますが」

アボジが腕組みをして唸った。

半ば納得し掛けているようやけど、腹心の裏切りを認めとうはないんやろ。

「オレの責任かも知れんな……」

言葉が漏れ出た。

「真鍋の処分を東野に任せたんはオレや。岩城もそうや。店長になってからの昇給も充分では無かったかも知れへん。オマエも知っての通り店長の給料は基本給と業績給で決まる。売り上げの乏しい『ヘブン一号店』では業績給も加算されんかったやろう。東野にしても……」

「社長、お待ち下さい」

「私の姿を見て頂けませんか」

反省するアボジの言葉を遮った。

縋るように言うた。

あの男に殴らせたんはこのためやったんや。

「私はあの三人にやられたのではありません」

アボジが腕組みを解いて身を乗り出した。

「せや、最初オマエを見た時、それを不思議に思うたんやけど、オマエ、どないしたんや」

「アイツら筋モンを雇ったんです。数人掛かりで……」

言い淀んだ。

言い淀むフリをした。

「ボクを殺そうとしたんです」

絞り出すように言うた。

「な、な、なんやとッ」

「ボクがアイツらの不正に気付いたのは一昨日の事です。見過ごすわけにはイカンと岩城に伝えました。今日は六号店の巡回やったんですけど、岩城から呼び出しがあって、事情を説明したいんで閉店後に来てくれへんかと言われたんです」

バックヤードで待っていたのは三人だけでなくて数人の筋モンだった。そいつらに囲まれ、その背後で東野が信じられへん事を言った。

「殺して山に埋めてまえ、そう叫んだんです」

「東野がかいッ」

「なんとか抵抗しましたが、今頃私は丹波の山に埋められていたかも知れないんですよッ」

抗議する口調で訴えた。

その様子を想像したのか、アボジの顔面から見る見る内に血の気が失せた。

「三人はどないしたんや？」

「さぁ、それは分かりません。自分らが雇った筋モンが劣勢やと感じたんか、奴らを片付けた時には姿をくらましていました」

「とんずらしよったんか」

「ええ、おそらく」

アボジが鼻息を荒うした。

頬を紅潮させて言うた。

「県警動かしたる。上のモンとはツーカーの仲やッ」

「待って下さいッ」

腰を上げかけたアボジを制した。

「警察沙汰は拙いです」

「なんでやねん。会社の金を横領された上に、大事な息子まで殺され掛けたんやぞッ」

「会社の金ではありません」

「はッ？　アイツらが抜いたんは会社の金やろ」

「違います」

首を横に振って否定した。

「あれは出玉カッターで浮かせた金です。本来であれば、お客様に還元すべきものでした。アイツらが抜いたんはお客様のお金で会社の金ではありません」

アボジが浮かしかけた腰をソファーに落とした。

「出玉カッターの件が明るみになれば、あの連中だけでなく、アボジの管理責任も問われかねません」

社長ではなく、あえて「アボジ」と言うた。

「それは私が本意とする事ではありません。私はエリアマネージャーを任せて下さったアボジの期待に応えるためにアイツらの悪事を暴こうとしたんです。その私のやった事でアボジが罰せられたのでは、息子として耐えられるものではありません」

力強く言うて笑顔を見せた。

「こんな怪我、どうという事はありません。一週間も経たずに治りますよ」

アボジが深い溜息を吐いた。

そして微笑んだ。

「やっぱり頼りになるのは身内同然の人間や無うて、血の繋がっとる身内やのう」

暫く考え込んで両手で膝をバシッと叩いた。

「決めたッ。明日からはオマエが専務や」

「えッ。私みたいな若造にそんな大任が務まるでしょうか」

謙遜した。

「大丈夫や。オマエはオレの息子やないけ」

「アボジ……」

感極まった体で言うた。

せっかくのチャンスを逃す必要はないやろ——

「分かりました。この朴マンス、息子として偉大なアボジのご期待に沿えるよう励みます」

姿勢を正し深々と頭を垂れた。

「つきましてはお願いしたい事があります」

その夜に言うつもりはなかったけど、この勢いやったら言うても構へんと思えた。

「なんじゃ。言うてみ」

「ひとり手元に雇いたい男がいます」

「どんな男や」

「パチンコ店のコンサルタントをしている男です」

「コンサルタント？」

訝し気に眉根を寄せた。

「ええ、もともとはパチンコ台のメーカーに勤務していた男です。業界の裏表を知り尽くしていて、今回の出玉カッターの件を最初に疑ったのもその男です」

「なんちゅう名前やねん？」

「木下徹、木ィの下に徹夜の徹と書きます」

『ヘブン一号店』に出玉カッターを取り付けた張本人の名前や。

「歳は？」

「三十五、六歳くらいじゃないでしょうか」

「メーカーとは？」

訊かれて業界最大手のパチンコ台メーカーの名を口にした。

「そこの東京本社企画部に在籍していました」

「大卒か？」

「ええ、そうです」

国立の有名大学の名を告げた。

すべてホンマや。

アボジが裏を取ったりはせんやろうけど、万にひとつのこぼれがあったらアカン。

東野の件でもそうやけどアボジは猜疑心とは無縁の人間や。

ひとたび信用させれば、とことん信用してしまう性格なんや。

裏を返したら、猜疑心の塊で生きてきたという憐れな人生なんやろうけどな。

「血筋は？」

「木下は朴という名を分解したものです」

「同胞か？」

「察してやって下さい。日本人で朴という名の人間はいないでしょう」

「せやな。ワイも戦前の創氏改名で木下いう名字を付けられとったわ」

忌々し気にアボジが言うた。

本気で気分を害しているみたいやった。

拙い事言うてしもうたか――

後悔したけど、そんなん知らんかったんやからしゃーないやろ。

アボジが考え込んだ。

しばらく考えて口を開いた。

「どこで知り合うたんや？」

「大阪の鶴橋の焼肉屋です。たまたま席が隣り合わせになって、パチンコの話で盛り上がりました」

これもホンマや。

当時ボクは月にいっぺんほど鶴橋に通ってた。

特にこれという目的もなく、兵庫を離れて羽を伸ばしたかった。

『ヘブングループ』に入社して以来、地元ではずっと猫を被《かぶ》る生活をしていた。

その息苦しさから逃れるために選んだのが、大阪随一のコリアンタウンと言われる鶴橋やった。

中でもボクのお気に入りは『宙』という名のホルモン焼屋や。

カウンターだけのちっこい店やけど味はしっかりしていた。

アルマイトの小皿で供されたホルモンを、隣り合った客同士が同じ七輪で焼くような店やった。

「ほなその木下とかいう男と会わしてくれるか」

「いつがよろしいでしょうか？」

「明日でもええで」

「分かりました。連絡を入れます。場所はどうしましょう？」

たいして考え込みもせんと、アボジがいつもの焼肉屋の名を口にした。

翌日アボジに木下を引き合わせた。

その席で木下の入社があっさり認められた。

五分と掛からん面接やった。

事前に情報入れとったから、木下が差し出した履歴書をざっと見ただけで採用が決まった。

記憶に残る出来事があった。

アポジがマルチョウを注文したんや。

焼きながら言うた。

「木下くん、キミも在日らしいけど、マルチョウを食べた事はあるわな」

「ええ、ございます」

「好きか?」

「ホルモン焼きの中ではいちばん好きな部位です」

「そうか。ほな」

言うて店員にマルチョウを二十人前注文した。

「アボジ、いくらなんでも多過ぎませんか?」

ボクの言葉は無視された。

皿に盛られた大量のマルチョウを網にぶちまけた。

「焼けるまで見ときや」

アボジがトングを手にした。

焼きながら言うた。

「若い時分はカルビ一枚で白飯いっぱい食えたもんや。そやけどこの歳になると脂っこいモンは身体が受け付けんようになる」

　懐かしむ声やった。

「カルビ以上に脂っこいですやん」

　また無視された。

　トングで何度も転がした。

　垂れた脂で網の上が火事になった。

　構わず転がした。

　だんだんマルチョウが焦げた。

　転がすのを止めんかった。

「いくらなんでも焼き過ぎではないですか」

　ボクの忠告にもマルチョウを転がす手を止めへん。

「肉は焼き過ぎたら硬うなって食えたモンやない。そやけどマルチョウは違う。焼かれてこそ価値があるんや」

　ボクと木下の取り皿に炭塗れになったマルチョウを置いた。

　口に入れて驚いた。

「美味い。ぜんぜん脂っこくありません」

「そうですね。外はジャリジャリしますけど、中は柔らかくて甘いです」

　ボクも木下も感嘆の声を上げた。

「そやろ。マルチョウはな、焼いて焼いて、真っ黒になるまで焦がして味を磨くんや」

　確かに磨かれた味やった。

「こっち食べてみ」

ボクの取り皿に焦げてないマルチョウが置かれた。

口にした。

「生焼けですやん。これは食べられませんわ」

卓上のおしぼりに吐き出した。

「そや、生焼けのマルチョウくらい食べられんモンはない。もっと焼かれなアカンのや。マンスも木下もな」

「エッ？」

「いくら着飾っても、なんぼええ生活しても、自分の身の上を忘れたらアカン。生まれた時点で育ちのええ肉とは違うねん」

「ボクらはマルチョウみたいな安モンいう事ですの？」

「せや、もっと焼かれなアカンねん。生焼けのマルチョウはペッと吐き出されるゴミやからな」

視線がおしぼりに向けられた。

「ゴミは焼かれて焦げて、真っ黒になって、初めて意味があるんや。オレらの若い時分はそれが当たり前やった。皆がそれを心得とった」

「その覚悟が足らないと社長は仰るのでしょうか？」

と、木下。

「木下くんとは今日が初対面や、覚悟がどうかまでは分からへん。そやけどマルチョウの事を忘れんと、これから勤めて欲しいねん」

「畏まりました」

木下が神妙に頭を下げた。

「ボクも忘れんようにするわ」

本心から言うて、網の上のマルチョウに箸を伸ばした。


マッコリを呑んで店を出た。

「役職はどないしょうか？」

アポジの邸宅に帰るタクシーの車内で訊かれた。

「それは社長のお決めになる事でしょうが、私の意見を言わせて頂いてもよろしいでしょうか？」

「なぁマンス、その社長という言い方止めへんか」

「では今後は社長の事をどう呼べばいいのでしょ？」

「会社では社長でええやろけど、プライベートではアボジと呼んで欲しいんや」

照れる声でアボジが言うた。

「分かりました、アボジ」

「それで木下くんの待遇についてのオマエの考えを聞かせてもらおうやないか」

「彼の待遇以前に組織そのものを考えたいと思います」

「ほう、えらい大上段に構えたもんやな」

揶揄《やゆ》する言葉やなかった。

期待を隠そうともせんとアボジは目をキラキラとさせた。

「一号店を拡大したいのです。アボジがこの業界に参入した記念すべき店舗を、今のような寂れた店舗のままにしておくのは忍びないです。どうか私に全権を委任して下さい。兵庫とまでは申しませんが、姫路を代表するパチンコ店に成長させたいのです」

「そんな事ができるんか？」

懐疑的な口調で言うた。

その口調の裏には期待も込められとった。

自分がパチンコ店を始めた『ヘブン一号店』が姫路を代表するような店になるんやったら、期待するるんも当然やろ。

「本社機能の見直しも必要かと考えます。今の総務部長はもう定年でもおかしくないお齢ですし、なにより現場を知らない方です。ただ数字しか見ない。売り上げが少なく業績給が支給されない『ヘブン一号店』の店長であった岩城が不満を抱いて不正に走ってしまったのもその弊害ではないでしょうか」

アボジにとって耳が痛いであろう事を指摘した。

「それを正すためには、大胆な本店機能の見直しが必要です」

「なるほど」

アボジが納得した。

「三号店は駅前のビジネスビルの一階に店舗を構えています。幸いそのビルの八階フロアーにテナントの空きがあります。そこを借り上げて経営改革準備室としたいのです」

「悪うはないと思うが……」

深くは理解できてへんと思われるアボジが曖昧に頷いた。

「会社の仕組みを再構築するのですから、そう簡単な仕事だとは思えません。もちろんその過程においては各店舗の店長を始めとする社員のコンセンサスを得る必要があります。経営改革準備室を作り、木下は大企業での勤務経験もありますので、準備室長を命じたいと考えます」

「よう分からんけど、オマエの好きにしたらええ」

アボジが認め、ボクは『ヘブングループ』における、かつての東野のオッサンの比ではない、強大な権力を握る道筋を得る事になったんや。

＊

マンちゃんエライ成長しよった。

ま、それを成長と言うてえぇのかどうか分からへんけど、専務ら三人殺してその後釜に座ったんやから成長しよったと言うてもええやろう。

ここまで成長されたら、ワイの手ぇの届かんとこまで行ってしもうたと思えん事もないけど、ワイかてそんな甘チャンやない。

マンちゃんの動きは完全に把握しとる。

把握しとるどころか、マンちゃんが出玉カッター導入したんも、それをネタに専務ら三人を殺したんも、実のところを言うたらワイが画《え》を描いたこっちゃねん。

秘密は木下や。

木下に唆されるまま、マンちゃんは動きよってん。

ワイは東京の芸能事務所と関係を持つようになってた。

表向きはアイドルをプロデュースしとる芸能事務所やけど、元半グレの連中がやっとる事務所で、産廃だけでは先が見えとると思うたワイは、そっち方面にも手ぇを出しててん。

ワイが目ェをつけたんは連中の人脈やった。

黒里団地とは桁違いの広うて深い人脈があんねん。

その辺りはさすが東京やわ。

姫路とは比べもんにならへん。

木下を世話してくれたんも、その東京の事務所やった。

アイドルと木下ではエライ距離があるようやけど、裏の社会に距離なんか関係あらへん。

学歴と経歴がピカピカ、ポーカーフェイスで悪事が働ける、頭脳明晰で物腰が柔らかい、目先の欲に翻弄されへん、そやけど内に秘めた野心に素直な人間、ほんでなにより在日コリアン。

あれこれ思い付きも含めて提案したらドンピシャの男を紹介してくれよった。

それが木下やねん。

鶴橋のホルモン焼屋をマンちゃんが贔屓にしとるんは知ってた。

ホルモンで精をつけたマンちゃんから、桜ノ宮のラブホにオナゴを手配してくれという依頼をナンベンか受けた事があったさけェな。

『宙』いう店や。

その店に木下を送り込んで、偶然を装おうてマンちゃんと接触させた。

マンちゃんはよう苦々し気に言う。

「アボジや東野のオッサンは学歴とかで人を計りよる。裏を返したら学歴コンプレックスやで」

そやけどな、それはマンちゃんにも言える事やねん。

マンちゃんにも学歴コンプレックスはあんねん。

案の定、木下の経歴と学歴にマンちゃんはコロッと騙されよった。

木下という人間の本質を知らんまま、頭から信用してしまいよってん。

誉めとうなる事もあった。

まさか専務の職に就くとは意外やった。

ヨンスクとの駆け引きは他人のワイにはよう分らんけど、間隙を上手《うも》う衝いたんやったら誉めてやるわ。

どっちゃにしてもマンちゃんが『ヘブングループ』の実権を握ったんは小さな事やない。

いよいよ乗っ取りへの具体的な行動が始まるわけや。

木下からその情報を得たワイは、久しぶりにマンちゃんと接触した。


マンちゃんは気付いてなかった。

殺した三人には人間関係がある。なんぼ死体処理班が完璧な仕事をしても、人間関係までは消されへんのや。甘いというたら甘いけど、そこまでの経緯を考えたら、マンちゃん責めるんも酷に思えた。

マンちゃんに提案した。

ワイが後腐れのないよう手当てしてやる、と。

手間は掛るやろ。そやけど銭の話はせんかった。

銭に替えられんものをワイはマンちゃんに売ったんや。

甘いんはワイやったんかも知れへんな。

10

書類鞄を携えてアボジの邸宅を訪れた。

いつものように応接間で対面した。

「これが賃貸借契約書です。改めて下さい」

応接テーブルに書類を置いた。

ザッと確かめてアボジが言うた。

「七十坪で賃料が五十六万七千七百六十円、共益費が二十一万二千九百十円か」

宙に目を泳がせた。

「合計で七十八万六百七十円になります」

すかさず答えた。

「敷金は十二ヶ月と書いとるな」

「六百八十一万三千百二十円になります」

これも間髪容れずに答えた。

「ですから初期費用は賃貸分だけで七百六十万円ほど必要という事になります。これに什器備品などを加えますと一千万円は必要かと」

前傾姿勢のまま腕を組んでふんぞり返るアボジの顔色を窺うように言うた。

考えとるフリしてるだけや――

「高過ぎますでしょうか？」

念押ししたらアボジが腕組を解いて芝居がかった笑顔を見せよった。

「何を遠慮しとんぞ。オレとオマエの『ヘブングループ』の経営改革準備室になる物件やんか、こんなんでホンマに構へんのか？」

オレとオマエの、とアボジは言うた。

すかさず反応した。

「アボジ……」

いったん目を見詰めてから深々と頭を下げた。

「ありがとうございます」

「大事な息子の旗揚げや。一千万円が二千万円でも惜しゅうはないで」

「それではお言葉に甘えてお願いがございます」

「なんや言うてみ」

「こちらの賃貸借契約書の借主欄に社判と社印を頂きたいのです。連帯保証人の欄には私が署名捺印させて頂きます。社印は会社の実印が必要です」

「おう、分かった」

賃貸借契約書を手に立ち上がろうとしたアボジを呼び留めた。

「こちらの書類にもお願いしたいのですが」

書類鞄からもう一枚の書類を出してテーブルに置いた。

「銀行に提出する家賃の振替用紙です。こちらに必要事項を書き込んで頂き、こちらに」

指を揃えた手の平の先で書類を指し示した。

「銀行印をお願いしたいのです」

アボジがその場に立ったまま少し考え込んだ。

「分かった」

振替用紙を手に取らず、そればかりか賃貸借契約書をテーブルに置いたままにしてアボジが部屋を出た。

もしかして――

秘かに期待した。

会社の実印と銀行印の印影を手に入れたら、それを元に、ノブさんの繋がりで偽造する事が可能になる。

それがアボジの元を訪れる前の計画やった。

たちまち何に使うという具体的な企みはないけど、その二つを持っとったらいつか役に立つ事もあるやろう。

その必要はないかも知れへん――

もしかしてと期待した通り、アボジはこげ茶色の革袋を手に応接間に戻った。

その中身が印鑑の類やという事は疑いようもない。

革袋を差し出したアボジが言うた。

「会社の実印、業務印、銀行印、角印、社判が入った袋や。これをオマエに預ける。会社の預金通帳も入っとるから、必要な手続きはオマエの方でやってくれたらええ。手続きが終わったらオマエが保管してくれ。これからも入用になることがあるやろうしな。念のために訊くが、金庫くらいは持っとんやろな」

「ええ、それはすぐにでも用意しますが、このような大事な物を……」

逡巡するフリをした。

「これらは前の専務の東野にも預けた事はない。これをオマエに預けるという事は、それだけオマエを信用しているという事や。我が息子、マンスよ」

自分の言葉に酔うとる――

ただの親馬鹿やんけ――

「アボジ……」

目を潤ませて受け取った革袋はずっしりと重たかった。

ホンマモンの親子やねんな――

迂闊にもそんな感慨を覚えてしもた。

「責任をもってお預かりします。親子の絆だと思って夢にも粗末には扱いません」

本心から出た言葉やった。

「しかしアボジ、私がこれをお預かりして、手続き上の問題は無いとしても、今回は一千万円の引き出しもあります。いきなり私のような若造が引き出しに行っても、銀行員も不審に思うでしょう。ご足労をお掛けしますが、できれば取引銀行に同行して頂いて、支店長さんなり、上の方に私をご紹介頂けませんでしょうか」

「面通しちゅうわけやな。用意するわ。ちょっと待っとれ」

弾む足取りでアボジが応接間を後にした。

「春江さぁん、春江さぁん。急用がでけたんや。出掛ける用意するでぇ。春江さぁん」

邸内にアボジの声が響き渡った。

春江さん？

どっかで聞き覚えのある名前やった。

直ぐに思い出した。

お母ちゃんがお骨になって戻って来た日――

あん時、お母ちゃんのお骨を粉にして、仕事で遅うなるとジウとかいう韓国の嫁さんへアボジが伝言を頼んでた相手がそんな名前やった。

急に気持ちが冷めた。

危うく忘れるとこやった――

相手にしとるんは愛おしいお母ちゃんを首絞めセックスで殺した相手なんや。

なにが親子や――

ジウは財産目当ての偽装結婚やったと思い出した。

いずれ追い出すつもりやけど、間に入った偉いさんの顔を立てて、とノブさんが言うとった。

ノブさんの話では、ジウとかいう女、前の旦那との関係がバレて韓国に帰りよったらしいやないか。

普段着からダークスーツに着替えよったアボジが応接間のドアから顔を突き出した。

「マンス、行くで。銀行の支店長さんにもアポ入れたさけぇ」

急かされてソファーを立った。

玄関を出たら黒塗りのリムジンが二人を待ち構えとった。

「運転手の三角や」

アボジが白手袋の老人を紹介してくれた。

腫れぼったい唇をした老人は会釈もせんと後部座席のドアを不愛想に開けた。

「気難しいとこがあるけど、勘弁したってや。今どき裏庭の小屋で寝泊まりする住み込み運転手なんぞそうそう見つからへんねん。三百六十五日、二十四時間無休やさけぇな」

言い訳がましゅう言うたアボジやけど、そんなん気にもならへんかったわ。

頭ん中は首絞めセックスで殺されたお母ちゃんの事でいっぱいやってん。

お母ちゃんにそれを強いたアボジに対する恨みも忘れてへんけど、恨みはどんな感情よりも根深い感情やろうけど、悔恨という感情も、またそれと同等に根深いねん。

ボクが苛まれとったんは、そのお母ちゃんから託された『恨』の紙を棄ててしもうた悔恨やった。

お母ちゃんだけやない――

悔恨ではないけど蟠《わだかま》る気持ちがあった。

モヤモヤして夜も眠られへん思いや。

夜になって眠ろうとしたら東野、岩城、真鍋の三人を殺した時の記憶が甦るんや。

それぞれの頭を潰しながらボクは我を忘れてた。

行為の最中には夢中になってたし、必死の思いもあったけど。

それは違うな――

否定する声があった。

オマエは愉しんどったんと違うんか――

声はボクをせせら笑うた。

これがノブさんの言うてたトラウマいうやつかいな――

「ブォォォォォォオン――」

リムジンのエンジンが咆哮《ほうこう》を放って我に返った。

三角とかいう老運転手がエンジンを吹かせて早うせえと急かしとる。

「チッ」と、舌を鳴らしてアボジの隣に身を乗り入れた。


辿り着いたんは加古川信用金庫姫路支店やった。

「加古信ですか？」

意外な想いに首を傾げた。

「せや、ここはオレがパチ屋始めた時からの長い付き合いや」

女性行員の案内で支店長室に通された。

二人を迎えた相手と手短に挨拶を交わしたアボジがボクを支店長に紹介した。

血を分けた息子である事、今後専務として会社の将来を任せたい事などを誇らしげに語った。

「朴マンスです。よろしくお願い致します」

姿勢正しく挨拶し名刺を差し出した。

「姫路支店を任されている神戸と申します」

相手の名刺を受け取った。

「立ったままではなんですので、どうぞお掛け下さい」

神戸に席を勧められソファーに腰を下ろした。

アボジは深々と、ボクは浅く座って背筋は伸ばしたままや。

支店長である神戸も深くは腰掛けへん。

ボクと同じくらい浅く腰掛けとる。

それでアボジと支店長の力関係を理解した。

二人は同年輩に思える。

むしろ支店長の方が年長かも知らへん。

『ヘブングループ』は加古川信金姫路支店の上客なんやろう。

「今まで金に関しては全部自分でやってきた」

アボジが切り出した。

「そやけど今後は息子のマンスに任せるつもりや。こいつが本社機能を改革したいと言うとる。ついてはその初期費用に一億くらい掛かるらしいわ。そのあたりの事、心得とってくれるか」

一億ではなく一千万円や——

言い間違いなんかハッタリなんか。

「本日現金でという事でしょうか？」

神戸が小さく動揺した。

「いえ、大きな金は振り込みで済ませるつもりです。ただ什器備品を揃えたりする細かい金は、現金で引き出す事もあるでしょうから、その節はよろしくお願いします」

ボクが答えたら神戸が身を乗り出した。

「それでしたらこちらで法人用のクレジットカードを発行させて頂きます。直ぐにご用意致しますので、十分ほどお時間を下さい」

ブラックカードでよろしいでしょうかと訊かれた。

利用限度額は五百万円らしい。

「おいおい、そんなんで足りるわけないやろ」

アボジが口を挟んだ。

「オレと同じプラチナにしてくれや。限度額無しの、な」

「はい、畏まりました」

すんなりと通ってしもうた。

申込書に住所氏名を記入しただけで、これといった審査も無く、十分ほどの待ち時間で、ボクはプラチナカードを手に入れた。

ビジネスカードやから利用代金の引き落としは会社の口座から行われる。

限度額無しやねんぞ――

アボジの脇の甘さが心配になったわ。

アカン、アボジに感情移入してどないすんねん――

そもそもアボジてなんやねん――

東野みたいにオッサン呼ばわりしたらええやんけ――

そないな風に思うんやけど、やっぱりアボジはアボジやった。

「それじゃ支配人、息子の事を頼んだで」

「お任せください」

「よろしくご指導のほどお願い申し上げます」

父子で神戸に挨拶して、次にボクが連れて行かれたんは姫路企業連合会やった。

そこで会頭を紹介され、さらに飲食店組合なんかを連れ回された。

紹介された相手はみんなそれなりに社会的な地位がある人間やったやろうけど、全員がアボジにペコペコしよる。ペコペコせんまでも愛想笑いで受け答えしよる。

金の力や――

改めてノブさんの事を思い出した。

そやけどノブさんみたいに金がすべてやという気持ちにはなれなかった。

ボクはお母ちゃんの無念を晴らしたいんや。

無念？

ホンマにそれだけなんか――

また内心からの声や。

お母ちゃんは死にとうて絹の帯締めをアボジに使うよう願い出たんやろうか？

最近よう考えてしまう疑問や。

そんな疑問を持つようになったんは、井尻の紹介で首絞めセックスを望むヘンタイ女と定期的にセックスするようになったからかも知れへん。

ヘンタイ女は皆が皆、首絞めセックスで本気で悦びよんねん。

マンコ汁を仰山吹きよる女も珍しくはない。

ホンマはお母ちゃんもそうやったんやないやろうか――

ついつい要らん事を考えてしまう。

死んでもうたお母ちゃんの気持ちを確認する事はでけへん。

それやったらお母ちゃんの無念てなんやねん？

今でもそれをネタに首絞めセックスをしとるボクはどないやねん――

内心の声なんか自問なんかも分からんようになった。

どっちゃにしてもや。

その日一日で、ボクは金の威力を再認識したんや。

普段なら会う事もでけへん相手と言葉を交わし、その全員が腰を低うしてくれるねん。

それが金の力や。

ノブさんに唆された『ヘブングループ』の乗っ取りは、アボジに対する復讐としか考えてへんかったボクやったけど、その一日で考えが変わったわ。

金の力に目覚めたんや。

コンマイ時から在日差別されてきたボクやった。

軽う扱われてきた。

アポジが自分の息子やと紹介してるんやから、ボクが在日やというのは相手も心得てるはずや。

そやけどそんなボクに誰もが友好的な態度で接しよる。

その理由は考えるまでもあらへん。

金の力やねん。

金やねん！

金、金、金、金、金、金やッ。


「ちょっと早いけど……」

リムジンの後部座席で腕時計を確認しながらアボジが言うた。

「『豪屋敷』に行ってくれ」

運転手の三角に指示した。

『豪屋敷』は姫路郊外にある料亭や。

屋号くらいは知っとるけど、これまでのボクの人生で足を向けるような店やなかった。

「予約して頂いたんですか」

「まあな。家を出る前に電話したんや」

「ありがとうございます」

素直に頭を下げた。

そんな堅苦しい場所に親子で行くのは気が進まなかった。

とは言っても、いろいろと収穫のあった日やった。

これも付き合いやと割り切った。

ホンマの事を言うたら上機嫌のアボジとおるんが気持ち良かった。

ええ子ぶっとるのには疲れたけど、アボジの喜ぶ顔が嬉しかったんや。

どないなってん？

自分の気持ちが良う分からん。

そやけど嬉しかってん。

『豪屋敷』では二人には広過ぎると思える個室に通された。

掛け軸に生け花、仄《ほの》かに漂う香の残り香がした。

「香は残り香がええんや。客が来ているのに香を炊いとるのは世間知らずの店主がやる事や」

アボジが能書きを垂れた。

そやない。

能書きというより薀蓄《うんちく》や。

アボジの言う事成す事、なんでもかんでも悪う考える自分に嫌気が差す。

案外教養あるやん――

本心では感心しとった。

上座を空けて親子並んで寛いだ。

「如何にも料亭という雰囲気ですね」

部屋を見渡し感想を口にした。

「なんやマンス、料亭に来るんは初めてかいな」

「ええ、初めてです」

「どや？」

「圧倒されます。玄関のとこに目立たんよう銅版が貼ってありましたね」

「気付いたのか？」

「ええ、この建物、国の有形文化財なんですね」

「そやで。姫路大空襲にも焼けんかった屋敷やねん」

「途中、渡り廊下から見えた庭の松の木も立派でした」

身体を捻り、背後のガラス戸の向こう、部屋から望める丹精込めた庭に目を向けて言うた。

「あの松は夫婦《めおと》松と呼ばれとんや。別々に育った黒松と赤松が年月を経て融合しよったんや。樹齢三百年とか五百年とか言うとったな。あれだけでも天然記念物もんやで」

「ところでどなたか呼んではるんですか？」

空いている上座に視線を移した。

「これの」

アボジが親指と人差し指で作った丸を額に当てた。

「本部長を招待してんねん」

県警のトップを呼んでいるという事か――

マネージャーとして警察との付き合いはあったけど、さすがに本部長レベルの人間とは面識もなかった。

「本部長をおいて、先に始めるわけにもイカンやろ。ちょっと早う着き過ぎたわ。もう暫く待とうか」

「そんな偉い人と会うのに、自分みたいな者が同席してもええんでしょうか？」

「なんを言うてんねん。息子を紹介したいという理由で招待したんや」

という事は――

考えを巡らせた。

アボジとの外出は、その日の午前中に決まった事や。

さっきアボジは言うた。

この店を予約したんは家を出る前やと。

それやったら県警本部長への連絡も、そのタイミングでしたに違いない。

当日電話で県警のトップを呼び出せるんか――

改めてアボジの、いや金の力を再認識させられた。

襖が静かに開いた。

和服の女性が正座して三つ指を突いた。

「いらっしゃいませ」

涼しい声で挨拶した。

「おお、女将《おかみ》。ワイの息子のマンスや」

「照子と申します。日が照るの照るに子供の子です」

「朴マンスです。よろしくお願い致します」

照子と名乗った女将は五十過ぎやろうか。

持ち前の美貌が年齢を感じさせへん。

お母ちゃんの面影を探す自身に気付いて狼狽えた。

「ええか、マンス。今日、あれこれ紹介して回ったけど、あの連中に比べたら、照子さんの方が何倍も役に立つ。姫路のお偉いさんは大概この店の馴染みやからな」

「そうですか、アボジ。肝に銘じておきます。女将さん、こんな若造ですが、これからよろしくお願い申し上げます」

姿勢を正し、座布団を外して頭を下げた。

「まぁ、ご丁寧に。こちらこそ、どうかご贔屓によろしくお願い致します」

暫く待って、県警本部長が姿を現した。

＊

マンちゃんが変わってしもうた。

悪い事やない。

どっちか言うたらええほうに変わったんやけど、それを手放しに歓迎もでけへん。

マンちゃんが変わったんは、金の力に気が付きよったちゅう事や。

それそのものは悪い事やないんやけど、純粋に金の事だけを考えとらんのがアカンねん。

金の力いうより、その先にある権力に目が眩んどる。

もちろんそれかて悪い事やないけど、その動機になっとるんがコンマイ時の在日差別やいうんはたよんないわ。

要はコンプレックスの裏返しやねん。

それにオトンに対する復讐心や、オカンに対する憧れの気持ちまで交っとんやからややこしい。

木下の話では照子とかいう料亭の女将にマザコン丸出しで甘えとるらしい。

照子との、ケツの穴がこそぼうなるような話を聞かされて木下も往生しとる。

「構へん。なんも言わんと聞いといたれ」

宥めたら電話の向こうで苦笑いする気配がした。

「どっちゃにしろ『ヘブングループ』を乗っ取った後の事はワイらであんじょうせなアカンねん。マンちゃんは、ワイの書いた画の通りに動いて貰うたらええだけやねん」

「でも、動きが急すぎるのが心配です」

「心配せんでええ。ワイが付いとるがな。オマエはマンちゃんが望む通り物事が動くようオマエの経験と知識でサポートしてやったらええんやからな」

「それは心得ていますが……」

不安そうに木下が言うた。

「とにかく大事なんは、ワイとの連携を密にする事や。電話でええから、マンちゃんの動きは逐一ワイに報告してくれや」

「はい、承知しました」

困惑しとる様子で返事した。

「とにかくオマエが悩むな。『ヘブングループ』は最終的にワイのモンになるねん。その暁には、木下、実務の責任者としてオマエに働いて貰わなアカンねんからな」

言うてその夜の電話を終えた。

11

『ヘブン三号店』が一階から三階まで店を構える駅前のビジネスビルの八階フロアーに『ヘブングループ本店準備室』の看板を掲げた。『経営改革準備室』にする予定やったけど『本店準備室』にしたボクの腹積もりでは、いずれ『ヘブン一号店』を本店にするつもりやったからや。

その時点での本店登記はアボジの自宅所在地になっとった。

それなりの規模がある『ヘブングループ』の本店が個人邸ではおかしいやろ。

もちろんいずれはグループの代表権をアボジから取り上げる算段もあったけど、な。


最初に着手したんが『ヘブン一号店』の改装案件やった。

本社機能を充実させるという目的で命名した準備室やけど、そんなもんには見向きもせんかった。

ただし準備室の什器備品には金を掛けた。

木下と二人しか使わへんフロアーに高額な応接セットや事務デスク、書類棚なんかが大量に運び込まれた。

三百万円ほどは掛かるやろうとアボジに説明していた予算は三千万円に膨れ上がった。

それだけ高級品を揃えたという事や。

そやけどそのうち梱包を解いたんは、二人が打ち合わせをするんに必要な打ち合わせテーブルセットとホワイトボードだけやった。

その他の什器備品は改装後の『ヘブン一号店』で使用するつもりやった。

それやったら改装してから『ヘブン一号店』で購入しても良さそうにも思えたけど、銀行の支店長の手前もあるし、アボジの気が変わらん内に使える金は使うとこうと思うたんや。

『ヘブン一号店』の改装については、ボクがアイデアを出して、木下がチェックするいう形で進められた。

アイデア言うても思い付きや。

そやけどボクには新装開店とかの知識はないねん。

思い付きで喋るしかあらへんかった。

「ブレインストーミングと呼ばれる方法ですね」

思い付きやと言うたら木下が返しよった。

ホンマにインテリは要らん事を仰山知っとるわ。

そのブレインナンチャラでボクが最初に提案したんは『ヘブン一号店』の規模やった。

「パチンコ台を444台、スロット台を333台設置する事を前提に改装後の器の規模を検討したいんや。合計777台、パチンカーがいっちゃん好きな数字や」

思い付きで言うてみた。

これから本店を置こうと思うてる『ヘブン一号店』がショボい店では堪らんかってん。

「スロットが333台というのはかなりの数ですね。それだけの台数を揃えている店は、姫路市内はもちろん、兵庫県内や大阪府内でもそうそうないでしょ」

反対している口調やなかった。

木下は思うたままの感想を述べている風にしか聞こえへん。

「いずれはスロットが主流になる時代がやって来る。そう睨らんどるんやが、オマエはどうや」

「ええ、その観測に間違いはないと思います。それに今は目立つ規制もありませんが、このままパチンコやパチスロの賭博性が高まれば、いずれ官も規制に乗り出すでしょう。その場合、まず着手するのは勝手の分かるパチンコ台でしょうから、パチスロの台数をある程度確保してスタートするのは正解ではないでしょうか」

ただし、と木下が話を続けた。

「そうなるといくつかクリアしないといけない問題点が指摘されます」

「どんな問題点や？」

「先ず駐車場の規模です。兵庫県は遊技台の総数の60％の駐車台数が必要と定められています。777台のパチンコ台、スロット台を設置するとすれば……」

クラッチバッグから小型電卓を取り出して計算した。

「必要台数が777台の60％で467台。現在150台分のスペースしかありませんから最低でも317台分はなんとかしたいですね。そうしないと警察が口出しするでしょうし、そもそも店がもし繁盛したら駐車待ちの車で近隣が大渋滞になります」

顔を顰めたわ。

「もし繁盛したらぁ？」

語尾を上げた。

「どういうこっちゃねん。ああん？　繁盛するに決まっとるやないか。もしは余分じゃ」

怒鳴り上げた。

「失礼しました」

木下が頭を下げた。

謝罪の言葉ほど恐縮している風やない。

ボクの怒鳴り声に怯えている素振りも窺えへん木下やった。

それでええんやと思うた。

本気の議論をしている最中で、言葉が荒うなるんは当然や。

そのたんびに、萎縮したり、顔色を窺うたりするようでは片腕としては役立たずや。

「そやけど駐車場の用地を確保する手立てを考えるんが大変やなぁ。まさか店から離れた場所ちゅうわけにもイカンやろ」

『ヘブン一号店』は明姫幹線と呼ばれとる国道２５０号線に面して立地しとる。

開場当時の事は知らへんけど、今では周辺に個人の住宅やアパート、商店が、密集というほどではないにしても建ち並んどる。

「一号店の横に個人スーパーがありますよね」

「ああ、あるな。確か『新鮮スーパー』とかいう屋号の店やったな」

「あそこなら駐車場もありますし敷地全体を買収して更地にすれば、十分な駐車場スペースが確保できます」

考え込んだ。

敷地全体を買収するというのは簡単な事やない。

『新鮮スーパー』は個人経営のスーパーやけど、それなりの歴史もある店や。

立ち退《の》き交渉にも手間取るやろ。

金を積んだらどうにかなるかも知れへんけど、無駄な出費に思えるし時間もそうは掛けとうない。

「よっしゃ」

暫く考えて膝を打った。

「幸い、あの店も明姫幹線に面しとる。夜間のダンプやトラックの通行もそこそこある道路や。人がおらん時間に居眠り運転の大型ダンプを突っ込ましたろ。どうせなら産廃車がええな。港湾整備の浚渫《しゅんせつ》ヘドロを満載したダンプに突っ込まれて、ヘドロ撒き散らしたったら、食品店を再開する気力も失せるやろ」

突拍子もないアイデアに木下は顔色ひとつ変えへん。

「ダンプの手配は専務にお任せしてよろしいでしょうか？」

実務面だけを確認しよる。

「オマエでけるんか？」

木下を試す質問を投げ掛けた。

既に頭の中にはノブさんが浮かんでいた。

「いえ、できません」

きっぱりと否定した木下の返答に満足した。

「なんとかやってみます」などという曖昧な答えをしないとこがええんや。

そんな答えをして、時間を無駄にする人間を片腕にはしとうない。

「分かった。ほな、明日の深夜にでも『新鮮スーパー』にダンプを突っ込ませるわ」

「明日の深夜……」

さすがにそれには驚いた表情を木下が浮かべた。

直ぐに冷静さを取り戻して、二点目の問題点を指摘した。

「一号店の裏路地に『加藤産婦人科』があります。厄介な事に、近隣一〇〇メートル以内に医院がある場合、風営法の規制で、パチンコ店の新規許可は降りません。専務の言われた台数を設置するとなると、現状の建屋の改装では無理です。新装開店ではなく、新規開店の必要があります」

新装開店と新規開店の違いまで分かるボクやない。

「あの木造二階建てのしょぼい医院か」

あんまり考えもせんと言うた。

「ダンプで突っ込むわけにもイカンやろうから放火するか。木造のぼろ屋ならよう燃えるやろ」

「それには反対します」

「なんでや？」

「交通事故と放火事件。まるでウチの新規開店を助けるような事故や事件が立て続けに起こったら、さすがに警察に疑われるでしょう」

ボクの頭に『豪屋敷』でアボジから紹介された県警本部長の顔が浮かんだ。

緑川《みどりかわ》なんとかいう名前やったなと思い出した。

サツが怖いわけやない。

「警察は押さえたるわ」

強がって言うてみた。

「警察がどうにかなるのでしたら、他に手はあります。放火などという荒事ではない手です」

「ほう、どんな手があるんや？」

ボクとしても放火なんぞしとうない。

『加藤産婦人科』には老医師と、その嫁はんの歳老いた看護師が住んでいるんや。

まかり間違えば、放火殺人事件になるかも知れへん荒事を、ノブさんが簡単に引き受けてくれるとも思われへんかった。

それ以上に殺人は避けたい気持ちがあった。

東野のオッサンら三人だけや無うて、このうえ二人も殺すんはさすがに心が折れるわ。

ボクは未だにオッサンらを殺した時のトラウマから逃れられてへん。

誰にも言わへんけど毎晩悪い夢に魘《うな》されてた。

三人をガシガシした感触から逃れられん。

「現状の基礎の柱を一本残して、これは新装開店であって新規開店では無いと所管の警察に認めさせるのです」

「それは県警本部長あたりに働き掛けたらなんとかなる話なんか？」

「大物過ぎますが問題なく認められるでしょう」

「ほな、それで進めようか」

さっそくノブさんに電話した。

木下の前やったけど遠慮する事はなかった。

いずれは木下にもノブさんを紹介するつもりやった。

「また頼み事がでけたんですわ」

「なんやねん。特殊清掃かいな？」

「ちゃいますねん。今回は汚して欲しいんですわ」

「汚して欲しい？」

怪訝そうに問い直したノブさんに『新鮮スーパー』を潰して欲しい事を細こうに説明した。

「なんや、そんな簡単な事かいな」

あっさり請け負うてくれたけど、言われた値は二千万円やった。

快諾して次の日の早朝を依頼した。

「二千万やって。えらい吹っ掛けられたわ」

木下に苦笑した。

「それであの場所が更地になるのでしたら安い買い物だと思います」

やっぱり顔色ひとつ変えんと木下が言うた。

県警本部長に関してはアボジに頼るんや無うて『郷屋敷』の女将である照子さんに繋いで貰う事にした。

新規開店の件は、未だアボジには知られとうなかった。

照子さんに会いたい気持ちもあった。

そんな阿呆《あほう》な事まで考えとった。

照子さんは首絞めセックスさしてくれるやろうか——

それでしか射精でけへん体質になっとった。

射精だけやない。

首を締めん事には勃起もしよらへんねん。

サツとの付き合いで魚町の特殊浴場に行った事があったけど、ボディー洗いやフェラチオでも、ボクのチンコはピクリともせんかってん。

えらい恥を掻いてしもうた。

新装開店を偽った新規開店をアボジに知られて拙いという事やないけど、知られたら、『ヘブングループ』の始まりである一号店をなんとかしたいやなんて、また芝居じみた事をせなアカン。

それがボクには面倒臭かってん。

『新鮮スーパー』に大型ダンプが突っ込みよった。

ただ突っ込むだけや無うて、店内を迷走してヘドロを撒き散らしたばかりか、建屋が傾くほど、滅茶苦茶に破壊してくれた。

相変わらず、ボクの意を解してくれるノブさんの仕事にそつはなかった。

運転手は七十歳を超える半ば引退同然の老人や。

日雇いの老いぼれやし、損害保険にも入ってなかったんで自己賠償能力もなかった。

運転中に眩暈がして突っこんでしもうて、その後の事はよう覚えてへんと供述したらしいわ。

満載したヘドロをダンプアップしてそこらじゅうに撒き散らしたんも、よう覚えてへんで済ませよった。

都合した二千万からなんぼの金が運転手に支払われたんか知らへんけど、そんなん知る必要もないやろう。

事故の翌日、十万円の見舞金を包んで予め調べておいた『新鮮スーパー』の経営者の爺さんの自宅を訪れた。

面識はなかったけど、近所付き合いのよしみという事で見舞いの言葉を述べた。

居間に通され、さり気無う今後どうするんかを探ってみた。

自分の店を完膚なきまでに破壊された老人は、続けていく気力が湧かへんと肩を落とした。

「そういう事でしたら、ウチで買い取らせて頂きましょうか」

控えめに提案した。

「四十になる前に開業して、長年続けてきて愛着のある店ですから……」

つい最前まで、続ける気力がないと項垂れてた爺さんが、語尾を濁して色気を見せよった。

「そうですか。そんな事とは知らず、無礼な申し出をしてしまいました」

アッサリと引き下がろうとしたら老人が慌てて引き留めた。

「いえ、お売りしないと申し上げているのではないんです。ただ、もう新しく商売を始められる歳でもありませんし、老後は母ちゃんと養老院にでも入るかと考えていましたので……」

「その養老院の費用は如何ほどなのでしょうか？」

「終身介護付きで、一括入金なら二人で五千万です」

「分かりました。もしよろしければ、その費用も私の方で負担させて頂けませんでしょうか？」

「少しは老後資金も……」

永年苦労を共にした嫁さんを旅行に連れて行ったりもしたいと言うた。

「老後資金として如何ほどご入用なのでしょうか？」

「何歳まで生きるかも知れませんが、せめて二千万円ほどは……」

どこまで強欲な爺さんなんや——

「そうですか。さすがにお力になれる金額ではないですね。いや、この件はお忘れください」

来訪の目的は事業の継続意志の確認やった。

もうこれ以上、爺さんの強欲には付き合い切れへんと席を立った。

引き留める素振りの相手を無視してその場を辞した。

いずれ近い時期に爺さんは折れるやろうというヨミもあった。

もし折れへんかったら再開の目処が立たんかった事を苦に自殺させる事を考えてもええやろう。

廃墟同然となり果てた『新鮮スーパー』の梁《はり》で首を吊ったと見せ掛けるんも悪うはないと考えた。

殺人はしとうないけどな。

早う譲歩してくれや――

そんな考えとったら三日後に会いたいと爺さんから連絡があった。

用向きは言わんかったけど、相手から電話があったという事は、用地の買収に応じるという事やろ。

ちょうどその日は『豪屋敷』の照子さんの仲介で、緑川と会う事になっていたんで、忙しいから後日にしてくれと相手の申し出を断った。

夕方『豪屋敷』を訪れた。

約束の時間より三十分早う着いて緑川を待つ事にした。

その日はヒマな日だと言うた照子さんが茶の相手をしてくれた。

「照子さんといると死んだ母を想い出します」

「お母様はお亡くなりになったんですか」

悼む口調で照子さんが言うた。

「ええ、私が幼い時、母は未だ三十二歳という若さでした」

演技や無うて項垂れた。

「それはそれは、そんな若くにお亡くなりになるなんて、お悔やみの言葉もございませんね。ご病気でしたの？」

まさかアンタの上客の朴ヨンスクの首絞めセックスを息子である自分に覗き見されて、それを苦に自ら危険なプレイを申し出て死んだんやとは言えなんだ。

ボクは未だにその可能性を捨て切れんでおる。

単純にお母ちゃんがヘンタイプレーに溺れていたとは思いとうないねん。

そうかも知れへんと疑う気持ちはあるけどな。

「ええ、まぁ」

照子さんの問いに言葉を濁した。

「もしよろしければ、私の事を母親と思って下さってもよろしいんですよ」

演技ではない落ち込みように、本気で同情してくれている風の照子さんやった。

「ありがとうございます。そう言って頂けると救われます」

「私の方こそ。なまじ歴史のある料亭の長女に生まれたものですから結婚も諦めました。想いを交わした方はいたのですけど、先方の親御さんがこの商いにご理解がなくて、料亭の女将を諦めるか、息子を諦めるかと迫られまして……」

「そうでしたか」

「もし結婚していたら、アナタくらいの息子がいてもおかしくない歳です。ですから、私で良ければ、お母様の代わりに甘えて下さいね」

「照子さん……」

ええ感じになったとこで仲居が緑川の到着を告げよった。

惜しむ気は無かった。

そのまま話を続けていたら、首絞めセックスをどう思いますかとか、要らん事を言うてしもうたかも知れんかってん。

照子さんが湯吞を片付けて緑川を席に案内した。

座布団から降りて平伏して緑川を迎えた。

「酒肴の前にお願い事を申し上げたく存じます」

「そうだな。仕事の話が終わってから酒にしようか」

「お願い事と申しますのは」

基礎の柱を一本残すので新規開店を新装開店として認可して欲しいと申し出た。

「基礎の柱一本を残すだけで新規開店が新装開店になるのかね。とんだ法の抜け道だな」

緑川が愉快そうに言うた。

どうやらそのあたりの事には明るうないみたいやった。

「それは間違いない事なんだね」

念を押された。

「はい、兵庫県ではそうなっているようです」

「分かった。明日にでも下の者に調べさせるが、問題がないのであれば認可するように指示しよう」

「ありがとうございます」

「そうと決まれば酒だ」

緑川の言葉に鈴を鳴らした。

降りていた座布団に座り直した。

照子さんが襖を開けて注文を受けてくれた。

緑川がビールを注文し、ボクもそれに倣った。

「お嫌いでなければ女性も待機させておりますが」

控えめに水を向けた。

「おお、いいじゃないか。女性が交じった方が、席が明るくなるというものだ」

相好を崩して緑川が喜んだ。

待機させていた魚町のクラブのホステス二人が加わり、酒席が賑やかになった。

もしもの流れになったら緑川に一晩付き合え、神戸の高級ホテルのスイートルームも押さえてある。

ホステスらには言い含めてあった。

その対価として十分な金も払ってやるとも言っていた。

二人のクラブホステスは、露出度の高いドレスに身を包み、香水の香りをプンプンさせながら、緑川に密着接客をしよる。

そらそうやろ。

コンパニオン代だけで通常の三倍の金を払うとるんや。

緑川とひと晩付きおうたら、ナンボ貰えるんやろうかと期待しとんに違いない。

結局その夜は、公用車を先に帰し、手配したハイヤーで緑川は神戸へと向った。

二人のホステスが同行したんは言うまでもない事や。

翌日会うた『新鮮スーパー』の爺さんは、養老院の金も出してくれるんやったらと言いよった。

「老後資金の二千万円は要りませんので」

思い切り譲歩したみたいに言うた。

「さてその件なんですけど、念のために社長の耳にも入れてみたんですけど、路線価以上の金で買い取るのはならんと言われまして……」

「路線価ですか……」

オイボレが目を剝いて驚きよった。

「少しは色を付けるようボクからも説得してみますが、跡地に新店を作れるほどの財力もありませんし、そもそも裏に『加藤産婦人科』もあるでしょ。医院の近隣にパチンコ店を新規にオープンする事は禁止されとんです」

あくまでボクの善意で申し出た事やったと付け加えた。

「そうですか。路線価で……」

相手が目も当てられんほどしょげよったけど、そんなん知ったこっちゃない。

もともと路線価に毛が生えた程度の金しか出さんつもりやったからな。

＊

マンちゃんが駐車場用地を手に入れよった。

ワイも協力したけど、事前にポリと相談してたんを誉めてやりたいわ。

相手は県警本部長や。

ポリは諸刃の剣みたいな面もあるけど、使い方さえ間違わんかったら、これほど為になる相手もおらへんねん。それが県警のトップともなれば余計や。

雑魚はアカン。

下手に不正に協力させたら、発覚した時に面倒や。
県警本部長やったら心配ない。
揉み消しができるさけぇな。
ワイの手を離れて動き出したマンちゃん、楽しみにしとるで。

12

それから半年後の夏に、新装開店を偽った新規開店の『ヘブン一号店』が開店した。欲を出した『新鮮スーパー』の爺さんも折れて駐車場の問題も解決し、申し分の無い駐車場用地を確保してのオープンやった。

店長には木下を登用した。

その時点で唯一ボクが店を任せられる人物やった。

そのうえで、専務という肩書のままボクもほとんど一号店に常駐した。

アボジを説得した本社機能の改革はその場限りの思い付きやった。

本腰は入れんかった。

本店準備室で買うた高額な什器備品は『ヘブン一号店』の社長室に運び込まれた。

その部屋のドアに『社長室』のプレートを貼った翌日、アボジを竣工前の『ヘブン一号店』に招待した。

見違えるほどの大型店舗になった『ヘブン一号店』にアボジは驚きの声を上げた。

「これが……一号店か」

「そうです。アボジがご自分のご商売をお始めになった店です」

「そやけど、こんな大型店で採算取れるんかいな」

驚きの声が不安の声に変った。

「もちろんです。今までとは違うパチンコ店にしておみせします」

自信満々で言うてアボジを裏階段からバックヤードに案内した。

店内は見せんかった。

「こちらにどうぞ」

「ん？　社長室？」

重厚なドアに貼られたプレートにアボジが首を傾げた。

「ご相談してからと思ったのですが、本店を構えるとしたら、社長がご自分の商売をお始めになった『ヘブン一号店』にすべきだろうと考えました。ですからこちらに社長のお部屋もご用意しました」

「ここが本店になるんか……」

呑み込めてない表情やった。

「いろいろ考えましたが、ここが一番相応しいのでは無いでしょうか。なんと申しましても、我がヘブングループ発祥の店なのですから」

そない言うて社長室のドアを開けた。

豪華なオフィス家具が配置された社長室の北側の壁一面に、三十面のモニター画面が据えられとる。

木下が以前の伝手で手配してくれた機材や。

「こちらのソファーにお座り頂き、常時店内の隅々までを監視する事ができます」

アボジがソファーに腰を下ろした。

モニター画面には竣工前の店内で、内装工事に励む職人たちの姿が映し出されとる。

「今日のところは、下のフロアーへのご案内は控えさせて頂きます。シンナーとか粉塵とか、お身体に障るかと存じますので」

それもあったが常識外れに導入したパチスロ台も見せとうなかった。

「広過ぎへんか」

アボジが再び疑問を口にした。

「何が、でしょうか？」

「この社長室や」

アボジが指摘する通り、社長室はバックヤードの半分の面積を占有しとる。

「ここに……」

空きスペースを手で示して言うた。

「グループ全店を管理できる最新式のホールコンピューターを設置します。台ごとの払い出し数、日別、週間、月間、年間の売り上げから収支も一元的に管理する事が可能です」

「オレにそれをやれと言うのか……」

「ええ、社長ですから」

「いやそれは無理や。そんな最新式のコンピューターが老いぼれの手に負えるわけがないやないか」

予想通りの反応やった。

「ここはオマエが使え」

期待した言葉が返ってきた。

「私が、ですか？」

「ああ、オマエが好きに使うたらええやないか」

「私には立派過ぎる部屋です」

「オレにも立派過ぎるわ」

アボジが苦笑した。

「では、もしご異論がないようでしたら、こうすれば如何でしょうか？」

控え目な態度で提案した。

「ここを二部屋に区切って、私と本店店長の木下とで使わせて頂くという事では」

アボジの顔色を窺う、フリをした。

「ああ、そうしてくれ。それでええわ」

「しかしそうなると社長の居場所が……」

「かまへん。オレは今までかて、自宅で過ごして二日か三日にいっぺん、東野の報告を受けてたんや。これからもそれでええわ」

「では、そうさせて頂きます」

背筋を伸ばしたまま深々と頭を下げた。

思うた通りに事が進みよる——

もちろんアボジが社長室を気に入り、そこに通うと言い出す事も想定していた。

その場合は、ホールコンピューターの操作を教えるという名目で、教えながら追い込むつもりやった。

意図的に難しく教える。

木下と二人でワザとらしく溜息を吐いたりする。

誤操作をするたびに、けたたましいアラーム音が鳴り響く。

そのように仕組んでも構わへんと考えていた。

そのあたりの事は木下が納入業者に確認済みや。

「それじゃ頼んだぞ」

アボジが席を立った。

一部が舗装工事中の駐車場まで送って、最後は最敬礼をして見送った。

これであの部屋はボクの部屋になった。

『社長室』のプレートを外す気は毛ほどもなかった。

本店がボクの手に堕《お》ちたんや。

ノブさんに呼び出しの電話を掛けた。

＊

マンちゃんから呼び出しがあった。

工事中の『ヘブン一号店』に来てくれという呼び出しやった。

行って驚いた。

最寄りのスーパーを潰した事は知っていたけど、それで拡張した駐車場だけや無うて、店舗の造作そのものに目を見張った。

「えらい改築したんやな」

「県警本部長のお墨付きですわ。ホンマは新規開店せなアカンのですけど、新装開店という事で目《め》溢《こぼ》し貰うたんです」

「そうか、これで新装開店なんか」

カラクリは知っとったけど、知らんふりで感心した。

社長室に案内されてホンマに驚いた。

「なんやねん」

壁一面に画面が並んでた。

「全店を管理するホルコン画面ですわ。ボクがちょこまか動かんでも、会社全体を把握できるようにしましてん」

「そらごついけど、『社長室』ていうプレートあったけど、ここはお父ちゃんの部屋と違うんか？」

「それはあんじょうケリ着けましたわ。アボジがこの部屋に通う事はありません。実質的にはボクの部屋になりますねん」

「なんやて、専務から社長に昇格したんかッ」

「実質的にはと言いましたやん。それは先の話ですわ」

苦笑した。

「ノブさんに足を運んで貰うたんは、新しくなる『ヘブン一号店』の運営について相談したかったからですわ」

「ワイにか？　パチ屋の運営なんぞ素人やで」

「分かってますがな。運営をどうこうするという事や無うて、アイデアはありますから、必要な人や物を揃えて欲しいんです。ノブさんの人脈を見込んでのお願いなんです」

言うてマンちゃんがアイデアを披露してくれた。

緻密やけど、大胆なアイデアやった。
(そんな事して大丈夫かいな?)
心配するようなアイデアもあった。
そやけどマンちゃんは県警本部長と繋がっとるんや。
自信のあるアイデアなんやろ。
パチンカスにも通じとるマンちゃんや。
操り方も心得とるんやろ。
「斬新な運営やな」
感心する事しかできなんだ。

13

迎えた新装開店日。

とかくパチンコ店のオープンとなれば、それが新規開店であれ、新装開店であれ、何本もの幟旗《のぼりばた》がはためき、祝いの花輪が所狭しと並ぶモンや。

郊外店にありがちな遠方から視認できる広告塔、アドバルーン、誘導看板等々も当たり前やろう。

それらを一切排した。

それだけやない。

『ヘブン一号店』の外観自体が、パチンコ店としては異質やった。

真っ白な外壁にはネオンサインひとつない。

唯一あるのは、背面からの白色の照明で照らし出される『ヘブン』のロゴだけや。

オシャレである事。

それだけに徹底的に拘《こだわ》った。

その考え方は店内にも活かされた。

姫路のパチンコ店はどこも未だ和式便器が主流やったけど便器を全て洋式で備えた。

温水洗浄便器も採用した。

さらに女子便所は赤と黒を基調としたシックな内装、化粧直しのできるメイクスペース、『ご自由にお使い下さい』と断り書きを添えた生理用品まで置いた。

外観や内装とか、トイレは若いパチンカスのツレのヤンキー娘らをターゲットにした企てやった。

「他にも魚町に勤めるお水のネエチャンらもターゲットや」

木下に説明した。

「バツイチ子持ちのホステスはパチンコ好きやからな」

「しかし彼女らは駅前のパチンコ店を利用するのではないでしょうか」

「ちゃんと手は考えてあるわ」

木下の疑問を鼻で嗤《わろ》うた。

店の奥にはバーカウンターもあった。

本格的なバーカウンターで接客しているのはバニーガールに扮したスタイル抜群の若い娘らや。それもそのはず、彼女らは大阪のモデルクラブから派遣を受けたデビュー前のモデルの卵なんやから見た目がええのんも当然や。

バニーガールが五名やった。

その娘らはノブさんに手配して貰うた。

「芸能事務所を開こうと思うとる」

いつもみたいにヘンタイ女を手配して貰おうと連絡したらノブさんに言われた。

「そやからこれからは、いままでよりもっとええオナゴも手配でけるようになるで」

「なんでまたそんなん始めますの？」

「人脈やがな。これまでは黒里団地と、それに関連する人脈を頼って商売広げてきたけど、もうそろそろ限界が見えてきたわ。そやから他の人脈も開拓せなアカンねん」

「それで芸能事務所ですの？」

納得できんかった。

「芸能事務所を開いたら、モデルの卵とか女優の卵とか、ベッピンさんと人脈が繋がるやないか。そのオナゴらをエサにして、今まで関われんかった連中と人脈を広げるんや」

「深慮遠謀ですね」

素直に感動した。

「姫路でチマチマしてても限界があるやろ。ええオナゴ集めよう思うたら東京や。東京で店開きせん事には埒《らち》かんわ」

東京の事務所開きにはもうちょい時間掛かるけどと言うたノブさんから、大阪のモデルクラブのオナゴをバニーガールとして手配して貰うた。

彼女らの背後の棚にはパチンカスが見た事もないような洋酒のボトルが並ぶ。

それをカクテルにアレンジして供する。

ホンモンは瓶だけで、中身はジンやウォッカに入れ替えられとるけど、味の判るパチンカスなんぞおるわけがあらへん。

パチンコ店でのアルコール類の提供は風営法で禁じられとる。

そんな事を気にするボクやない。

アルコールだけとちゃう。

開店記念、感謝祭なんぞと銘打って配布される記念品でも風営法を無視した。

上限一万円という縛りがあるけど『ヘブン一号店』の新装開店日にはビンゴ大会を開催した。

一等景品として与えられるのがハワイ旅行や。

上限を超える景品の提供は、業界の協会主催の催し物だけで許されとる。

そやけど県警本部長という強い後ろ盾が付いとるねん。

少々の目溢しはどうとでもなるんや。

もちろん県警本部長の緑川だけを遇したんやない。

末端に至るまで手厚く遇した。

昼過ぎくらいに店に電話が入る。

マンスは元気なのか、というどうでもええ要件の電話や。

不在の時は店長の木下が対応する。

よほどの事がない限り、夕方には店に戻りますと返答するよう申し付けてある。

電話があった事は直ぐに伝えられる、
夕方前に店に戻り相手の来訪を待ち構える。

訪れた相手を夜の魚町に誘う。

焼肉屋、海鮮居酒屋、小料理屋とかで腹を満たし、女性が接待するクラブへと梯子する。

最後はもちろん特殊浴場や。

普通のセックスで自分のチンコが勃たん事が分かっとんで、前払いの料金を払うて風呂屋を後にする。

余程の大事な人間には福原とかの高級店を宛がうけど、そんな奴らは滅多に来よらへん。

延長料金も払えん奴ばっかかなんや。

時間内無制限発射の店やから必死で射精しとるんやろ。

「明日はヒマか」

そんな電話が掛かる事もある。

接待の督促やない。

立ち入り検査に入るという予告電話や、
予告電話が入ったら出玉カッターなんかの不正仕様はその全部をイニシャルに戻す。

開店前日の夕刻に事件があった。

一発の銃弾が『ヘブン一号店』の看板に打ち込まれた。

警察に通報し、多くのパトカーが参集した。

それを地元紙が取材し、地元テレビでもニュースになって、開店の日の朝刊に事件が掲載された。

同じ朝刊に折り込み広告を仕込んでいた。

白地に赤字で書かれた広告の文言はボク自身が考えた。

もちろん銃弾騒ぎも自作自演や。

拳銃はノブさんが手配してくれた。

「一発こっきりやで。その後は弾痕が残るんで使いモンにならん」

そない言うて値を吹っ掛けられた。

広告宣伝費やと思えば安い出費やったけどな。

ほんで仕込んだチラシやけど。

悪い奴は地獄へ堕ちる
もっと悪い奴は天国へ
7月7日7時

新装開店　777台
全台天国
パチンコ　ヘブン

普通の人間には意味不明の文言やったやろうけど、パチンカスには通じたようや。

前日の発砲事件を報道で知った野次馬も合わせ、『ヘブン一号店』は黒山の人だかりになった。

警察の実況見分は開店時間直前の午後六時半に終わった。

終わるよう緑川に根回ししていた。

開店初日から三日間はすべて甘釘設定にして、スロットに仕込んだ裏ロムも最大限甘うした。

開店からの三日間は、午後七時からの営業やから損害もそれほど大きくはない。

閉店時間も午後九時に繰り上げて、ハワイ旅行が掛かったビンゴ大会で大いに盛り上がった。

この勢いを途切れさしたらあかん――

そない考えて次々に仕掛けた。

開店日に好評やったビンゴ大会は定期的に開催した。

初回の景品はハワイ旅行やったけど、高級ブランドのバッグとか、宝飾品とか、次々に高価な景品を用意した。

もちろん最初のハワイ旅行から、用意した景品のすべてが客に渡る事はなかった。

ノブさんが用意したサクラに渡った。

ビンゴ大会やから、あと一マスでビンゴになる客は「リーチ」と手を挙げなアカン。

ほんでその一マスが埋まったら「ビンゴォ」と盛大に叫んで壇上に上がるんや。

壇上ではバーカウンターの娘らがビンゴカードを確認する。

適当に穴を開けられたビンゴカードを確認するのが身内のモンやから、不正なんぞし放題や。

もちろんそれだけではアカンので二等賞、三等賞は客にも当たるようにした。

それでも数万円の価値がある景品や。

ただしいくら高価な景品でもパチンカスには無用の長物と思える景品も少のうない。

そんなパチンカスの帰り路に肩を叩く者がある、
黒縁眼鏡をかけたスーツ姿の、それでいてどこか裏社会の匂いを纏う中年の細身の男や。

これもノブさんの手配や。

男はパチンカスに買い取りを持ち掛ける。

その金額はビンゴ会場で紹介された金額や。

しかも即金で買い取ると持ち掛ける。

ほとんどのパチンカスが喜んでその取引に応じる。

彼ら彼女らにとっては、贅沢な景品より目先の現金の方が魅力的なのは言うまでもない。

景品を買い取るスーツ姿の男の事は直ぐにパチンカス連中の評判になった。

店が差し向けている買い取り手やないか。それくらいの推測はドタマがスカスカのパチンカスにでもできる。

そして彼らはそれが違法である事を知らんわけやない。

そやけどいつか自分が当たるかも知れへんという期待に惑わされるんがパチンカスや。

そのうち『ヘブン一号店』で会員証を発行するようにした。

ビンゴ大会に参加できるのは会員に限定された。

会員登録には審査があった。

運転免許証、あるいは健康保険証の提示が求められる。

自宅住所電話番号と勤務先を訊かれる。

「サラ金の審査みたいやな」

苦笑するパチンカスも居ったけど、みたいやと違うねん。

それそのものやねん。

パチンコに嵌り過ぎて金が無うなった時、サラ金に誘導できるよう、事前の情報収集をしてたんや。

もちろん誘導する先は正規の消費者金融会社やない。

ノブさんが関係する街金や。

貸金業法による届け出はしとるけど、上限金利の制限や、取り立ての禁止事項などは守ってへん。

会員証には会員番号が振られる。

その末尾の数字が、会員登録した時点での当該パチンカスの借り入れ件数やとは誰も気付いてへん。

借り入れ件数の情報は、生年月日と氏名で、消費者金融各社が加盟している情報センターで得られる。

ノブさんが関係する街金も、その情報センターに加盟しとる。

入会を希望するパチンカスの借り入れ件数の情報を得る事は容易《たやす》い。

それをどう利用するか？

『ヘブン一号店』では夕方限定のスクラッチ・タイムを設けていた。

会員限定のサービスや。

店員が差し出す数枚のスクラッチから一枚を選び、それをコインで削り、パチンカスが遊んでいる台の設定を、出た数字と同じにするというサービスや。

スクラッチカード一枚が五百円や。

パチンコ台にしろパチスロ台にしろ、最低の設定は①で⑥が最高の設定や。
①を引いた客はその台では遊ばへん。
ほとんどの客が⑥を、少なくとも⑤を求める。

スクラッチカードには三割の確率で⑤と⑥が仕込まれとる。

客の目の前で台の設定を変えるんやけど、それは客から見える部分の設定だけで、裏設定が別にある。

自分の遊技台が⑥設定やと信じ、①設定の台に金を注ぎ込む憐れなパチンカスが続出する。

ただし会員番号の末尾の数字が4の客には裏表の設定をスクラッチカードの通りにする。

客は一時の金を得る。

そしてギャンブル中毒の深みへと足を踏み入れる。

勝ったら止めるのがギャンブルの鉄則やろうけど、それを守れる奴なんぞ、パチンカスにはひとりも居らへん。

負けた事はあっさり忘れるくせに、勝った事は忘れへん。

また勝てるかと店に足を運ぶんがパチンカスやねん。

それはまだ軽症者かも知れへん。

もっと酷いギャン中になったら、負ける事に快感を覚えるんや。

ズブズブ金を吐き出して、それが快感になる。

『ヘブン一号店』にもそんなん奴がいよる。

受け皿のパチンコ玉が空になっているのにハンドルを回したまま光の消えた目でパチンコ台を眺めとる奴や。

「お客さん、玉が無くなっていますよ」

係員に肩を叩かれるまで気付かない。

そんな連中が頼るのが貸金や。

まともな消費者金融を営む会社は他社借り入れが四件以上の客は相手しない。

結果として、街金が営む会社へと客は流れる。

『ヘブン一号店』で無料配布しているティッシュには、井尻と関係のある街金のコマーシャルが印刷されている。申し込みがあったら躊躇なく貸し付ける。

「○○さんおられますか？」

知人を装い勤務先に電話を掛けて、不在だという返事を得る事を貸金業界用語では『在籍確認』と言うらしい。日雇いとか主婦の場合は自宅に電話する。

『在宅確認』や。

そうやって、貸し付けに必要な情報は事前に得ている。

自宅の所在地も住宅地図で確認している。

借り入れ件数の調査と在籍確認は街金のスタッフがバックヤードで担当する。

会員カードが発行される段階で審査がされている。

申し込みがあったらスムーズに貸し付けがされる。

貸付額は多くて三十万円、だいたいが十万円や。

それでも借財過多の多重債務者からの取り立てには難儀する。

だからまともなサラ金は貸し付けを断る。

街金は取り立てもまともでないので貸し付ける。

特に若いオナゴの客にはほとんど無審査で貸し付ける。

若いオナゴからは本人が無一文でも取り立てる手段があるからや。

風俗やない。

最後の手段としてはそれもあるけど、若いオナゴやったら大概は親が代位弁済しよる。

ノブさんから聞いた話やけど、この代位弁済という手はよく使うらしい。

「親だけやないで、親族からも金取るねん」

そう言った。

若いオナゴだけやないとも言うた。

「そやけどギャン中で借金塗れになったヤツの代位弁済なんぞせんでしょうが？」

「最初から代弁してくれ言うたら断わられるわな」

親族には『追認兼連帯保証書』という書類に署名させるらしい。

その書類に署名したら、法的には債務者と同じ支払い義務が生じるのや。

「それも無理があるんと違いますの？」

「いきなり言うても無理や。そやから債務者本人を連れて行って、親族の前で土下座さして頼ませるんや」

その横で取り立てに行った人間は本人に言うらしい。

「ここで署名貰えんかったら、いよいよ行くとこに行って貰うしかないで。生きて帰れへんかも知れへんけど身から出たサビや。善良な身内の人を恨むんやないで」

その一方で書類は形式的なものであり、支払いはあくまで債務者本人にあるのだと説明する。

「で、署名もらえたらどないしますのん？」

「三ヶ月ほどそのままにすんねん」

「そのままにしますのん？」

「せや。ほんで利息が溜まったら、元利合計金額を親族に請求するねん」

三ヶ月塩漬けにしたら、複利で計算した金額は当初貸付額の倍になるらしい。

「そんな金、親族も納得しませんやろ？」

当然の疑問やった。

「納得させるからこその街金やんか」

貸金業法を無視した夜討ち朝駆けは当然の事として、相手の勤務先に出向いたり、ドアに目立つ貼紙をしたり、近況を調べるフリして、近所の家にある事ない事を言いふらしたりするらしい。

「ノックしても無視されたら、便所か台所の小窓からバルサン投げ込んだんねん」

愉快そうに言うた。

ホンマはノブさん本人が街金やっとるんと違うんやろうか——

疑がった。

いずれにしても貸し付けた金は『ヘブン一号店』へと還流される。

パチンコ玉となり、スロットコインとなり、還流される。

大繁盛した。

それでもボクは満足せんかった。

郊外店の弱みは、車を持たない遠方のパチンカスを呼べない事や。

公共交通機関で通える駅に近い店をパチンカスは選ぶ。

そこをターゲットにして無料巡回ワゴンカーを走らせた。

ワゴンカーを利用すると、会員限定のスクラッチカード千円分がサービスで配布される。

ただし条件がある。

その時点で所有している他店の会員カードと交換するという条件や。

千円分が無料になるんやったらと、ほとんどの客がそれまで利用していた店の会員カードを差し出す。

そして『ヘブン一号店』の会員になる。

こうしてボクは町場の客も着々と取り込んでいったんや。

＊

マンちゃんの快進撃が止まらへん。

肝が据わってるはずの木下でさえビビってるくらいや。

「かなり強引な営業しているのでハラハラします」

「そんな強引なんか？」

「ええ、新規開店を新装開店に偽った時、公安のチェックを潜ったのに味をしめたようなんです。県警本部長の後ろ盾があったら、なんでも遣りたい放題だと高を括っているようです」

「そない言うたらビンゴの買い取り、あれもかなり拙いんやろうな」

「完全に営業停止案件ですよ」

もし地域にパチンコ店に反対する住民が居てたら、それをネタに通報される。通報されたら警察も対応せんわけにはいかんようになる。

「朴専務は運がいいだけなんです」

「運も実力の内やと言うからなぁ」

訴える木下を宥めるしかなかった。

マンちゃんが調子に乗っとんは県警本部長を押さえてるだけや無うて、住民同士の横の繋がりが弱い郊外店という立地に恵まれているからだけでもない。

オトンのヨンスクの無関心さにも助けられとるんや。

「オマエかマン公のどっちかがヨンスクのオッサンに業務報告とかしてないんか？」

木下に訊いたら全然してないと答えた。

まぁ、納得できるわ。

ヨンスクのオッサンはワイが宛ごうた女に夢中や。

とても『ヘブングループ』の経営なんぞに関わっとるヒマはないねん。

「少しはブレーキを踏んだ方がいいでしょうか？」

「アホぬかすな。逆や。アクセル全開にしたらんか」

「でもこのままでは、いずれ躓《つまず》くのではないかと……」

「気にせんでええ。躓く時は盛大に躓かせてやるわ。その際にはワイがちゃんと画を描くさけぇ、もう暫く好きにさせとったらええねんや」

マン公には二つの疵《きず》がある。
オカンと劣等感の疵や。
それを最大限に利用する画が必要やとワイは考えとる。
まだ少しだけ時機が早いわ。

14

『ヘブン一号店』のバックヤード、『社長室』のプレートが貼られた部屋で革張りのソファーに深々と身を沈め、店内の様子を映し出すモニター画面を眺めていた。

「なんや、いまいちやのう」

不機嫌な気持ちを隠さん声で呟いた。

執務机のデスクトップを操作していた店長の木下が顔を上げた。

そのままの姿勢で言葉を待っている。

「待て」をされた飼い犬みたいなやっちゃな――

「華が無いちゅうか……」

思い付くまま言うた。

「活気に欠けるちゅうか……」

木下が小首を傾げた。

『ヘブン一号店』はその日も大盛況の満席状態や。

パチンコ台に座れない客がバーカウンターで台が空くのを待っている。

バブル景気は弾けていたけど、もともとそんなんとは無縁のパチンカスや。

無縁でも、工事現場など日銭仕事が減って時間を持て余し、むしろパチンコ業界は隆盛を極めている。

これだけ繁盛してたら十分やないか——

自分に問い掛ける声もあるけど、ボクが不満に思っているのは照子さんの事や。

あれからもちょくちょく『豪屋敷』には通っているけど、一線を超えられないでいる。

開店と同時にひとりで行くので、照子さんと二人きりになる事もよくある。

それやのに、お母ちゃんの面影を想わす照子さんにアプローチできないんや。

ノブさんに相談もした。

「攫《さろ》うてやろか」

そんな提案もされた。

思わずそれも悪くないかと思えた。

でもそれだと、照子さんとの関係はいっぺんこっきりで終わってしまう。

「嫁に貰うてもええと思うてんねん」

言うたら呆れられた。

「親子ほど歳が違うんやろ。男の方が年上なら分かるけどな」

言われた。

「マンちゃん、マザコンちゃうか？」

そんなん言われんでも分かっとるわ——

不機嫌になったまま押し黙った。

そやけど心の中には照子さんを拉致る考えも消せんでおった。

ノブさんの手のモンに拉致らして——

目隠ししたまま人里離れた小屋に連れ込んで――

ボクやと分からんように目ェを塞いだまま無言で首を絞めて――

犯しまくって――

終わったら別の男に「サツに垂れ込んだら殺すからな」とか耳元で言わして――

そのうえシャッター音をさして――

これも別の男に「垂れ込んだらオマエの恥ずかしい写真を姫路中にばら撒くさけぇ」とか――

妄想は膨らむばかりや。

木下は犬ころみたいにボクの言葉を待っとる。

向けられた眼差しは、ボクが照子さんに妄想しているやなんて一切疑ってない。

アカン、アカン――

仕事、仕事の話や――

我に返った。

「もうちょっと色気が欲しいな」

思い付くまま呟いた。

「色気ですか？」

「そや、パチンカスが連れとるヤンキーのネエチャンだけでは色気が足りんわ」

ボクの脳裏に次の策が浮かび始めていると察したんか、木下は発言を控えとる。

「それに空席が目立つやないか」

「スロット台の空席でしょうか」

「せや、満席とちゃうやんか」

「でも、これだけの数のスロット台を揃えた店は、この近辺にありません。それは専務の慧眼だと思っています。いずれスロットにも火が点くと考えますが……」

「いずれでは遅いんじゃ。ボケェ。直ぐに結果が欲しいんじゃ」

パチスロ台の時代が到来すると考えとった。

その考えに木下も異論はなかったはずや。

そやけど今はパチンコブームが再来しとる。

新台の『海物語』の爆発的なヒットに牽引されたブームが来とるんや。

「魚町辺りのキャバに勤めるネエチャンらに声を掛けてみるとするか」

「キャバクラのホステスを呼び込むんですか？」

「せや、バツイチ子持ちのホステス連中はパチンコ好きやからな。駅前で玉弾いとるアイツらをここに来させるようにするんや。そやけどやらすのはパチンコやない。パチスロや」

駅前から『ヘブン一号店』には無料巡回ワゴンカーを走らせとる。

魚町のキャバクラ嬢と思《おぼ》しき女の利用も見られる。

それでは足りん――

疑問を浮かべた木下の内心を読み取って言うた。

「巡回車を利用するホステスもいてるみたいやけど、それは出勤前、髪や顔を作る前の奴らや。ホステスいうても、スッピンにジャージやとそこいらのネエチャンといっこも変わらへんわ」

ええで、発想が転がり始めた――

出勤準備を整えたホステスを呼び込む算段が必要や――

その方が華がある――

そやけどそれにはいくつかのハードルが予想でける。

予想がでけるのは木下も同じやろ。

けどそれを口にするような木下やない。

そのハードルにボクが気付かんはずがないと心得とる。

「とりあえず、巡回車を駅前だけや無うて、魚町と一号店間で走らせる事が必要やな。あいつら大概、魚町界隈のワンルームとかに住んどるさけぇな」

「巡回車のルートを変えるんですか？」

「ちゃうわ、アホ。着飾って、出勤準備を整えたネエチャンらを、薄汚れたパチンカスと同じ車に乗せたらアカンやろ」

「では別の巡回車を用意するとかでしょうか？」

「そやな。ホンマはリムジンでも用意したら受けるやろうけど、それやと目立ち過ぎるわ。あくまで普通の客と同じような扱いに見せとかんとな」

という事は、普通の客とは違う事をさせるちゅう事や——

それくらいの察しは付いとる木下やろうけど、会話の先に行かんと黙っとる。

「サクラやらしたらええねん」

木下は驚きもせえへん。

無表情のままや。

やっぱり察しとったんやな——

「キャバのネエチャンらに遊んでもらうんはスロット限定や」

「なるほど」

木下が頷いた。

「キャバのネエチャンらにスロット台のサクラやらすねん。出すだけ出して、派手に騒いで貰うたらスロットコーナーも盛り上がるやろ」

送迎車を使った客には千円相当のスクラッチカードが無料で配布される。

スクラッチを削って出た数字で設定が変えられる。

そやけど変えるのは表向きの設定だけや。

裏ロムの設定までは変えへん。

キャバ嬢には裏ロムの設定も爆発台に変えたったらええねん。

「少し危険な気がしますが」

珍しく木下が控え目に異論を口にした。

「なんが危険やねん？」

柔らかい口調で問い返した。

木下がなにを懸念しているのか分からんボクやない。

「女性は口が軽いです。サクラとしては不適切ではないでしょうか？」

思った通りの事を言うた。

「ええがな。口の軽いオナゴが居ったら、それなりの仕置きをしたらええだけや。見せしめにしたら他のオナゴも黙りよるやろ」

それがホンマの目的なんかも知れへんな――

冷静に自分を分析した。

そう思うたんは照子さんが原因や。

言うたら予行演習や――

いつまでも照子さんの事を我慢でけへん。

そやけどいきなり拉致るんは躊躇する。

キャバ嬢やったら遠慮無うあれこれでけるやろ――

そう考えたんや。

アカン、アカン、アカン――

また考えが照子さんに向いてるやないか――

東野専務、一号店の店長、主任の三人を殺し、焼却処分した事は木下にも打ち明けとった。

裏切ったらどうなるか、木下を牽制する意味もあったけど、ノブさん以外にも共有したかったんや。

ノブさんは共犯者みたいなモンや。

人殺しはトラウマになるとぬかしよったけど、やっぱりトラウマになりましたわと言うわけにもいかへん。

それやと負けになる。

木下は違う。

トラウマを共有してくれる相手や。

「おまえ『恨』って知っとるか？」

木下に聞いた事がある。

「ええ、知っています。知っていると言うか、私が大学の卒論のテーマにしたのが『恨』です」

その卒論の内容を木下はいつにないほど熱心に語りよったが、記憶に残ったんは『烈士』というんや。

木下の話は半分も分からんかったけど、大義のためには自分の命も顧みんというのが気に入った言葉やった。

ボクも『烈士』にならなアカン――

目的のために人を殺したくらいでしょげてたらアカン――

そない思うたんや。

三人を殺してしもうた罪の意識に苛まれているのは木下にだけは言うた。

「あっこまでする必要があったんやろうか……」

木下にボヤいてしもうた事もある。

「専務もなかなかの『烈士』ですね」

お世辞なのか本心なんか、木下はそうも言うてくれた。

社長室の隅には小さな純金の仏像が置かれとる。

その仏像に線香を立てて手を合わせるのが朝の日課や。

ボクの『恨』のために犠牲になってくれた三人の菩提を弔うてんねん。

三人は納得して成仏してくれとるやろ――

身勝手にそう考えているんやあらへん。

ボクはお母ちゃんが『恨』の感情から自由になるためやったらなんでもせなアカン。

それが「金がすべてや」と言うノブさんとボクとの違いや。

お母ちゃんを自由にするためには、お母ちゃんを縛っていたアボジの金の力を無にする事や。

それを手に入れる事がお母ちゃんを自由にする事やねん。

キャバ嬢を相手にした送迎は直ぐに始められた。

警察関係者の接待で魚町を利用するボクはどの店でも上客やった。

そのボクが、パチンカスのキャバ嬢に囁き掛けるんやから、サクラ集めにも手間は掛からんかった。

日を空けずして、午後三時を過ぎた時間に着飾ったキャバ嬢たちが一号店に「ご出勤」するようになった。

香水の匂いを振り撒き、しゃなりしゃなりと尻を振ってピンヒールで通路を巡り、店内を一巡してスロットコーナーへと向かう。

どの台に座っても、心得たスタッフの裏ロム操作で、たちまちその台は爆発台に設定される。

そして確変。

大爆発。

キャバ嬢の嬌声が店内に響き渡る。

他の客の射幸心を否応なく扇動する嬌声や。

釘を読んで、台の特性を見抜いて、勝負する事に愉悦を覚えるパチンカスなんか、実のところほとんどおれへんのや。

確変時に賑やかに点滅を繰り返す台のディスプレイ。

いつもとは違うBGM。

そして大量に流れ出るパチンコ玉やスロットコイン。

性交時の絶頂にも似た快感を覚えんのんがパチンカスなんや。

そんなパチンカスがサクラのキャバ嬢の嬌声に釣られんはずがない。

魚町のキャバ嬢をスロット台のサクラに使う作戦は忽ち成果を見せた。

スロットコーナーに座る客が日増しに増えた。

そやけど木下が懸念したように、自分が選ばれたサクラである事を酒席で漏らす女がいた。

その女をアフターに誘い出した。

「夜のクルージングに行かへんか。大型クルーズ船や。そこでゆっくり飲み直そうや」

姫路港の外れに係留している大型クルーズ船に連れて行った。

「これ、専務の持ち物なんですか」

車から降りた女がクルーズ船の威容に驚嘆の声を上げた。

未だ蒸し暑い残暑の空には満天の星が瞬いていた。

捲れた波は夜光虫で薄緑に発色していた。

浮かんだクルーズ船は、ボクでさえ、溜息を洩らしたくなるような存在感やった。

一瞬、蒸し暑さを忘れたくらいや。

「一晩、ダチに頼んで借りてるだけや。ボクは忙しい身やから、舟遊びしてるヒマなんぞあらへんわ」

ダチというのはノブさんの事や。

知り合いに頼んでクルーズ船を手配してくれてん。

ホンマに人脈が広い人や。

金儲けのためならなんでもしよるから当たり前やけどな。

「そうですよねぇ」

阿《おもね》るように女が微笑んだ。

サクラである事を謳うた件がバレとるとは気付いておらへん素振りやった。

「オマエのためにわざわざ借りたんやで」

甘い言葉を掛けながら、女の腰に手をまわし船内へと案内した。

女の貌が凍り付いた。

キャビンには腕組みをした十人の屈強な男たちが居た。

こいつらもノブさんに言うて手配してもろうた男たちや。

それに加えて、キャビンの隅に固まって、怯えた表情をするサクラのキャバ嬢らが居たんやから、女が引き攣るんもしゃぁないわな。

「な、なんですのん。これッ」

隅に固まる女たちには、連れて来られたキャバ嬢の裏切りと、これから起こる事を掻い摘んで説明してある。

知らへんのは連れて来られた女だけや。

クルーズ船の出航を合図に屈強な男たちが群がり、裏切り者の女は忽ち裸に剝かれた。

ドレスが無残に破り取られ、けたたましい悲鳴も虚しく全裸にされた。

凌辱の夜が始まったんや。

いくら叫んでも、海上を疾走するクルーズ船では詮ないこっちゃ。

男たちがマッパにされた女の手足を押さえて、先ずはボクが首絞めセックスで味見した。

女のオメコは全然濡れてへんかったけど、ギシギシするのが刺激的やった。

首を絞めながら犯して膣内に射精した。

それから男たちの輪姦が始まった。

大音量を叩き出すステレオをBGMに、膣も尻穴も口もチンポで塞がれとる女は、呻き声を上げるだけで抵抗する事もでけへん。

流れ出る曲は確変時のBGMや。

その惨状を目の当たりにし、何人かの女は失禁しとる。

今後パチスロ台で遊びながら、その夜の事がフラッシュバックするに違いないやろう。

男たちはノブさんの配下の中でも精鋭部隊やと聞かされとった。

死体処理班の連中らしいねん。

女に群がった十人のガタイのエエ男たち。

潤うてないオメコが鮮血に塗れようが。

肛門が裂けようが一切頓着する事はない。

無言、無表情で女を犯し続ける。

鼻をつまんで口にチンコを咥えさせ喉奥を犯す。

両手に摑ませてチンコを扱く。

顔だけや無うて乳や太腿に精子をぶちまける。

もちろん喉奥にも。

舌の上にも。

繰り返しの射精で女は精液漬けにされる。

男たちの凌辱が一段落した。

「酷いやないか。洗ってやらなあかんな」

リーダ格の男の言葉に、他の男のひとりが太いロープで女の両手首を厳重に拘束した。

そのロープの一端をリーダがボクに差し出した。

流れでロープを手にした。

男たちに引き摺り出される女の後をついて船尾に出た。

「海で洗うてやらんなアカンでんな」

リーダの男が言うた。

「どういう事やねん？」

ノブさんとの打ち合わせに無かった事やからドキマギするしかあらへんかった。

「肩を押したったらええんですわ」

「海に突き落とすんかッ」

驚きの言葉はシカトされた。

「肩を押さんでも、コイツ自分の足で立つ事もできてへんやんかッ」

訴えたら男がニヤリと口元を歪めた。

女は自分の足で立つどころか、両側から男に抱えられて爪先が床に触れてるだけや。

「ワイらは人殺しを厳禁されとんですわ」

男が平然と言うた。

「海に突き落として殺す気なんかッ」

それこそ聞いてへん事やった。

「早うしたって下さいな」

焦れてる風でも無う男が言うた。

「肩をチョンと押すだけですやん」

馬鹿にしとるようにも聞こえた。

「アンサン、『烈士』なんでっしゃろ?」

完全におちょくっとる物言いやった。

ノブさんか——

ちょっと前に自慢したんや。

ボクの目的はノブさんみたいに金だけや無うて、お母ちゃんから受け継いだ『恨』の感情が宿ってて、大義のためなら死ぬ事も厭《いと》わん『烈士』やとな。

「そない考えたら、ノブさんが言うてはったトラウマからも解放されましたわ」

言うて自慢したんや。

ただの強がりやった。

それを言うた後も悪い夢に魘《うな》されてた。

「さあ、『烈士』さんの気概を見しておくなはれや」

男の嘲る言葉に頭に血が昇った。

思い切り女の背中をどついた。

女が水飛沫を上げて暗黒の海に沈みよった。

右手に握らされとったロープを男が握った。

「おう、皆見たな。『烈士』の朴マンスさんが、オナゴを海に突き落としよったで」

野太い声で言いよった。

キャビンの女たちにも聞こえる声やったんやろう。

女たちの悲鳴がした。

「体をキレイにしてやりますわ」

ボクにだけ聞こえる声で囁いて、男が手にしたロープの一端をデッキリングに結び付けた。

「錨《いかり》結びですわ。万にひとつでも、傷物にしたオナゴを海に流したら、後々厄介な事になると井尻から言われてますねん」

「海に流すって……」

女は硬う縛り上げている。

なんぼ潮流が速うても、万にひとつも流される事はないやろ。

考えが甘かった。

クルーザーは男の合図で深夜の海を疾走し始めた。


一時間近く全速で深夜の海を疾走したクルーザーが、周囲を窺いゆっくりと波間に停船した。

男たちが女を海面から引き上げた。

絶命しとった。

ボクは腰を抜かしたようにデッキにへたり込んだままやった。

どれだけ海水を呑んだんか、引き上げられて女の腹部は臨月を思わせる膨らみようや。

クルーズ船が疾走を再開した。

「さ、これからがホンバンでっせ」

女の死体を担いだリーダに言われた。

コイツ、ホンマモンや――

思うた。

オンナを輪姦した時のままでマッパのリーダのチンコは天を衝くように怒り勃っとる。

夢遊病者のようにリーダに従った。

ボクもマッパやった。

チンコは萎んだままのチンチンやった。

リーダが女の死体を無造作にキャビンの床に放り出した。

変わり果てた仲間の姿に、他の女たちが再びの絶叫を上げた。

確変のBGMが耳を劈《つんざ》く大音量で流された。

「これで終わりと違うでッ」

負けん声でリーダとは違う若い男が叫んだ。

「朴マンスさんは、そんな甘いお方やないんや」

言うなり男たちが再び女に群がった。

「確変やぁー」

屍姦が始まった。

「魚群やぁー」

踊り出さんばかりに燥ぐリーダの悪ふざけが止まらへん。

挿入した男の腰の動きに合わせ、死体になった女は首をガクガクさせる。

口から大量の海水をピュッピュ、ピュッピュと溢れ出しよる。

屍姦しとる男以外の男たちが女の死体に舌を這わせる。

死体が唾液塗れになる。

舌を吸い出し執拗に自らの舌で味わっとる男もいる。

これがホンバンか——

ボクは呆然と見とるだけや。

大音響のBGMが流れとるのに男たちがピチャピチャと死体を舐め回す音だけは何故《なぜ》か耳に届く。

半ば狂い掛けているかも知れへん女たちの耳にも届いてるやろ。

眼前で繰り広げられる地獄絵図に女らは、もう悲鳴も上げよらへん。

その代わりに盛大に吐瀉しよる。

失禁しよる。

脱糞までしよる。

他人の事は言われへん。

ボクも吐瀉して。

失禁して。

脱糞しとった。

下痢便や。

ボクは腹を下してた。


東の空がボンヤリと明るうなって、阿鼻叫喚の夜に終わりを告げた。

クルーズ船が着岸した。

埠頭には黒いダンプが停車しとった。

ダンプの荷台にシーツで包んだ女の死体を積み込んだ。
男たちも乗り込んでダンプが埠頭を後にした。
代わりに道具を携えた清掃班がクルーズ船に乗り込んだ。
キャビン内は糞尿と吐瀉物で汚れ放題や。
下船する女たちをリーダが見送った。
一人ひとりの顎を摑んで眼を覗き込んで言った。
「ええか、これが朴マンスさんの本気や」
え、ボクの？
どの女も、壊れた人形のようにガクガクと頸を縦に振る。
大粒の涙が浮かんだ哀願の眼差しをリーダに向ける。
そんな女たちの口をリーダが吸う。
強引に吸い出した舌に自身の舌を絡める。
しゃぶる。
女たちは無我夢中でリーダの舌に奉仕する。
涎を垂れ流す。
ドボドボと壊れたみたいに涎を垂らす。
ボクはその光景を呆然と眺めるしかできんかった。

＊

『烈士』とか訳の分らん事を言うて悦に入っとるマンちゃんにお灸を据えてやった。
ま、それを吹き込んだんは木下やけどな。
おだててから、奈落に堕としたってん。
そこらの連係プレイは心得たもんや。
いつまで『恨』に拘っとんや——
その思いがあった。
マザコン丸出しで照子とかいうオナゴで頭をいっぱいにしてたらアカン。
マンちゃんには『ヘブングループ』を乗っ取る事に集中して貰わなアカンねん。
ええ加減、オカンの想い出から卒業させなと荒事を仕組んだ。
卒業するだけやない。
もっと強烈なトラウマを背負わせて、ワイに縋るよう仕向けたんや。
マインドコントロールや。
自分で判断させたらアカンねん。
ワイの描いた絵図の通りに動いて貰わなアカンねん。
それが深夜のクルージングやってん。

15

それから一ヶ月は魚町キャバ嬢の「ご出勤」を中止した。

全員に監視を付けたうえでの中止やった。

そうするようノブさんに提案された。

もちろんそれなりの金は掛かるけど、クルーズ船の一件以来、ノブさんに逆らえんようになってた。

言いなりになるしかなかった。

それなりにいうてもかなりの額や。

なんが『烈士』や――

臍《へそ》が茶ァ沸かすわ――

ボクなんかよりアイツらの方がよっぽど肝が据わっとるわ――

クルーザーで女を屍姦した連中や。

ボクにはあんな真似はでけへん。

思い付きもせん。

アイツらがやった事やのに、またトラウマを抱えてしもうた。

トラウマだけやない。

恐怖心も抱え込んでしもうた。

ノブさんが怖うなった。

だからというてノブさんと縁を切る考えはなかった。

切れるはずがないやん——

サクラの女が裏切らんようお仕置きしたはずやのに、誰よりもダメージ受け取んはボクやった。


ノブさんの監視に漏れがあった。

「スマン。どうやら漏れたみたいや」

電話があって告げられた。

「自宅の電話は盗聴しとったんやけど、公衆電話を使われたかも知れへん」

「警察にバレましたんか？」

「いやそうやない。マンちゃんが殺した女と暮らしとった男に、どうやら一部始終、チクられてしもうたみたいやねん」

ボクが殺した？

確かにリーダに詰め寄られて背中を押して海に突き落としたんはボクやけど——

「どないしてくれますの？」

怒る口調で言うた。

あれだけの金を払うてんのやから怒って当たり前や。

「おいおい、ワイにそんな強気に出てええんか。今回の事かて、女と暮らしとった男を監視してたから分かった事なんやで」

「ノブさんの手柄ちゅうわけですのん？」

「手柄とまでは言わんけどな――」

それからノブさんが続けた話によると、殺した女の男は長距離トラックの運転手を務める男やったらしい。

「おおかた長距離出てて、帰って来たら自分の女がおらんので、あちこちダチに電話したんとちゃうやろうか」

男はサクラの女の何人かにも当たったらしい。

店前で退店する女を呼び止めて、あれこれ探っていたとか。

「かなりしつこうやっててんけど、それがピッタリ止まってな」

そやから情報を得たんやないか言うた。

「最初は黄色信号やってんけど、その男が運送会社辞めよってん」

そこから赤信号に変わったらしい。

「男の監視も続けたる。そやけどその前に、情報漏らした女にお仕置きせなアカンな」

またあれをやるんか――

「仕置きはよろしいわ」

本音が口を突いて出た。

あんなんもう見とうない。

トラウマとか恐怖でボクは身体に変調を来《きた》しとった。

以前みたいに首絞めセックスを好むオナゴを世話して貰うてもチンコが硬うならへん。

チンチンのままやねん。

もちろん照子さんを拉致るいう考えも霧散していた。

「そんでええんか？」

ノブさんが電話の向こうで嘲るように言うた。

「ええもなんも、バレたもんはしゃぁないですやん」

「バラした女は、そんな事をしたらどんな目に合うか、分かってるはずや。真相を知った男はサッに頼らんかった。そやからマンちゃんの悪事をバラした女は、マンちゃんの殺しを男に依頼したかも知れへんのやで。アイツを殺さなんだら、自分も同じ目に合うと、女が泣き声で訴えたんは容易に想像つくわ」

ダンプの運転手の職を辞した男は、ボクを付け狙うとるかも知れへん。

そやから警護の人間を付けて守ってくれると言うた。

「マンちゃんを襲った男を捕まえてバラした女を吐かしたら一石二鳥やんか」

「吐かすって、どないしますのん？」

「拷問したんねん。死なせはせん。そやけど早う死なせてもらいたいと思うくらいの拷問したんねん。ワイらの拷問に耐えられる奴なんぞおれへんからな」

その拷問に立ち合わせてくれると恩着せがましく言われた。

「首絞めどころやないで。もっとえげつないモン見したるわ。それ見たら、マンちゃんの『烈士』もビンビンに回復しよるやろ」

ヘンタイ女から聞いたんやな――

ボクのチンコを『烈士』やと馬鹿にしよる。

「お断りですわ。自分の身くらい自分で守れますわ」

「相手は本気やで」

男が仕事で使っていた大型トラックは持ち込みやったらしい。

決して安くはない大型トラックを買ったのは死んだ女やったらしい。

「男はトラックで、女は夜の町で、互いに稼ぎ、将来を約束していた二人やってん。健気《けなげ》やんか。その健気な女を殺したんやから、マンちゃんに対する『恨』はたいがいのもんやないやろ」

『恨』までおちょくりのネタにしよる――

「煩いわッ」

怒鳴って電話をガチャ切りしてやった。


それなりに警戒した。

なるべくひとりにならんようにした。

会社の往復もカローラや無うて頑丈なベンツに替えた。

防弾仕様のベンツや。

警察関係者の接待も控えた。

アルコールを飲んだら運転でけへんから接待は木下に任せた。

護衛は付けんかった。

ノブさんに頼んだら、強力な護衛を付けてくれるやろうけど、ボクにかて意地はある。

『恨』や『烈士』をおちょくった相手に頭を下げるやなんてでけへんかってん。

それから二ヶ月ほどはなんも起こらんかった。

相手は二十七歳の初心《うぶ》な青年やと聞かされとったけど、たかがトラックの運転手や。

諦めよったか――

油断してしもうた。

その夜は深夜まで事務仕事をして、木下は警察の接待で、ひとりで『ヘブン一号店』を後にした。

専用の駐車場からベンツを出した。

晩秋の肌寒さを感じる夜やった。

季節の終わりを惜しむように蟲が辺り一面で鳴いていた。

月のない夜やった。

深夜の明姫幹線は真っ暗やった。

「えッ」

思わず驚きの声が出てしもうた。

明姫幹線に出たベンツの背後をトラックのヘッドライトが照らしたんや。

ルームミラーから目を背けとうなるような眩しいビームライトやった。

大型トラックというだけは辛うじて分かった。

エンジンを始動した。

ベンツまでは三〇〇メートル程の距離やった。

大型トラックが咆哮を上げて突っ込んで来た。

激しい衝突音が深夜の静寂を破った。

急襲を受けたベンツが、一瞬宙に浮き、路面を転がった。

縦回転し、腹を裏返したままの格好で、火花を散らしながらアスファルトを滑った。

どうしようもなかった。

シートベルトで座席に固定されたまま、上下左右も分からん状態やった。
追突の衝撃で大型トラックのエンジンが停止した。
エンジンを再始動させた。
再び咆哮を放って転がったベンツに襲い掛かった。
そのままベンツに乗り上げた。
頑強なベンツのボディーは大型トラックの重量に堪えた。
相手は苛立たしげにアクセルを全開にした。
後輪がアスファルトに白い煙を漂わせた。
じりじりとベンツを路肩に追い詰められた。
大型トラックがバックした。
いったんベンツから離れ、十分な距離を取って、再衝突の機会を窺うとる。
チャンスやッ――
シートベルトを外してベンツの窓から這い出ようとした。
大型トラックのヘッドライトが見えた。
間違うたか――
臍《ほぞ》を噛んだ。
冷静さを失うて安全な防弾仕様のベンツから身を晒してしもうたんや。
機を得たとばかりに大型トラックが上半身を晒したボクに襲い掛かった。
アスファルトに爪をたてて逃れようとした。
刹那――

大型トラックにワイは轢《ひ》き潰されてしもうた。

お母ちゃん、もうアカンわ――

アボジの顔がボンヤリ浮かんで、はっきりせん間に消えた。


ノブさんが病室を訪れた。

いつに無う神妙な顔付きやった。

「マンちゃん……」

個室のベッドで横たわるボクに語り掛けた。

「マンちゃんとこの木下さんから連絡があってな……」

涙声で言う言葉が途切れた。

布団から手を伸ばした。

その手に握っとった一枚の紙切れをノブさんに渡した。

握り潰された紙切れをノブさんが開いた。

「これは……」

絶句した。

紙切れに書かれた文字と数字の並びを見たら、それが意味するところは一目瞭然やろ。

姫路100から続く文字列は、大型トラックの自動車登録番号票や。

「こいつがマンちゃんを轢いたトラックのナンバープレートなんやな?」

事故の加害者は未だ捕まってない。

現場から逃走して行方知れずや。

「ポリにもこの情報を渡してなかったっちゅう事か」

得心した。

「そやけど命が無うなるかも知れん状況で、相手のナンバープレート覚えとるやなんて、さすがやな」

感心した。

「分かった。陸運局で身元調べるわ。身元さえ分かったら、探し出すのも可能や」

探し出してどうするかはボクに任せるしかないと言うた。

「それよりマンちゃん、両足切断らしいな」

ノブさんの視線が布団の膨らみに向けられた。

「マンちゃんの事や。両足を失のうたくらいで、気合が削がれる事はないと信じとる。人探しはワイに任しとったらええ。マンちゃんはゆっくりしとき。今まで走り続けてきたんや。人生、たまには休まんとアカンで」

言い置いてノブさんが病室を後にした。


青年の情報がもたらされたのは二週間後やった。

北海道まで逃げ、大型トラックは密輸出業者の仲介でロシアに売却されていた。

その金で釧路にアパートを借り、日雇いの土木作業員をしているらしい。

監視を付けて暫く泳がせておいてくれとノブさんに依頼した。

「監視をって……」

それなりに金が掛かると言うた。

「自分で復讐するつもりかいな？」

「ちゃいます。自分の手でも他人の手を借りてでも、その青年に復讐する気はありません」

「ほしたらなんで金を掛けてまで監視を付けるんや？」

「ノブさん。なんぞ思い違いをしていませんか？」

「思い違い？」

「ノブさんとこの詰めの悪さでボクは両足切断の憂き目に合うたんですよ」

「けど、マンちゃんの殺しをバラした女に報復せんでええ、それを恨みに思うてマンちゃんを付け狙うとる男からの警護せんでええと言うたんはマンちゃん自身やないか」

「ボクの殺し？」

ベッドに横になったままノブさんを睨み上げた。

「ボクは秘密をばらしたサクラの女に仕置きをせえと言うただけですやん。輪姦だけでも十分やと思うとった。そやのに縛り上げた女を海に突き落とすように仕向けたんは、死体処理班のリーダの男や。そのうえ、まだ息のあった女をクルーザーで引きずり回しよった。殺したんは、ボクや無うてあの男やないですか」

反論が止まらんかった。

「それだけやない。恰《あたか》もボクがそれを命じたように、大声で怒鳴り上げたんもあのリーダや。それはキャビンに居った女らに、あの犯罪がボクの指示やと思い込ませる策略やったんでしょうが」

殺した女の死体処理代も含めて相当の金をノブさんに支払うとる。

あの時は、ノブさんとその一味にビビッてしもうて言いなりになったけど、今は違う。

両足を失う目にあってトラウマから逃れられた。

「その件は置いといてやな、マンちゃんの両足を奪いよった男を監視してどうすんねん？」

置いといてや？

自分の都合が悪い事からは逃げよる気か――

それ以上ノブさんを追及する事はせんかった。

ノブさんはまだまだ利用できる人間や。

とことん利用したる――

もともとそういう関係の二人やったんや。

改めて気付いてん。

「その男の前途を見届けたいんですわ」

言葉遣いも丁寧語に変えた。

「もし暮らしに窮するような事があったら、陰で援助してやってもええと思うとんです」

「マンちゃん……意味が解らんわ」

金がすべてやと言うノブさんには分からへんやろな――

「嬲り殺しにした事にされとる女との関係を知りましてな」

二人の関係は、木下に命じ探偵事務所で調べ上げたモンやった。

「考えて見たら、アンタらに惨い殺され方をした女のために、自分の仕事も将来の夢も棒に振って、ボクに復讐しようとした男の気持ちに共感したんですわ」

「罪滅ぼし、ちゅうわけかいな？」

「まッ、そんなところですわ。ボクの罪や無うてアンタらの罪ですけどね」

適当に誤魔化して話題を打ち切ったけど、罪滅ぼしやなかった。

ある種の憧憬じみた感情を青年に抱いていたんや。

ボクは惚れた女のためにそこまでできるやろうか?

そもそもボクが女にそこまで惚れる事があるんやろうか?

つらつらと考えとる内に、そんな憧憬じみた感情が湧いて来たんや。

「そんな事より頼みたい事がありますねん」

改まった口調でノブさんに言うた。

「こんな身体になったからいうて、ボケッとしとられへんです」

苦笑しながら依頼したんは『ヘブングループ』の乗っ取りやった。

「会社の実印、業務印、銀行員、角印、社判一式は『ヘブン一号店』の社長室の金庫に仕舞っていますねん。それを使うてアボジの会社を乗っ取る絵図を書いてくれませんやろうか?」

愛すべきお母ちゃんを首絞めセックスで死に至らしめた憎むべき男やとノブさんには伝えてある。

直接の原因はボクの覗き見かも知れへん――

そんな想いはあるけど、さすがにそれは伝えてない。

病室のドアがノックされた。

室内を窺うようにドアを開けて入室してきたのはアボジやった。

アボジはボクが救急搬送されてから毎日のように通ってくれとる。

「お客さんかいな」

アボジとノブさんは初対面や。

「お世話になっとる井尻さんです。井尻さん、父の朴ヨンスクです」

互いを紹介した。

「ちょっと私、段取りせなあかん事がありますんで失礼しますわ」

通り一遍の挨拶をしたノブさんが病室を辞した。

「何をしてはる人やねん？　ちょっと素人さんには見えへんかったな」

代わってベッドサイドの椅子に腰掛けたアボジに質問された。

その日のノブさんは、ジャケット姿にベージュのチノパン、かぎ編みの中折れ帽に雪駄というラフなスタイルやった。

「中学生の時から差別されていた仲間なんです」

下手に庇わずに真実の一端を明かした。

「在日仲間かいな？」

「いいえ、黒里団地の出身者です。それで私と同じように蔑まされていました。今は黒里団地を出て自分で事業をしています」

「そうか」

アボジが苦い顔をした。

「まぁ、オマエも大人やからあれこれは言わんけど、黒里団地の出身者と付き合うのはあんまり感心できる事やないな」

差別されたモンが差別しよる――

心の底から軽蔑したけど、それを口にはせんかった。

「親しい付き合いではありません。中学生の時の馴染みというだけです。今度の事故を知って見舞いに来てくれたんです」

「それやったらええんやけど……」

完全には納得してへん風のアボジやったけど「ま、ええか」と、姿勢を正した。

「今日は折り入って相談したい事があって来たんや」

「アボジが私に相談ですか？」

「オマエもこんな身体になってしもうて、今後専務としてウチのグループの陣頭指揮を執るのは難しいやろうと思うてな」

「退任しろと？」

「そういうわけやない。肩書と給料は今のままでええ。退院後も義足やら車椅子に慣れるまで、自宅でのんびりしたらええやろうと思うんや」

代わりに『ヘブン五号店』の店長を全店の責任者に据えると言うた。

「五号店の店長をですか？」

「せや、あの男なら経験も年齢も他の店長より上やし――」

抜擢理由を並べた。

「それに国立大学も卒業しとるしな」

最後に言うて締め括った。

年功序列や学歴だけで決めるような発想しよるから、いつまで経っても会社が変わらんのじゃ
――

胸の内で毒付きながらその言葉を聞き流した。

「どないやマンス？」

「最高責任者であるアボジの意見に異論があるはずはございません。ただ『ヘブン一号店』だけは、木下に任せて貰えないでしょうか。私もリハビリが終わったら一号店に戻りたいんです。もちろん

その時も、一号店を除く各店舗の差配は五号店の店長にお任せします」

殊勝に答えた。

いずれにしろ、五号店の店長のみならず、社長のアボジ共々全店長を整理するつもりやった。

アボジを社長と崇《あが》める社員に用はない。

その点は木下とも打ち合わせ済みや。

遊戯機メーカーに勤務し、その後コンサルタントとして業界に関わってきた木下には、員数分の店長を揃えるだけのネットワークがある。

あの男が「大丈夫です」と、請け負うた人間やったら間違いはないやろ。

できへん事、自信がない事を請け負うような木下やないねん。

小一時間ほど世間話をしてアボジが病室を後にした。

待っていたかのように井尻が姿を現した。

「段取りでけたで」

開口一番そう言うた。

「なんの段取りですの？」

「マンちゃんのお父ちゃんから『ヘブングループ』の代表権を奪う段取りや」

「えらい早いでんな。どんな段取りしましてん？」

「電話一本で足りる段取りやがな」

もっと早う終わってたんやけどアボジが病院を出るんを見張っていたんや、と苦笑した。

「マンちゃんをエサにすんねん」

「ボクを？」

「せや。せっかくこんだけの大怪我したんやから、それを利用せんと勿体無いやろ」

そない言うてノブさんが筋書きを語った。

「深夜、ワイの配下の中でも、面相の悪い男たちがヨンスク邸を訪れる。そいつらがヨンスクに言いよんねん。オノレの息子のマンスはウチの組に五千万円の未払い金がある、とな」

「未払い金てなんですの？」

「『ヘブン一号店』の工事を請け負った代金や。ところがマンちゃんは、手抜き工事とか、四の五の文句を抜かして入金しよらん。このままでは、両足だけでは済まさへんぞ、と言うて脅すんや？」

「そらおもろいですね」

事実は真逆や。

確かに『ヘブン一号店』の改築工事をノブさんの会社を通して発注した。

実際の工事費は見積書、請求書に至るまで、五千万円が上乗せされた書面が発行された。

それに基づき工事代金をノブさんの会社に振り込み、裏で手数料五百万円を差し引いた四千五百万円の現金をボクは得てたんや。

「ちょうどええタイミングでしたわ」

「何がやねん？」

「さっきアボジが言いよりましてん。ノブさんの事、素人やないてね。ほんで関係訊かれて、黒里団地の知り合いや言うたりましてん。あんまり付き合わんよう苦い顔して言いよりましたわ」

強面のヤカラが取り立てに行ったら、ノブさんが病室まで未払い金の清算交渉に来たんやと納得するやろう。

「マンちゃんの未払い金を即金で返さんと、もう命を取るしかないとヨンスクを脅すねん。息子の命取ると脅されたら払う言うわな」

そやけど五千万円もの現金を、ましてや深夜に、右から左に用意できるはずがない。

「三日間猶予する代わりに念書書かすねん」

「その念書が曲者《くせもの》なんですね」

確認した。

「せや」

頷いた。

念書には『ヘブングループ』の株式全部とアボジの財産一式を差し出すと認《したた》められとる。

組の名前は名乗らへん。

警察に通報したらマンス共々親子で三途の川を渡る事になると脅す。

「五千万円くらいやったら払う気で念書に署名するやろう」

「そらしますわな」

他人事のように同意した。

「そやけどノブさん、まさかそれで終わりではないですよね」

念を押した。

「当たり前やんけ。五千万、耳を揃えて持って来た日には、金額が五十億に化けとるわ」

堪らずノブさんが笑った。

釣られてボクも笑った。

カーテンが大きく膨らんだ。

涼しい風が病室に流れた。

窓の外は抜けるような秋晴れやった。

二人の哄笑が真っ青な空に響き渡った。

＊

マン公が覚醒しよった。

両足を奪われてなんか吹っ切れよったんや。

監視が十分でなかったとワイにネチネチ皮肉言いよるし、裏切ったキャバの女殺しも自分のせいやないと重荷を下ろしよった。それればかりか、キャバの女のイロやった若いトラックの運ちゃんにまで感情移入して、その先を見守りたいと吐《ぬ》かす始末や。

救いはワイに対する態度が変わってへん事や。

厳密に言うたらそれも変わっとるけど、オトンから『ヘブングループ』を乗っ取るんにワイが必要やという認識は変わってへん。むしろ本気になった分、ワイの重要性を改めて認識したみたいや。

オカンがどうとか『恨』がどうとか、小賢《こざか》しい事は考えてへん。

純粋にオトンを丸裸にするつもりや。

それはまぁ、喜ばしい事ではあるんやけど、注意せなアカン事でもある。

マン公が、ワイから解放されるんはええ事やない。

いよいよ朴ヨンスクと直に繋がる必要があるな――

そんなふうに考え始めた。

けどそれはもう少し後での事や。

今がタイミングやない。
なんせワイは、マン公の片棒担いでヨンスクを追い込まなアカンのやからな。
同時期に真逆の事はでけへん。
友美がおる――
木下もおる――
ヨンスクの懐に飛び込む手立てはナンボでもあるんや――
焦ったらアカン――
今のところはとことんヨンスクを堕としたる場面や――
人間落ちぶれたら、心が弱うなるねん――
溺れる犬は藁《わら》にも縋るや――
あれこれ思いを巡らせて、もう少し辛抱しようと決めた。
そうと決まれば、今やる事は、とことんまでヨンスクを追い込む事や。
ヨンスクには甘いとこが仰山ある。
ある意味、追い込む相手としたら、変に覚醒したマン公より組み易い相手や。
マン公が予想もせんかったほど追い込んだる――
その咎《とが》を全部マン公に押し付けたる――
そない考えて舌なめずりした。

16

アボジが血相を変えて病室に駆け込んできた。

「オ、オ、オマエ……」

言葉が閊《つか》えた。

ベッドサイドにボクが飲み残していたペットボトルの水を呷って言うた。

「昨日来ていた男に未払い金があったんか？」

「昨日来ていた男？」

「尻がどうしたとかいう男や」

「ああ、井尻さんですか」

「仲間が深夜乗り込んで来よった。五千万円の未払い金を清算せえとな」

目を丸くした。

みるみる表情を曇らせて言うた。

もちろん演技や。

「アボジの家にまで行ったんですかッ」

「やっぱりあの男に未払い金があったんかッ」

「井尻は組のパシリです。取り立てに来ていただけです」

「オマエというガキはどこまで出来損ないなんじゃ。真面目に働いとると思うとったのに……」

ペットボトルを飲み干した。

「あんな不良業者と付き合おうて、その上工事代金まで言い掛かりを付けて値引きしようとしたんかッ」

「言い掛かりではありません。手抜き工事を指摘しただけです」

「看板に銃弾が撃ち込まれたんも、それがあったからやろう」

そんな事もあったな――

考えもせん効果やった。

あれは自作自演や。

ノブさんに調達して貰うた拳銃で打ち込んだ銃弾や。

『ヘブン一号店』新装開店の話題作りにやった事やけど、それが考えもせんかった効果を上げとる。

事件は犯人が分からんままお蔵入りや。

アボジがその犯人をノブさんが手配したヤカラ連中やと思うとるんも当然やろう。

「真面目にやっとると思うとったのに……」

臍を噛む口調で言うた。

「全権委任してやったのに……」

悔し気やった。

「昨日の深夜なんて言われたか分かるかッ」

「何を奴らは言いよったんですか？」

答えへん。

筋書き通りやったら「次は両足潰すだけでは済まへん」と言うたはずや。

「あんな危ない連中と手を組みくさって……」

吐き捨てた。

「手を組んだわけではありません。見積もりを取って、最も安かった業者に発注しただけです。そんな連中と知っていれば、発注はしませんでした。私はアボジがこの業界に参入された記念すべき『ヘブン一号店』は、姫路を代表する優良店になっているじゃないですかッ」

言い訳をすればするほど、アボジの神経を逆撫でしとる事は承知の上で言うた。

「裁判で闘いましょう。警察にも訴えましょう」

それがでけへん事は百も承知や。

なんせ相手がボクの両足を潰したとアボジは本気にしとんや。

その上で、警察に駆け込んだらボクとアボジの命もないモンやと思えと脅かされとるはずや。

「勘当や。オマエとは親子の縁を切る。二度と顔も見とうない」

突拍子もない事を言いよった。

てっきり五千万円を払うてやると言うと思うとったのに――

「アボジ……」

縋りつくような目線を向けた。

「アボジ……」

繰り返した。

無視された。

勢いだけで言うた言葉やな――

様子からそう判断した。

どんな言葉も受け付けんぞとばかりに堅く口を結んで歯を食い縛ってとるけど無理があるわ。

「私は世間知らずの未熟者でした」

言い訳が届かへん。

届いとるんやろうけど聞かんフリをしとる。

そやけど知っとるんや。

朝早うに病室を訪れたノブさんから、アボジが念書に署名し拇印を押した事を知らされとってん。

もうちょい楽しませたろうか――

腕に力を込めた。

上体を起こした。

ベッドを這ってアボジに近付こうとした。

「アボジ、見捨てないで下さい」

哀願した。

「こんな身体になって……その上……アボジに見捨てられたら……」

這った。

手を伸ばした。

届かへん。

必死で伸ばした。

バランスを崩した。

転がり落ちた。

もちろん全部計算づくでした事や。

「マ、マンスッ」

駆け寄り助け起こしてくれた。

「アボジ……」

なんか言おうとしたらアボジが首を横に振った。

その眼差しに優しさが戻っていた。

「何も言うな。オマエの未払い金は支払うてやる。もう心配する事はなんもない。オマエはたったひとりの息子なんやからな。守ってやる。マンスよ」

その言葉に瞳を潤ませた。

嘘泣きやない。

ホンマに目ェがウルッとしたんや。

やっぱりアボジは実の父親や——

心の底からそう感じた。

そやけどその一方で、アボジが心配になる事もあった。

(五千万、耳を揃えて持って来た日には、金額が五十億に化けとるわ)

ノブさんの言葉が脳内に甦った。

守り切れる金額やないねん——

アボジに抱き抱えられて二の腕を固う握り絞めた。

「心配するな。我が息子よ」

膝から下を失った太腿を、アボジは愛おしむように撫でてくれた。

両足切断手術から三ヶ月足らずが経過した。

リハビリは拒否した。

断固として拒否した。

理由は簡単や。

必要がないと思うたからや。

リハビリは日常生活への復帰を目指すものだと若い医師は言うた。

そやけどボクが考える日常生活は常人のそれとは違うねん。

「精神的なケアも必要です」

そうも言われた。

「四肢を失った患者の多くはウツに陥ります。それを支えるのは、多くの場合家族なんだが、キミの場合はその家族もいない。定期的に専門家のカウンセリングを受けた方がいいと思うがね」

言い難そうに目を逸らした。

「現にキミは父親の面会を断っている。何度もだ。あれほどキミに会いたがっているお父さんの面会を頑《かたく》なに謝絶している。病院が認めてもいない男たちを待合室に配し、それを病院から拒絶されると、病院入口に朝から晩まで待機させ、そこまでして父親の面会を拒んでいる」

男たちはノブさんの配下のモンや。

「そのような身体になって、むしろ親族、特に父母とは会いたくないという気持ちが分からないでもない。そのような患者も少なからずいないわけではない」

的外れな事を医師が言うた。

アボジに会いとうない理由は、井尻に追い込まれているであろうアボジに、言い訳の演技をするのが面倒臭いという理由に過ぎへん。

それだけやないやろ——

内心で嘲笑う声がする。

オマエはアボジに会うて決心が鈍るんが怖いんやろ——

これからアポジの身に降り掛かる事態にビビっとんやろ——

乗っ取りの覚悟は決まってないんやろ——

「違うわ。とっくに腹は括っとるわ」

吐き捨てて内心の声を否定した。


退院の三日前、ノブさんの見舞いを受けた。

アボジを追い込む段取りを相談した。

「オマエの父ちゃん、もう終わりやな」

そう切り出した。

「自宅を売り飛ばしよった。ほんで近くのアパートに引っ越したわ。そやけど念書に書かれた五十億円には程遠い金額や。どこに移り住もうが、とことん追い込んだる」

アボジを騙して捥《も》ぎ取った金はノブさんと分け合う事になっとる。

五分五分の折半やない。

ノブさんは金だけや。

ボクは金に加えてアボジの名義である『ヘブングループ』の代表権を得る。

それが叶えられたら、金など全額ノブさんに渡してもええと考えとる。

「そやけど念書て、法的な効力がどんだけあるんですの？　それだけで追い込めますのんか？」

予《かね》てからの疑問を口にした。

当然相手は弁護士を立てるやろう。

法廷に持ち込まれたりでもしたら、ややこしい事になるんやないやろうかと心配した。

「心配せんでもええ」

一笑に付された。

「例えば街金は、法律で禁止されとる利息を取っとる。利息制限法も貸金業規制法も知ったこっちゃない。その上、貸し付ける相手は借金塗れのどうにもならん連中や。なんでそんな人間に貸すか、マンちゃん、分かるか？」

首を傾げた。

「取り立てる自信があるからや。もちろん普通の追い込みではあかん。普通でない追い込みができるんが街金の街金たる所以やねん」

迂闊に暴力に訴える事はないと付け加えた。

追い込むノウハウを蓄積しているのだと笑うた。

この話、前にも聞いた事があるな――

ボンヤリ思い出した。

「それと同じ道理や。マンちゃんの父ちゃんの心は半分折れ掛けとる。もうちょっとや。あと一押しで、ポキリと折れてまうわ」

その上で、ひとつ提案があると持ち掛けられた。

提案を受けて、直ぐにでもアボジと面会する事にした。


アボジが病室を訪れた。

驚くほどやつれた姿で手には杖を突いとった。

「どうしたんですか、アボジ」

変わり果てた姿に目を剝いた。

驚きの声を発した。

演技や。

驚いたフリをしながら、ここまでアボジを追い込んだノブさんの腕前に感心した。

「疲れた。バスを乗り継いで来たんや。座らして貰うで」

ベッドサイドの丸椅子に腰を落としたアボジに問い掛けた。

「三角とかいう運転手はどないしましたん？」

「住み込みの運転手も、家政婦も雇われへん身になってしもうてな」

自嘲気味に言うアボジやったけど、その目にはボクに対する隠しようの無い批判、憎悪が読み取れた。

元はと言うたら、ボクの未払い金でこんな羽目に陥ったんやから、それも無理からん事やろ。

「どうして……」

言葉を詰まらせた。

「せめてそうなる前に私に相談して下さったら……」

詮無い悔やみ事を口にした。

「何べんも病院に足を運んだんや。そやけどごっついナリした男らに止められて、そいつらの言う事には、マンス、オマエがオレとの面会を嫌がってるいう事やって、そら、変わり果てた姿を親兄弟に見せとうないというんは理解できん事でもないとお医者も言うてはったけど……」

「そら違います」

言下に否定した。

「私がそんな事を言うはずがおませんやん。私こそ、自分が動けんようになって、アボジが見舞いにも来れんほど忙しゅうしてはるんやと思うてましてん」

「そしたらあの男らは……」

「とにかく何があったのか、詳しく教えて下さい」

アボジが最初はポツリポツリと、終《つい》には堰《せき》を切ったように、それまでの出来事を打ち明けた。

なるほどえげつない追い込みを掛けるもんや——

ノブさんら一味の手口に感心させられた。

夜討ち朝駆けは当然の事として、二人連れで訪れる取立人は、アボジのプライバシーを徹底的に棄損した。

邸宅の門柱や塀に対する落書きや罵詈雑言、それはアパートに逃げてからも、ドアに対して続けられた。

深夜早朝にドアを叩き、大声でアボジの名を呼び、近所の者がクレームを言うと、慇懃《いんぎん》に頭を下げて、アボジのありもせん悪口を並べ立てる。

パチンコ店を経営し、半島に韓国籍の嫁がおり、その嫁が大変な浪費家でこんな事態を招いたのだという説明は、隣近所に住む住民を頷かせるのには十分なネタやった。

隣近所だけやない。

アパートに転居してからは、買い物や外食するアボジに連中は付きまとった。

店主や従業員らに有る事無い事を吹聴した。

ウチで買い物をするのを控えてくれませんか。

ウチで食事をするのを遠慮して貰えないですか。

そんな事まで言う店主、店員が現れる始末やった。

「警察に訴えればいいじゃないですかッ」

力無う首を振った。

「元はといえば、オマエの未払い金や。五千万円くらいなら未だしも、五十億ともなると、警察の調べもオマエに及ぶやも知れんとアイツらに言われてな。在日の身で、躰の不自由なオマエが塀の中でどんな仕打ちを受けるか、それも奴らに言われたら、警察に頼るわけにもいかなんだんや」

「五十億てなんですの？」

素っ頓狂な声を上げた。

「オマエの未払い金やとアイツらに言われたわ」

「そんなアホな。なんぼ大々的な工事をして、駐車場も拡大しても、五十億もの工事費が掛かるわけがないじゃないですかッ」

呆れた声で言うた。

本心から呆れた。

信じ込んだ事を呆れずにはおれんかった。

「弁護士はどうですの？　弁護士が介入したら、直接債務者に請求はできへん、交渉もできへんと法で定められているはずです」

もちろん弁護士介入など気にする連中ではないやろ。

そもそも奴らが吹聴しているアボジの身上など、督促行為に当たるものではあれへん。

ただの嫌がらせやし、あながち嘘を言うてるわけでもないんや。

アボジがどこまで精神的に追い込まれとんか痛いほど理解でける。

ボクにしても在日二世なんや。

普通に社会に出て勤めとったら、陰口を叩かれたり、面と向かって侮蔑されたりする事もあったやろ。

小学生の頃からの経験でその事は容易に想像する事ができる。

日本の社会は、在日が生きていくには息苦しい社会なんや。

弁護士の事を言うた言葉にアボジが反応した。

「そんな事を気にする連中やない。確かに督促は止まるかも知れへん。そやけど嫌がらせは止まらんやろ。それどころかますます激しゅうなるかも知れん」

さすがにそれは心得てるようやった。


その日の面会はボクからアボジに電話して求めたモンやった。

もう直ぐ退院やから、今後の事も含めて相談したいと連絡したんや。

自宅電話番号が不通になっていたんで木下経由で会いたいと伝えた。

木下から『ヘブン五号店』の店長へ言付けをするように頼んだんや。

「面会を妨害されたという事は、見方を変えれば、連中がアボジと私の接触を好ましく思ってないという風にも考えられますね」

「なんでか分らへんけど今日はジャマされなんだわ」

アボジが首を傾げた。

「もしかしてと考えて私が手を打っておきました」

「手を打った？」

「未払い金が五十億円だというのは、本日初めて聞いて驚きましたが、それ以外にも要求された事があったんじゃないですか？」

「いや、それは……」

「連中がアボジと私の面会を妨害しているというのは知っていました」

「知っていた？」

「ええ、井尻さんから聞かされたのです」

「あの、井尻か？」

「井尻さんとは中学生のときからの付き合いです。誠実な人間でもあります。彼が悪事を企てたとは、私にはどうしても思えなかったのです」

「しかし実際……」

「悪事を企んだのは井尻さんではなくて、工事を請け負った会社なのです。井尻さんからそう聞きました」

「それを信じたのか？」

「ええ、信じました。井尻さんはアボジに申し訳ない事をしたとひどく後悔していました」

ひと呼吸間を入れた。

「そして五十億円という法外な未払い金とは別に、アボジが要求されている事を私に教えてくれたのです」

井尻さんの推測ですが、と付け加えた。

「代表権の譲渡を強要されているのではありませんか？」

「……まぁ、そうやけど」

「連中の目的は金ではなく『ヘブングループ』の経営権なのです」

「金ではないんか？」

「ええ、目先の金ではないんです。五十億というのは、そのための方便に過ぎないのです」

「言われてみたら……」

「思い当たる節があるんですね」

「ああ、連中は金の督促をするだけや無うて、替わりに代表権を寄こせと迫ったな」

「もともと五十億円なんて、払えるはずのない金ですからね」

「そう考えたら納得できるな」

「で、私は井尻さんを通じて連中に情報を流したんです」

「情報？」

「ええ、心身ともに疲弊しているアボジは、会社の代表権を息子のボクに譲渡する予定だと」

「そんな事……」

「アボジのご承諾もなく勝手な真似をしてすみません。この通りお詫びします」

低頭した。

「でも、アボジのご意向がそうであるなら、これ以上アボジを追い込んでもムダな事です。それが証拠にアボジは本日の来院を妨害されませんでした」

「なるほど。そやけど代表権の移譲となると……」

「失礼な事を申し上げますが」

断りを入れた。

「アボジは、ご苦労され、日本で成功されています。流行の言葉で言うと『勝ち組』の人です」

年収で線引きし、それより上が『勝ち組』下が『負け組』と区分されるようになったのはほんの最近の事や。そうまでして日本人は他人を差別したり、見下したりしたいんかと呆れた。

話を続けた。

「ですからアボジは在日差別に馴れていらっしゃらないのでしょう。今のアボジは成功者として皆からの尊敬を受けていますからね」

世辞で自尊心を擽《くすぐ》った。

「そこを連中は衝いてきたのではないでしょうか？」

問い掛けにアボジが不可解そうな面持ちを見せた。

我が息子の言いたい事が理解できないようや。

「しかし私は違います。今でこそ、アボジの温情で『ヘブングループ』の専務という要職をお任せ頂いておりますが、アボジに勧められて夜間高校に通い、昼間パチンコ店の下働きをさせて頂く前は、碌に学校にも通わないアカンタレのガキでした」

それは真実の物語や。

ただ真実の半分でしかあれへん。

話してへん半分はお母ちゃんを殺された事でアボジを恨むガキやったんや。

「アボジ……」

神妙に言うた。

「実は、私はアボジと母のセックスを覗き見してしまいました」

「な、なんやねん。急に……」

「母は韓服を着せられ……アボジに尻から責められ……首を絞められ……」

「マ、マンス……」

「アボジは母を『慰安婦が』と罵倒しておられた」

アボジが息を荒くして狼狽えているが構わずに続けた。

「アボジはあの時言われた。お母ちゃんが絹の帯締めを希望したんは、それで死にたいと思うたからやないやろうかと。アボジの仰る通りです。そんなお母ちゃんの気持ちを私も理解できます。両足が不自由なままでこの先どうしようかと毎日悩みました。そんな私の事は置いておいて、はっきり申し上げたい事があります。お母ちゃんが死んだのはアボジのせいではありません。私のせいです。私と在日差別のせいなんです」

唇を噛んで涙を浮かべた。

涙を腕で乱暴に拭い去った。

「私がお二人の性行為を茶化した事に恥じ入って、お母ちゃんが死を選んだんです」

自分の胸の内の罪悪感を吐露した。

アボジに対する恨みは——むしろその方が強い感情なんやけど、微塵も表には出さんかった。

「あろうことか、私はその後、遊びで抱いた女の首を絞める真似までしました。鬼畜にも劣るガキやったんです」

「オマエという奴は……」

アボジが怒りに顔を赤く膨らませた。

「アボジのお怒りはごもっともです。言い逃れをするつもりは一切ございません。アボジのお慈悲がなければ、私は地獄に堕ちておりました」

項垂れたまま言うた。

キッと目線を上げて睨んだ。

「アボジから授かった御恩を思えば、そして自分の罪悪を考えれば、私は死ぬ事も厭わない者です。いいえ、死なせて欲しいと願う者です」

アボジの怒りの色が少しだけ和らいだ。

当然やろう。

お母ちゃんの死に関しては、幾許《いくばく》かでも罪悪感を抱いていたに違いないアボジなんや。

その罪悪感を、息子が一身に被ろうと申し出ているんや。

心が柔和になって当然や。

よもや十年以上、自分の下でコツコツとキャリアを重ねてきた息子が、自分の事を恨んでいようやなんて想像もできないんやろ。

ひた隠しにしてきたけど、求める事はただひとつなんや。

アボジを地獄の底まで追い込んでやる――

それだけなんや。

その願いが今叶おうとしとる――

慎重に言葉を選んで言うた。

「アボジ」

真摯《しんし》な気持ちで語り掛けるように願い出た。

「アボジのお持ちになっている『ヘブングループ』の代表権を私にお譲り頂けませんでしょうか」

いきなり過ぎる言葉にアボジの顔に驚愕の色が浮かんだ。

「な、何をいきなり……」

困惑するアボジに畳み掛けた。

考える余裕なんぞ与えたらあかん――

「アイツらの狙いが『ヘブングループ』の乗っ取りにあるのでしたら、標的は代表者であるアボジでしょうが、もし、その代表者が私になれば、標的も私になるでしょう。アイツらが拠り所にしているのは、この日本という悍《おぞ》ましい国に蔓延《はびこ》る差別という意識です。それを利用してアボジを追い込んでいるのです。先ほども申し上げました通り、成功者、勝ち組であるアボジにはその追い込みに対する耐性がおありにならない。しかし鬼畜であった私は違います。そんなものを屁とも思わない者です。ですから一時の事で良いのです。私が代表者になればアイツらは攻め手を失います」

アボジが目を伏せて考え込んだ。

その脳裏にどんな想いが去来しているのか、手に取るように分かる。

在日として差別され。

流れ流れて辿り着いた加古川の立ち飲み屋で酔漢に絡まれぼろ雑巾にされ。

パチ屋を経営する金田三郎に運転手として拾われ。

姫路の郊外に『一号店』を開店し。

お母ちゃんと出会い。

ボクが生まれ。

ジウと結婚し。

お母ちゃんを殺してしまい――

過去から現在が走馬灯のように流れているに違いない。

たとえ一時とはいえ、代表権を渡すという事は、それらの過去を無にする事やろ。

その一方で、井尻一味からの嫌がらせから逃れられるのであればと、藁にも縋りたい気持ちなんやろ。

アボジの目に涙が浮かんだ。

「耐えられるのか？」

訊かれた。

「もちろんです。私も一時は鬼畜道に堕ちた人間でございますから」

「それならば、一年間の期限を設けてオマエに託してみるか」

アボジが同意し『ヘブングループ』がボクの手の内に堕ちた。

＊

マン公、マンちゃん、いやマンス大明神様や。

さっき電話で聞いた話では、『ヘブングループ』の代表者の交替をオトンのヨンスクに納得させよったとか。

事前の打ち合わせでそこまで行けたら御の字やと思うとったけど、まさかホンマに納得させられるとは考えてなかった。

その上にや、ヨンスクのオッサンにワイと嫌がらせをしてた連中とは関係ないと吹き込んでくれたとか。

これは大きい。

いつまでもヨンスクのオッサンと直接顔を合わさんでおるわけにはイカンと考えとったワイにとっては、それがなによりの朗報やった。

ワイの目的はマンちゃんを祀り上げる事や無うて、『ヘブングループ』を根こそぎにする事なんや。そのためには、どっかのタイミングでヨンスクのオッサンの懐に潜り込まなアカンねん。

そろそろ友美も用済みに思えてきた。

ワイが厳選した女やから、ポイ捨てするわけやない。

ヨンスクの守《も》りは用済みという事や。

いずれマンちゃんに宛ごうたらなアカン。

ワイの紹介といううんやなしに、もっと自然な関係を演出するんや。

直に紹介したら、友美が単なる首絞めセックスの相手にしか思えへんやろ。

そうや無うて、それ以前に特別な関係を結ばせて、マンちゃんの意思で首絞めセックスをさせるんや。

木下を利用して――

ワイの絵図が、また一歩進む予感に胸が躍った。

17

アボジからの代表権の移動は、顧問弁護士、司法書士立会いの下、退院前の病室で行われた。開催もしてない株主総会議事録なども用意された。

通常の代表者交替と異なったんは、一年後に再びアボジが代表者に返り咲くという覚書が添えられた事やった。その覚書も含め、必要書類に署名捺印し、ボクは晴れて『ヘブングループ』の代表取締役に就任した。

残るハードルは株式保有率やった。

『ヘブングループ』の株式は三人が保有する。

朴ヨンスク　60％

金ジウ　30％

朴マンス　10％

元々はアボジがすべて保有していた株式を、結婚を機に半島で暮らす戸籍上の嫁さんである金ジウに三割を譲渡し、専務に抜擢された祝いにボクに一割を譲渡してくれたモンやった。

代表者交替の際に株式の移譲も打診してみたけど、さすがにそれは拒否された。

拒否されたけど強うは要求せんかった。

あっさりと引き下がったボクには別に企みがあった。

急いては事を仕損じるや。

「終わりましたで」

ひとりになった病室からノブさんに電話した。

「分かった。すぐに迎えに行くわ」

退院後の身の振り方をアボジからも質問されたけど、それは曖昧な返事で誤魔化した。

代表権の異動さえ終わったら、アボジと話すような事はなかった。

小一時間もせんうちにノブさんが病院に迎えに来た。

新品の車椅子を携えての迎えやった。

すぐさま退院手続きをした。

退院して向かった先は『ヘブン一号店』や。

ノブさんの配下のモンに背負われて外階段を上がり、名実ともに社長となったボクは『社長室』とプレートが貼られた自室に入った。

『社長室』には電動式リクライニングベッドが用意されていた。

そのベッドに身体を落ち着け、早速会議が始まった。

ボクと木下二人だけの会議や。

木下が用意した店長候補のリストをチェックした。

顔写真付きの経歴が綴られたリストやった。

リストにはボクが必要とする情報が書き込まれていなかった。

「こいつら全員、裏の仕事はできるんやな」

確認した。

裏の仕事とは出玉カッターを操作して客の勝ち球を少なく誤魔化し、社員が退出した後に、帳尻を合わせ、売上金を抜き取る仕事や。

『ヘブングループ』六店舗でそれをやったら、毎年、十億円単位の裏金をストックする事が可能になる。

もちろん裏の仕事はそれだけやない。

違法ロムを使った出玉の調整、甘釘設定などもでけなアカン。

それで客の心理を操り、骨の髄までしゃぶり尽す。

緩急の呼吸に長《た》けているモンやないとボクが考える店長に相応しい人物とは言えないんや。

それらをやるのは店長自身や。

従業員とかの手借りる事はでけへん。

そやから店長に任命する人間は、よほど信用でける人間で、しかも働きモンやないとアカンねん。

さらに付け加えたら、警察と付き合うセンスも求められる。

ニンジンを与える事はもちろん、実弾を打つタイミングとその額にも繊細な機転が利く事が必要や。

「どないや。裏の仕事はでけるんやなッ」

念を押した。

「命じられたらやると思いますが……」

「思いますが？　オノレ会社の経営を舐めとんか」

「具体的に教えてやらないと駄目だと考えます」

「よっしゃ分かった。こいつら明日から『ヘブン一号店』で店長見習の研修や」

指示した。

「それとボク専用のバストイレを社長室に用意してくれ」

「それでしたらこちらに」

木下が広い社長室の一角に設けられたドアを開けた。

トイレと広めのユニットバスが用意されていた。

「車椅子でもご利用になれますが、社長の利便性を考えてスタッフもご用意しました」

「スタッフ？」

「ええ、介護職の経験のある女性です。ご紹介させて頂いてよろしいでしょうか」

頷いた。

木下が部屋を出てひとりの女を伴った。

歳の頃なら三十歳半ばというところやろうか。

「和田友美と申します」

女が挨拶した。

派手ではないけど誠実そうな女やった。

「介護の仕事はどれくらいしてたんや？」

「もう十年近くになります」

「この仕事好きか？」

「ええ、嫌いではありません」

微妙な返答をした。

好きだと断言せんかった。

「嫌いな事もあるわけか？」

確認した。

「認知の方が多かったので、ベッドに縛り付けたりもしました。惚けたフリをしてセクハラ紛いの事をされる方も結構いらっしゃいました」

「それが嫌やったんか？」

「いいえ、仕事ですから好き嫌いは申しません」

首を振って目を細めた。

柔和な笑顔やった。

「ただ先ほどマンス社長は、仕事が好きかとお訊きになられました。縛り付けたりセクハラされたりするのは好きではなかったので、嫌いではありませんとお答えしました」

合格や――

仕事に好き嫌いを言わへんという友美の言葉に信頼できるモンを覚えた。

木下が心得たとばかりに言うた。

「和田くんは、普段は隣のバックヤードに控えさせます。朝九時に出勤し、午後十時までが彼女の勤務時間です。食事休憩も隣で摂って貰います」

「一日十三時間拘束か。ちょっと無理があるんと違うか？」

「半分以上が休憩時間ですから」

微笑んで友美が言うた。

「それに介護者が代わると申し送りなどの問題があります。むしろそれに煩わされたくないと、私の方から希望しました」

「という事は、まさか……」

「はい、年中無休でお世話をさせて頂きます」

「木下」

「はい」

「報酬額の決定はオマエに任せる。十分過ぎるほどの報酬を支払ってくれ」

友美が低頭した。

「ありがとうございます。衷心から介護させて頂きます」

「いつから仕事に就けるんや」

「もしなんでしたら、今からでも」

躊躇いも無う答えた友美に木下が言うた。

「だったらバックヤードの持ち場で待機して貰えるかな」

「木下店長、畏まりました。マンス社長もよろしくお願い申し上げます」

二人に頭を下げて、和田友美の採用が正式に決定した。

和田友美が社長室を出た。

「ようできた女やないか。どこで手当てしたんや？」

木下に訊いた。

「井尻さんから紹介して頂きました」

「なんやとッ」

たちまち不愉快になった。

和田友美に好印象を抱いていただけにノブさんの名が出た事に許せんモンを覚えた。

「黒里団地に繋がるモンか」

もしそうなら採用を白紙に戻すつもりで言うた。

「いえ、違います。言葉が標準語であった事からもお判りでしょうが、私が井尻さんから紹介されたのは、介護士を世話してくれるNPO法人です。私が何人か面接し、この人ならという人を選ばせて頂きました」

「嘘偽りはないんやな。ノブさんとは一切関係無いんやな」

未だ蟠りを拭い切れずに問い詰めた。

「ございません」

あっさりと答えた木下が「こちらに」と、電動式リクライニングベッドの枕もとを指し示した。

蟠りを置き去りにしたまま説明を始めた。

「コールボタンがあります。これを押せば控室に居る和田くんがすぐに参ります。それ以外には社長室への立ち入りを厳禁すると申し渡しております」

「そうか」

ボタンを押してみた。

十秒と掛からんで社長室に和田が姿を現した。

「御用でしょうか？」

お辞儀した和田が微笑んだ。

こっちの頬まで緩んでしまうような微笑やった。

こんなええ子が、ノブさんなんかと関係があるはずがないわな――

関係を疑う気持ちに蓋をした。

「カンニンやで、コールボタンのテストをしただけなんや」

「畏まりました。御用がございましたら、ご遠慮なくお呼びください」

ほっこりするような印象を残して和田が消えた。

「夕方から店長候補者の面接をして頂きます」

木下が和田の余韻を消した。

「おい、おい。ボクは退院したばっかりの人間なんやで。ちょっと人使いが荒うないか？」

苦笑した。

「それでは明日にしましょうか？」

「冗談や。今日やれる事を明日にしたらアカン。夕方や言わんと直ぐに集めろや」

「畏まりました」

木下が言うて六人の店長候補が『ヘブン一号店』に呼ばれた。

昼過ぎから始めてひとりずつ面接し、すべての面接が終わった時は夜になった。

その時点で採否の決定はしなかった。

仮採用だと伝え、本採用は研修終了時に判断すると申し渡した。

面接が終わって木下と雑談しとったら社長室のドアがノックされた。

木下が対応した。

ノックしたんは和田友美やった。

壁の時計は午後十時半を廻っている。

「こんな時間まで待ってたんか？」

「ええ、お呼びがなかったものですから」

「これからは定時で勝手に帰ってええで。いちいちボクに断る必要は無いからな」

「それでは明日もよろしくお願い申し上げます」

和田友美が社長室を出てから木下に言うた。

「なかなかええ子やないか」

「お気に召しましたら何よりです」

「あの女、誰かに似とるんやけど思い出されへんねん」

「芸能人でしょうか？」

「いや違う。素人や」

「でしたらキャバクラのどこかでお会いになったのではないでしょうか？」

「そんな場所や無いねんな。だいたいあの年齢のネエチャンがキャバクラには……」

思い出した。

照子さん――

和田友美は『豪屋敷』の女将の照子さんに雰囲気がそっくりやってん。

「木下」

「ハイ、なんでしょ」

「前に聞いた『恨』やけどな、ボクは未だ『恨』の気持ちを持っとるように思えるか」

「ええ、当然でしょう。私もまさかこんなに早く社長がその地位を得るとは思ってもおりませんでした。それこそが『恨』の証だと考えます」

「そやけどな、木下、昔ある人に言われたんや。『恨』の気持ちだけに縛られてたらアカン。それだけではなんも解決せぇへんとな」

「その方も在日だったんですか?」

「ああ、在日一世や」

「負け犬根性でしょう」

あっさりと言いよった。

「差別されて、不遇の身に陥って、そんな自分を慰めるために、その方は『恨』の感情を否定したのではないでしょうか」

それを言うたんがボクのお母ちゃんやと木下は知れへん。

「オマエにも『恨』の感情はあるんか?」

「もちろんあります。それが私の原動力でもあります。『恨』の気持ちを忘れず、いつかは世間を見返してやる。私は常にそう考えています。社長の右腕として尽くしているのも、その目的のためです」

世間を見返してやる——

それは井尻が言うとった金を稼ぐ目的と同じじゃ。

差別されたモンは、皆同じ感情を持つんやろうか?

考えさせられた。

いや、違う——

井尻は見返すんやのうて見下すと言うとった——

お母ちゃんもそうやったとは思いとうはない。

優しい顔やった。

お母ちゃんの顔が浮かんだ。

それが薄れて『豪屋敷』の照子さんの顔になった。

ほんでそれも薄れた。

さっき会うたばっかりの和田友美の顔がくっきりと浮かんだ。


退院の翌日からボクは社長として忙しく働いた。

最初に手掛けたのは給与制度の見直しや。

とは言うても、社員の給与を見直したわけや無い。

アボジとその嫁さんの金ジウの役員報酬の全額カットを決めたんや。

二人を兵糧攻めにしたる——

アボジは月額で五百万円、金ジウは三百万円の高給取りや。

本人たちには告げず、無断で報酬の全額カットを決めて支払日を気長に待った。

支払い日の翌日アボジから電話があった。

「その後、連中の動きはどうや」

報酬の事ではなくて別の話題から始めた。

「大人しいモンですわ。ボクはこの身体で出歩く事も儘《まま》ならんし、嫌がらせのしようがないんでしょ。そっちはどうですの？」

「ああ、お蔭さんでオレにもちょっかい出さんようになったわ」

「そら何よりでしたな」

「ところで話は変わるけど……」

アボジが本題を切り出した。

「なんかの手違いやろうとは思うねんけど、今月の給料が振り込まれてないねんけど……」

「そらそうですやん。アンタは会社を離れた人や。働いてもない人に給料払う会社がどこの世界にありますの」

「そやけど……」

「安心しなはれ。一年後には社長に返り咲くんやで。たった一年くらい生活する貯金が、まさかないとは言わんですわな」

「それが……」

「ほな、一年後に」

「ちょ、ちょっと待ってくれ」

必死の声で引き留められた。

「貯金がないんや」

悲壮な声で言うた。

「はぁ？」

呆れ声を上げてからまくし立てた。

「貯金がないやと？　寝言は寝て言えやッ」

「いや、ほんまにないんや」

「そんなん納得でけるか、ボケェ。オノレら夫婦に会社は毎年九千六百万円、一億近い金を払うてたんやど。そんなオノレに貯金がないちゅうんはどういう事やねん」

問い詰めたけど、その原因が浪費家のジゥにある事は確認するまでもない。

もともとそれに目を付けた兵糧攻めでもあったんや。

「ジウが……」

案の定、ボソボソと嫁はんの浪費癖について愚痴り始めた。

無言のまま愚痴に耳を傾けた。

選ばれた血筋であると根拠のない事を自認し、あまつさえ、親が日本に帰化した事で自身も日本国籍になってしもうた母ちゃんを下賤の者と蔑み、その子供であるボクにまで、小学校二年生から愚弄の限りを尽くした男の泣き言を聞くのは喩えようもないくらい心地ええモンやった。

「そやから金が必要なんや。来月中頃にはジウのカード決済もせなあかん。それができなんだら、どれだけ罵倒されるか……」

「どうやら未だ連絡は来てないみたいやな」

「連絡？　なんの連絡なんや」

「ジウとかいう女の給料も今月から止めとる」

「えっ、そんな……」

電話の向こうで絶句した。

「ほな、後の事は二人で話し合うてくれや」

愉快気に言うて電話を切った。

その後、何度も電話があったけど無視した。

なにがアボジや――

誰が我が息子じゃ――

胸の奥で毒づいた。

そして迎えた月末、さぞかしヨンスク夫婦はたいへんな揉め事になっているんやろうと、胸を躍らせながら電話をかけた。

「マンス……」

声が弱々しい。

「アンタが心配してた月末やけど、カードの支払いはあんじょうでけたんかいな？」

「無理や。でけるはずがないやんけ」

「そら困った事やな」

一拍置いて思案するフリをした。

「五十億円ほどあったら一年間凌げるか？」

「………」

息を吞む気配がした。

それはそうやろ。

五十億いうたら、アボジ夫婦の五十年分の収入を超える額なんや。

「それをくれると言うのか」

半信半疑に問い返してきた。

「ああ、それくらいなら用意ができん事もないで」

「マンス……」

相手は既に涙声や。

「助かる。ホンマに助かる。昼夜関係なしに嫁はんから罵声を浴びせられてヘトヘトなんや。罵声と言うても、相手は韓国語、何を言うとんのか、ほとんど分からへんし、言い訳しようにも、オレも向こうの言葉がほとんど喋られへんし……。どっちゃにしてもほんまに助かる」

よほど辛い日々やったんやろ、電話の向こうで泣き崩れとる。

血筋がええ、それだけの理由で、言葉も通じん相手を娶ったんが間違いなんや――

「明日にでもアパートに届けさせるわ」

「明日、明日なんやな。届けてくれるんやな。おおきに、ほんまにおおきにやで」

電話の向こうで頭を下げて感謝している様子が目に浮かんだ。

どうやらこの男、現金が届けられると勘違いしているようやな――

五十億円もの現金を届けられるわけがないやろ――

物理的に無理やというのが分からへんのか――

呆れるしかあらへんかった。

「届けるのは現金とちゃうで」

「小切手か。それでもええ。五十億円もらえたらワイらは安泰や」

「違うがな。届けるんは書類一式や」

「書類？」

「アンタの株をワイに譲り渡す手続きの書類や。ウチの弁護士が持って行くさけェ、それにサインしてくれたら、五十億円銀行に振り込んだるがな」

弁護士はボクが雇うとる在日の若手弁護士や。

韓国語も喋れるんでジウとの交渉にも役に立つやろ。

「急いでるそうやから、明日の午前中に行かせる。ワイのところに書類が戻ってきたら、午後には振り込み手続きするわ。同行同店で手続きする。その日の内には入金されるやろ」

一気に言い切ってダメ押しをした。

「それでええな。アカンのやったらこの話は無しや」

「わ、分かった。明日の午前中やな。そんで入金も明日中やな」

「ほなそういう事で」

通話を終えて弁護士に連絡を入れた。

書類の用意は既にしてある。

善良な弁護士に会社の乗っ取りだとは伝えてへん。

経営に行き詰まった同胞を助けるためだと説明してある。

この後で韓国に飛んでジウの株式も手に入れるが、その事に関しても、困っている同胞を見捨てられずに行うモンやと説明をしてある。

もちろん五十億を振り込む気などまったくあらへん。

書類さえ整うたらその後の事なんぞ知ったこっちゃない。

警戒すべきなんはジウの方やろ。

ジウには書類だけを書かせ、金を振り込めへんでは済まんやろ。

高貴の血筋とやらにどれほどの力があるか測りようもないけど、あれこれと捩じ込まれたら面倒や。

しかもジウは、アボジほど弱ってへんやろうという事も考慮した方がええ。

考えた末に、ジウには四千万円を渡す事にした。

アボジとジウの月々の報酬の五ヶ月分の金額を、正式な株取引の代金としてジウに支払うんや。

アボジと同じようにジウの没落も望むけど、アボジが斃《たお》れたら、ジウもその巻き添えを喰らって斃れるに違いないねん。

アボジを訪問した弁護士が昼過ぎに『ヘブン一号店』を訪れた。

別の日本人弁護士が書類を確認し、株式の移動が滞り無う行われる事を認めた。

今頃アボジは、後生大事に抱えた自分の預金通帳を持って銀行を訪れているやろ。

時計は午後一時を指しとる。

二時間後の銀行窓口が閉店する午後三時には、絶望の淵を覗くアボジの慌てぶりを想像し、ボクはひとりで高笑いした。

まだ復讐は終わっていないで――

自戒した。

それでも哄笑が止まらんかった。

「カーテンを開けてんか」

コールボタンに応じた和田友美に指示した。

「外は寒いですよ」

「構へん。新鮮な空気吸いたいんや」

「後で直ぐに閉めに来ますからね」

言うてカーテンを開いた。

すっかり冬の空やった。

季節が変わっていた。

秋の空よりも青味の深い冬の空や。

冷たい空気やった。

肺一杯に吸い込んだ。

「ガハハハハハハハハハハハハハハハハハハハハハハハハハハ」

嗤った。

吐き出す息で思い切り嗤った。


アボジを追い詰める傍らで『ヘブングループ』の改革にも乗り出した。

先ずはエリアマネージャー全員を馘首した。

『ヘブングループ』の業績悪化の責任を取らせたんや。

実際のところ、業績は極端には悪化してへん。

あえて言うたら、郊外店である『ヘブン一号店』の立地の不利を解消するため、駅前を中心とする姫路市内と『ヘブン一号店』のアクセス用に導入した無料送迎に加え、サービスまで付加したワゴン車に客を取られた分、業績が悪化している店はあった。

無料送迎ワゴン車は、姫路中心地のパチンコ店を巡回するんやけど、そのパチンコ店には『ヘブングループ』の店も含まれていたんや。

エリアマネージャー全員を馘首して、店長の意識改革という名目で、新しい運営案を発表した。

徹底した能力主義が最初に打ち出した運営案やった。

利益目標を設定し、到達した店長には破格の賞与を与えた。

それまで賞与は年に二回、夏冬に支払われたけど、その慣例によらず、月ごとに支給される事にした。

その結果、ほとんどの店長の収入が劇的に向上した。

一時はエリアマネージャーの馘首に、会社に対する不信感を募らせていた店長連中も、手の平を返したように新社長就任を歓迎し、新しい制度に悦び勇んだ。

阿呆な連中やで――

店長らが喜んでボクを認めとるタイミングで、店長以外の社員全員と雇用契約を結び直した。

一人ひとりを個人事業主として契約した。

すべての社員を時間給とする一方で、時給単価を引き上げた。

姫路の最低賃金は六百七十一円やったけど『ヘブングループ』社員の平均時給は九百八十円やった。それを一気に千三百円までに値上げした。

その発表を受けて、社員もボクの社長就任を肯定的に受け止めた。

これらの改革に合わせ、各店舗のバックヤードに『目安箱』を設置した。

ジュラルミン製の強固な箱で施錠もできる。

開錠できるんは専務の木下だけや。

改革当初『目安箱』に投入された投書の多くは、ボクに対する感謝を綴ったモンやった。

その制度を導入した二ヶ月後、ボクは木下を通じて、店長らに今までにないほどの利益目標を与えた。

ボクが計算の根拠としたんは『ヘブン一号店』の実績やった。

それをそのまま目標とするんや無うて、パチンコ台、スロット台の数で修正した数値を目標額とした。

釘や設定に不正を仕掛け、サクラまで導入し、禁じられている高額景品によるイベント、店内での酒類提供など、まともではない営業をしてる『ヘブン一号店』の実績を基準にされたのでは堪ったモンやないやろ。

それに基づく利益目標が発表された日、店長全員が、臨時店長会議という名目で『ヘブン一号店』のバックヤードに集められた。

社長室のベッドで横になって会議の内容を防犯カメラで見た。

発表された目標値に店長らがざわついた。

「あくまで利益目標だからな」

木下が店長らに訓示した。

「利益は収入と支出の差額だ」

当然の事を言うた。

「収入が思うようにならないのであれば、支出を抑えれば良い」

木下の言葉に店長らは頷いた。

「支出、すなわち経費だが、経費には二つの要素がある」

講釈が続いた。

「固定費と変動費だ」

この辺りまで話が進むとメモを取り出す店長までいた。

「この変動費に注目する事が肝要だ」

そこまで言ってから木下は店長らに問い掛けた。

「変動費の内で主力を占めるものはなんだ?」

ほとんどの店長が首を捻った。

そんな事を考えた事も無い連中なんやろ。

「電気代でしょうか?」

中には真っ当に答える店長もいた。

パチンコ店にとって電気代は大きな負担や。

「違うな」

木下が首を横に振った。

「電気代はなくてはならないもの、節約できないものだから固定費だ」

節約できないものを固定費、できるものを変動費と強引に定義付けた。

厳密に言うたら、売上高と比例的に発生するのが変動費で、それとは関係なく固定的に発生するのが固定費なんやけど、そんな事は無視して話を進める木下やった。

「節約できるものはなんだッ」

再度問うた。

答える声はなかった。

「社長はこの度の改革で、社員全員を、正社員、アルバイト社員の区別なく、個人事業主として再契約した。それに伴って、平均時給も千三百円という高額に設定された」

要は店長を除く社員全員が、時間給で働く非正規雇用社員になったんや。

「もしかして人件費ですか?」

勘のええ店長が木下の話の先に気付いた。

「よく気付いたな」

木下が満足そうに頷いた。

「元来人件費は変動費ではない。社員の給与は固定費なのだ。しかし『ヘブングループ』は、先見の明がおありになる朴マンス社長のお蔭で、厄介な正社員がすべて非正規雇用になっている」

「なるほど」

「そうか時給制やもんな」

「無駄な時間に給料払う事はないんや」

店長会議の会場となった『ヘブン一号店』のバックヤードが、互いに交わす店長らの会話でどよめいた。

どこまで阿呆な連中なんや――

本心から呆れた。

「具体的にどうしろとは言わん。それぞれ店舗によって事情もあるだろうから、人件費の削減に関しては店長の裁量に任せる。それぞれの店長が自己責任で考えてみろ。オレからは以上だ」

木下が告げて会議が終わった。

その日から店長らは出勤シフトの検討に着手した。

最初にシフトを削られたのは元々非正規雇用やったアルバイト社員や。

改革前は、正規雇用社員七割、非正規雇用社員三割というんが『ヘブングループ』の大まかな社員内訳やった。

それだけに、元アルバイト社員のシフトを調整したところで大きなコスト削減には繋がらへん。

店長らは元正社員のシフトも調整するようになった。

調整というのは当然削減を意味する。

それだけ元社員の手取りが減る事になる。

「シフトだけではありません」

木下が報告しよった。

『ヘブングループ』のデーターは売り上げデーターだけや無うて、人事データーも『ヘブン一号店』で管理できるようになっとる。

「場当たり的な調整も行われるようになっているようです」

「どんな風にや?」

「例えば急な天候悪化で客足が伸びない時などです」

天候データーももちろん把握しとる。

「あ、キミとキミとキミ、今日は上がっていいよ」

などと店員に指示が下されてるみたいや。

早めに上がってええだけやったら、それを喜ぶ社員も多いやろうけど、それはそのまま給料の減少に繫がる。

当然のように社員は反発する。

店長に対する不満が蓄積される。

店長自身もけっして楽をしてるわけやない。

シフトを減らした分、自分で穴埋めをしてるんやろ。

店長は管理職やから残業代は付かへん。

タイムカードはあるけど、それは形式的なものだ。

いつしか店長らの勤務時間が日に十五時間にも及ぶ事が当たり前になった。

午前十時の開店から午後十時の閉店まで、その上開店準備も閉店後の後始末も、さらに集計業務などもある。一日の労働時間が十五時間に及ぶんも当然や。

加えて休日をとる事もでけへん。

ボクもそんな暮らしをしとったな――

夜学生やった頃の事を思い出したら痛痒の欠片も感じへん。

そんな店長らの必死の仕事ぶりは、逆に社員らの反感を買う事になった。

オレたちの給料を減額して自分だけ稼いで――

そんな反感や。

狙い通り、店長と社員の分断は日に日に深まった。

それに並行して、『目安箱』に溜まる投書には、店長に対する不平不満、終には怨嗟で満ち溢れるようになった。

一ヶ月が経過した。

利益目標を達成した店舗はなかった。

専務の木下が『ヘブン一号店』のバックヤードに再び臨時店長会議と称して店長らを招集した。

ボクもそれに参加した。

長時間労働と目標未達に顔色の優れない店長にいきなり木下が突き付けた。

「残念に思うが、全員、本日を限りに馘首を申し渡す」

何人かの店長が呆気にとられたマヌケ面をした。

「木下よ、馘首やなんて難しい言葉を使うても分からん奴もおるやろう。はっきりクビやと言うてやれや」

車椅子に座ったまま言うてやった。

いきなりの解雇通告に店長らに動揺が走った。

「どうしてですか？　私たちは専務の言われた通り……」

木下がクリップで閉じた紙の束を会議テーブルに投げた。

「これは『目安箱』に投書された社員らの訴えの写しだ。もし解雇に不満があるんだったら、労働基準監督署でもどこでも訴え出ればいいだろう。会社側はこれら投書を解雇理由として対抗する。ただしだ、このまま辞めるのであれば会社にも温情はある。自己都合退職扱いにしてやる。もし会社と闘うと言うのであれば懲戒解雇にする。そうなれば再就職に障りが出る。失業保険の給付対象からも外される。それでもいいのであれば、いくらでも訴え出ればいい」

実際に店長五人が、揃って解雇になったと訴え出れば、労働基準監督署の対応も木下の言う通りになるかどうかは疑わしい。そやけどそんな根性のある奴らやない。

木下がすっかり萎縮しとる店長のひとりを指差した。

「おい、オマエ。なんかさっき、訳の分からない事を口走ったな」

「え、ワ、ワタシがですか……」

「そうだ。オマエだ。オレの言う通りとか言ったな。その先が聞こえなかったが、何を言いたかったんだ」

「いえ、専務が固定費と変動費のお話をされて……」

「それで？」

「人件費を抑えるのが経費を抑える方法だと……」

「オレは、それがひとつの方策だと言ったかも知れん。しかしオレは、店長各人の自己責任でやれとも言ったはずだ。忘れたのか？」

黙り込んだ。

別の店長がおずおずと手を挙げた。

「退職金は……」

「はぁ？」

「退職一時金みたいなものは支払われるのでしょうか？」

「そんな制度、ウチの会社にあったかな？」

小馬鹿にする口調で訊き返した。

「そんな事より今月五日の給料を心配した方がいいぞ」

愉快そうな口調に、俯いていた店長らが一斉に顔を上げた。

「普通には出るんですよね？」

恐る恐る声を震わせて店長が質問した。

利益目標は達成しなかったが極端に悪い成績でも無かった。

微かな期待を滲ませる声やった。

「甘えた事を」

木下が鼻を鳴らした。

「目標評価は是々非々だ。黒は黒、白は白だ。オマエらは新制度発足から二ヶ月間、その恩恵を十分に味わったはずだ。自分の都合で、その基準が変わるとでも考えているのか」

その一言で全員が押し黙ってしまった。

何を言ってもムダやと諦めたようや。

「有休とか代休は……」

諦めの悪い店長が質問した。

店長らは有休などほとんど消化した事がない。

この一ヶ月間、休みを返上して人件費削減の穴埋めをしてきたんや。

有休消化と代休が認められたら、その日数分の給料は支払われる。

「有休は買い上げよう」

木下が即答し、安堵の空気が流れた。

「しかし代休はそれを証明するものがない」

「タイムカードのデーターはこちらで一括管理されているはずですが……」

「そのデーターは月次で更新している」

「それおかしいですやん」

「いいか、本社が管理するデーターは莫大な量なんだ。オマエらの出退管理データーごときを保存していたら、たちまち容量が足りなくなるんだ」

「タイムカードの現物が店舗のバックヤードにありますが」

「だったらそれを元に代休申請書を書けばいいじゃないか」

「書いたら代休分の手当ても支払われるんですね」

「支払ってやるよ。ただし一年分のタイムカードのデーターを精査した資料を作るんだぞ」

言って木下が腕時計を確認した。

「現在時刻が午後三時だ。オマエたちは本日付で解雇になるんだから、明日からは関係者でなくなる。パチンコをするのは制限しないが、関係者以外立入禁止のバックヤードに入れるのは本日限りだ。グダグダ言っているヒマがあるんだった、直ぐに店に戻って一年分のタイムカードを精査すればいいじゃないか」

全員が項垂れた。

それ以上の遣り取りはなく店長会議は幕を閉じ、五名の店長の馘首が確定した。

＊

独裁者を想わせる粛清ぶりやった。

主だった管理職は全員馘首にされた。

「大丈夫かいな？　大量リストラして会社の勢いが削がれる事はないんか」

木下に訊いた。

「普通の会社だったらそれもあり得るかも知れませんが、パチンコ業界ですし、替わりになる店長は私が手当てしていますから。そもそも社長が求める人材が違います。社長は無批判にご自分の方針に従う人材を求めておられるのです」

「それはそれで危ういとも思えるんやが」

「確かにそれだけでは危ういでしょう。社長の方針に間違いがあったら、会社がおかしくなってしまいますからね」

おかしくはならないという口調やった。

「でも、それを制御する仕組みがありますから」

「どんな仕組みやねん？」

「井尻社長と私ですよ」

「暴走を始めたマンちゃんがワイやオマエの言う事を聞くと思うか？」

「聞かないでしょうね」

「ほな、制御にはならへんやんか」

「納得させるのが無理なら他にも方法はあります」

「どんな方法やねん？」

「それは井尻社長がご存じのはずですが」

確かに。

最悪の場合は強硬な手段に訴えなアカンと考えとるワイやった。

いずれはそうするつもりやけど、できればなるべく先にしたかった。

躊躇う気持ちは無かった。

準備だけはしとくかと考えた。

18

ドアがノックされた。

「入れや」

介護服姿の和田が『社長室』に入って来た。

空色の介護服の下はスクール水着や。

「お疲れ様です」

ソファーから立ち上がった木下が頭を下げた。

お互いに雇われの身で、木下は右腕とも言える立場なんやけど、和田の立ち位置には特別なモンがある。

「ご苦労様です」

和田も頭を下げた。

「ちょっと待ってくれるか」

和田に言うた。

「木下と話したい事があるねん」

「それでは私は」

「いや、席を外さんでも構へん。そこに居ってくれや」

頷いて椅子に腰を下ろした。

「お話とは？」

「還元率について意見を聞きたいと思うてな」

意見を聞きたいという事は、既に頭の中では結論が出ているいう事や。

「出玉率ではなく還元率ですね」

場繋ぎで木下が確認した。

「そや、出玉率なんぞどうでもええ。大事なんは還元率やろ」

この話を和田に聞かせたかったんは、『ヘブングループ』の重要案件は木下や無うて、社長のボクが決めてるんやと知らせるためやった。どっちゃにしても和田にはチンプンカンプンの話やろうけどな。

パチンコに興じるパチンカスたちは「出玉率」を重視する。

ホール側が重視するのは「還元率」や。

千発の、あるいは千枚のパチンコ玉やコインを投入し、それが何個、何枚になって手元に戻ったか、それが「出玉率」で、「還元率」とは売り上げに対して客に還元される金額の割合を意味する。

「ウチのグループの還元率を九割にしようと思うとる」

ボクの提案に木下は顔色ひとつ変えず無言で頷いた。

九割の還元率とはかなり思い切った数字や。

ちょっとは驚かんかいな——

「友美ちゃん、還元率言うんはな」

しゃぁないから和田に解説した。

「売上金に対して客に還元する金額の率なんや。例えば公営ギャンブルの還元率は七割五分、これが宝くじともなると五割になるねん。ただし宝くじの場合は、当たりくじを換金せんかった客の取り分は胴元が得るんで、実質的な還元率はそれ以下になるやろ。パチンコ屋が荒稼ぎしとると考えとったんとちゃうか？」

投げ掛けた。

「ええ、まぁ。私はパチンコをしないのであまり分かりませんが……」

「世間の奴らはそう考えとる。『ヘブングループ』以外のパチンコ店も、還元率を八割近くに設定しとるに違いない。しかしさすがに九割というホールは無いんと違うかな」

「ずいぶん良心的なんですね」

感心しよった。

「もちろんその設定では儲けがアカンようになる」

そこでや、と今度は木下に言うた。

「先ずはサクラを仕込む」

「しゃ、社長ッ」

無表情男の木下が目を丸うして和田に視線を送った。

「特定の人間にズルをして勝たせるんですわ」

木下を無視して和田にサクラの意味を伝えた。

木下の目が怒っとる。

グループ内のホールでサクラを仕込んだんはかつての『ヘブン一号店』のキャバ嬢らだけや。

全店に同じ事をするのには無理がある。

「また井尻さんに依頼するんですか」

不満げに木下が言うた。

「いや、ノブさんのとこは金が掛かり過ぎるわ」

「それではどうやって?」

「一般から募集するんや」

募集方法を木下に説明した。

「名目は『調査員募集』でええやろう。ウチが募集するわけやない。ウチと競合する他社が募集している体で広告を打つんや。具体的な業務の説明は面接の時にしたらええ」

台番号を指定して遊戯させる。

「当たり前やけど、その台には裏ロムとかを仕込んで、劇的なアタリ台にしとく」

指定する台番号を、競合他社が知っているのは不自然やないかという疑問を木下は口にせえへん。

それはそうやろう。

他店の人間にアタリ台が分かるはずないモンな。

察しのええ奴やったら、自分らが『ヘブングループ』に雇われたサクラやと分かるはずや。

「調査員には一日八時間遊戯して、日当一万円を支払うたる。そやけど勝ち分は三日以内にこっちが指定する銀行に振り込んで貰う」

いくら勝ったかは台ごとを管理しているホールコンピューターで把握可能や。

「もし三日以内に振り込まへんかったら調査員の職を解雇するんや。それだけで十分やろ」

最初の何回かは、夜に木下が調査員らに電話して「今日は〇〇円勝ちましたね。三日以内に振り込んで下さいよ」と、伝えたらええ。

それだけで、相手は自分の勝ち分が円単位で把握されとるのに気が付くやろ。

「もちろんそこまでやったら、調査員も、自分が雇われとんは競合他社や無うて、『ヘブングループ』やと気付くやろ。気付かれてもかまへん。今どきパチンコ打つだけで、パチスロで遊ぶだけで、日当一万円が転がり込んでくる職なんぞ、そうそうあるモンやないやろうからな。気付かれても、いえ、ウチは競合他社です、と惚《とぼ》け通したらええねん」

他にも懸念はある。

あのホールは調査員と称してサクラを仕込んでいるという噂が流布されるリスクや。

まさか前回のキャバ嬢のように、見せしめに殺すというわけにもいかへんやろ。

その点を木下が指摘した。

もちろんキャバ嬢を殺した事は和田の手前口にはしよらん。

「噂はあくまで噂や。気にせんでええ。むしろええ宣伝になるかも知れへん」

あのホールには、何台か大当たりを仕組まれた台がある。

そうであれば、大当たりが出た台を狙って遊戯すれば絶対儲かる。

そういう心理がパチンカスに働くやろ。

その思いに釣られてホールに足を運ぶけど、大当たりしているのが調査員であれ、一般客であれ、その台が空くのを、指を咥えて待っていられるようなモンはおらへん。

必ず他の台で時間潰しをしながら持ち金を吐き出すに違いない。

それがパチンカスという連中なんや。

「他にもあんねん」

話題を変えた。

「出玉カッターな、あれ外そうと思うねん」

ジェットカウンターで出玉を少なく誤魔化しとるカッターは、店長を全員入れ替えた今も『ヘブン一号店』にしか組み込んでない。

「もっとええもんがあってな」

前日に『社長室』を訪れたホールコンピューター業者の営業から持ち掛けられた。

ホルコンの統計を操作できるプログラムがあると言われたんや。

「売り上げを押さえて利益を過少化でけるらしいわ」

もちろんその提案にはすぐに乗った。

少なくした利益は裏金としてストックできる。

出玉カッターにもその効果はある。

客への払い出しを少なくした分が裏金になる。

「出玉カッターやと、誤魔化した分を後でジェットカウンターに流さなアカン。その手間があるから、今までは『ヘブン一号店』にしか付けてなかったんや」

他の店舗の店長らを信用してないというんやない。

全員が『ヘブン一号店』での研修を終えた連中や。

その段取りは熟知しとる。

それでも毎日となると、中には手を抜くモンもいるかも知れへん。

そう考えて『ヘブン一号店』以外には導入してこんかったんや。

その手間が省け、『ヘブングループ』全店から裏金を作れるとなれば効果はでかい。

「ホルコンメーカーの営業に言われたんや。違法プログラムの設定は社長自らした方がええとな。

店長や役職者に任せたら、不正を働くかも知れへん、そう言われたわ。木下、オマエにそれを任せるつもりや」

「はい」

言葉短く応えた。

向けられた視線は、任されて当然やと言うとる。

この男になら任せられる――

そう信じとる。

それは木下の元の名が朴だという事と無関係やない。

さらに言うたら、それを認めとうはないボクやけど、両脚切断という身になって、信頼でける右腕が必要やという弱気な気持ちも働いていた。

もうひとつ、ボクの気持ちを変えているモンがあった。

和田友美の存在や。

友美の笑顔を思い浮かべたら、裏の仕事で自分の手を汚しとうないという気持ちになる。

新しい屋敷を建てるんで、訪問介護や無うて住み込み介護をしてくれへんか友美に提案した。

その提案に友美は返事を保留しとる。

そんな友美の心を動かすもの、それは――

卓上電話の呼び出し音が軽やかに鳴った。

液晶ディスプレイに『ノブさん』と表示された。

手をヒラヒラさして木下に退出を命じた。

木下が腰を浮かし、そのまま一礼して社長室を後にした。

友美も立とうとしたがそのまま残るように目で合図した。

受話器を取った。

「マンちゃん、ウチの母ちゃんから聞いたけど、折り入ってワイに相談があるんやって？」

「そうですねん、ノブさん」

「また死体処理か？」

愉快そうに言う言葉に顔を顰めた。

これやからノブさんを友美に合わせる事はできんのや――

裏の裏まで知り尽くしとるこの男だけは、友美に合わせるわけにはいかん。

「ちゃいますねん。お願いしたいんはカネの話です」

「カネ？　そんなん腐るほど持っとるやろ」

「そうですねん。それが悩みの種なんです」

「おもろい事言うやんけ。どんな悩みか聞かしてくれるか」

六店舗のホルコン操作で、これから裏金は貯まりに貯まるやろ。

「裏金を処理したいんですわ」

「なるほどな」

そのあたりの事はノブさんも心得てるはずや。

裏金を現金で持つのは嵩張る。

かというて、銀行に預けられる性質の金でもない。

恐れるべきは税務署や。

警察のように鼻薬も袖の下も、実弾も効かへん相手なんやから、恐れて当然や。

ノブさんかて税務署の目を逃れるために、なんらかの方策を講じているはずや。地方税務署ならなんとかなるやろうけど、国税だけはどうしようもないと以前ボヤいとった。

「キンやな」

「キン？」

「金の延べ棒や」

「ああ、金ですか」

理解したが疑問が湧いた。

「金かてそれなりに嵩張りますやん。隠し金庫にでも仕舞いますのか？」

それでは税務調査が入った折に露見する可能性があるやないか。

アイツらは猟犬のように獲物の足跡を辿るんや。

「山に隠すんや」

意外な言葉が返ってきた。

「山に？」

「せや山や。六甲山系の山ん中には、人跡未踏の場所が仰山あんねん」

眉唾のようにも聞こえるけど、産業廃棄物の不法投棄を専門とするノブさんの言葉やから、信用しても構へんかという気持ちも湧いた。

念のために確認した。

「ノブさんも山に隠してますのんか？」

「そやで、あれほど確かな隠し場所はないわ」

「穴を掘ったりして……でっか？」

イメージするのが難しい。

「違うがな」

呆れた声が返ってきた。

「頑丈な小屋を造るねん。床に金塊敷き詰めるんや」

イメージできた。

暗い小屋の一面に敷き詰められた金の延べ棒――

これやッ――

思わず膝を打った。

友美の心を動かすもの、それは――

井尻からの電話で中断された考えが戻った。

金の延べ棒の床を見せれば、住み込み介護を承諾してくれるかも知れへん。

札束やないねん――

金の延べ棒の床やねん――

友美も理性を失うてしまうやろ――

「今の手持ちが十億そこそこですわ。そやけど新居を建てようと思うてますねん。その全額というわけにはいきません。残った金で買うという事でよろしいですか」

ボクの申し出にノブさんが含み笑いの声で応えた。

「建築費なんぞ踏み倒したらええねん」

あれこれ難癖を付けて、結局支払わんで済むようにしたらええと言うた。

それやと以前の『ヘブン一号店』を改築したように、ノブさんを通して依頼する事はでけへんけど、むしろその方がええように思えた。友美と暮らす家にノブさんが関わるのに嫌悪を覚えた。

「それよりマンちゃん」

井尻の口調が変わった。

「税理士は雇っとるな」

「ええそれは」

自身の確定申告を含めて『ヘブングループ』の税務を任せてきた税理士事務所に一任している。

「オレがええ税理士を紹介したるわ」

その税理士は国税で高い地位にあって定年退職した税理士やと言うた。

「税金取る事には融通もなんも利かへん税務署やけど、あの世界にも上下関係はある。上のモンから言われたら、手加減もすんねん」

顧問料は少々高いが、それを支払って余りある節税効果があるらしい。

「地方税務署はともかくとして、国税なんぞに入られた日には、目も当てられんほど、根こそぎ税金取られるからな」

ボクの営む『ヘブングループ』も、ノブさんの産業廃棄物事業も、国税が目を付けるのに十分な理由があるくらい稼いどる。

「それは助かりますわ。是非紹介して下さい」

これで裏金隠しの道筋は付いたと肩の荷を下ろした気になった。

「ノブさん……」

言い掛けた言葉を中途で呑み込んだ。

アンタがその金塊を丸ごと盗む心配はおませんの？

そう確認したかったんや。

被差別者として繋がっている二人やけど、そこまでノブさんを信用してはいない。

同じ被差別者とはいえ、ノブさんは自分とは違う——

ノブさんは金がすべてやと思う人間や。

ボクは——

考えたけど明確な違いは分からんかった。

そやけど違うねん。

ボクはノブさんみたいに汚れた人間やない。

「どないしたんやマンちゃん？　言い掛けた言葉は最後まで言うてもらわんと気色悪いやないか」

「いやノブさん、話は変わりますけど、アボジはどないしてますの？」

前回の話では、交通誘導員をやっとるとの事やったけど、それでは生温いと伝えた。

それなりの金を支払っているんや。

もっと徹底的に追い込まなボクの気が収まらへん。

アボジを徹底的に追い込むのは罪悪感や劣等感の裏返しなんやろうか？

そんな事を考えたりもした。

ここまでアボジを追い込んどるんや——

そう考える事で、お母ちゃんに対する罪悪感が希釈され、在日朝鮮人として生きてきた劣等感が払拭されるんや。

ボクは日本人でも朝鮮人でもないねん。

そやから在日一世のアボジにも容赦せんのや。

「交通誘導員の仕事はクビになったわ。ウチのモンに誘導無視させて、接触事故起こさせて、現場監督に捩じ込んだったら、その場でクビになりよった」

「で、今はどないしてますの？」

「家賃が払えんようになったアパートも追い出されての、今では志度公園のベンチや草むらで寝泊まりするホームレスの身の上や。さすがにこれ以上追い込む必要もないやろ」

「志度公園いうたら、あのタコさん滑り台のある公園ですか？」

「せや、志度公園なら多目的トイレもあるし、ウォーターサーバーもあるさかい、雨露を凌ぐんも困らんやろ」

「飯はどないしてまんの？」

「空き缶拾いで小銭稼いだり、コンビニなんかの消費期限切れの廃棄食品を漁ったりしてるみたいや。なあ、マンちゃん、ホンマにこれ以上追い込む必要もないやろ」

文字通りの丸裸やと同情を隠さん口調で言うた。

「ノブさん？」

「ん？」

「ノブさんのとこに、高校出たてくらいの、元気がええ若い人間居りませんの？」

「居てるけど……」

「以前、横浜で事件ありましたな」

「横浜？　えらい遠いとこやんか。そら横浜も大きな町や。事件くらいはあるやろうけど、どんな事件やねん？」

「ホームレス狩りですわ」

その事件は中学生を含む不良少年グループが、遊び感覚でホームレスを襲い、終には死者まで出した事件やった。『横浜浮浪者襲撃殺人事件』としてマスコミで大々的に報じられたからノブさんも知っとるやろ。

「殺せとまでは言いません。そやけど、それが公園のベンチであろうとも、アイツが枕を高うして寝られんようにして欲しいんですわ」

「枕は持ってないやろう」

「ものの喩えですがな」

少年らにアボジの寝込みを襲わせて欲しいとノブさんに依頼した。

「そこまでやる必要があるんかのう」

乗り気やないみたいやった。

「あんなノブさん。金がすべてのアンタには分からんやろうけど」

「分からんて、何がやねん」

「在日として生きてきたモンの気持ちですわ」

「そら分らんかも知れんけど、実のオトンをそこまでやるかぁ」

「そこまでやらな気持ちが収まらんのですわ」

「そやけど……」

「イライラさせんといてください。金を払うと言うてますやん」

「そら、人を出すんやから金は払うて貰うけどな……」

「金でしょ。金さえ貰えたらそれでええんでしょうが。金や。金、金、金や」

言うてるうちにキレてしもうた。

「日本人のノブさんに分からんでええ。そやけど金がすべてなんやろ？　それやったらナンボでも払うてやるさけェ、アボジを追い込んだれやッ」

怒鳴り上げて、相手の返事も待たんと電話を切った。

「社長……」

声を聞いて慌てた。

友美が未だ社長室に居ったんを忘れとった。

金塊の話までは聞かれても良かったけど、いや、むしろ聞かせるつもりでおらしたんやけど、さすがにアボジの話を聞かれたんは拙かった。

「立ち入った事をお伺いしますが、社長の言われたアボジというのはお父様の事なんでしょうか？」

「せや。それがどないしたんや」

「住む家が無いような生活をしていらっしゃるんですか？」

「そやからそれがどないしたちゅうねん」

「そのお父様をホームレス狩りにされるんですか？」

友美がボクに抗議する口調で言った。

「身内でもないモンが口出しすなやッ。早う入浴介護の用意せんかいッ」

友美が介護服のボタンを外しながらボクを横目で窺っとる。

「もうええわッ」

居たたまれん気持ちになって怒鳴った。

「今夜の入浴介護はええから、もう退勤せぇや」

「出過ぎた事を申し上げてすみません」

友美が詫びて介護服のボタンを合わせた。

「明日からも介護を続けさせて頂けますでしょうか？」

「当たり前やんか」

「それでは失礼します」

退室する友美の姿がお母ちゃんとピッタリ重なった。

『豪屋敷』の女将どころやなかった。

アカン、そんなん考えたらアカン——

必死に自分に言い聞かせたけど、チンチンは熱り勃ったチンコになった。

そんなモン、入浴介護をする友美に見られるわけにはイカンやろ。

＊

マン公の暴走が止まらへん。

自由にさせ過ぎたか？

金を払うから言う通りせぇとワイの事を見下すような事まで口にしよった。

そら金は大事や。金より大事なモンがこの世にあるはずがない。

いずれは『ヘブングループ』を乗っ取るつもりやけど、金塊小屋を提案したんも、現実の金をキッチリ押さえるつもりやってん。自由奔放に使われて、目減りしたんでは堪らんさけぇな。

それを事もあろうか、友美が同席しとるとこで承諾しよった。

その経緯を友美から聞いてピンときたわ。

アイツが金塊小屋に同意したんは、友美の歓心を引きたかったからやねん。

ワイと通じとる友美やから良かったようなモンの、そんな秘密を他人にバラしてどないすんねん。

脇が甘いわ。

ほんでオトンを嬲れという依頼や。

躊躇したワイにアイツは切れよった。

その様子も友美から聞いた。

それこそ他人に聞かれたらアカン事やろ。

そろそろ手綱を引き締めんと――

そう感じ始めた。

19

アボジの事が気になった。

いっぺんくらい様子を見に行ってやろうかと思った。

ホームレス狩りや言うてもそれは形式的なモンで、アボジが安眠できないようにするだけなんや。

大した事はないだろう——

そう高を括っていた。

友美を同行させるわけにはいかんので、その日は午後から介護タクシーをチャーターした。

「お出かけですか？」

「ああ、ちょっと面倒な人に会わなアカンねん」

友美の質問をはぐらかし、予約しとった介護タクシーで志度公園へと向かった。

夕暮れ時の公園には子供らの声もせんと、浮浪者と思えるオッサンらがチラホラおった。

ちょっと離れた場所で待機させとる介護タクシーから車椅子で移動したボクは、薄暗がりに目を凝らした。

あれや——

五人のガキらが徒党を組んで公園内をうろついとった。

なんかを探しとる様子やったけど、連中が探しとんはアボジやろ。

距離を置いて連中に従った。

志度公園は樹木の多い公園や。

身を隠すとこには苦労せんかった。

ガキらの空気が変わった。

見付けよったな――

歩み寄る先に箱型に組み立てた段ボールがあった。

アボジはあの中で眠っとんか――

ガキのひとりが石を拾うて野球のピッチャーさながらのモーションで投げた。

「ボコン」

段ボールが凹む音が耳まで届いた。

のっそりと人影が出てきた。

「爺さん探したで」

石を投げたガキが言うた。

「三日ぶりやな。どっかのベンチで眠っとるもんやとばっかり思うとったら、段ボールハウス作っとったんか」

「そやけどせっかく作った段ボールハウスも、今夜で取り壊しや」

別のガキが言うた、
言いながら、ガキの一団は悠々と段ボールハウスに近付いて行った。

一方のアボジは、段ボールハウスの横で佇んだままや。

ガキらが段ボールハウスを踏み付け始めた。

「こんなしょうも無いモン作りくさって」

「踏み潰すだけではアカンで、ビリビリに破いたんねん。そうせんと、この爺さん、また同じモン作りよるからな」

「いっその事、段ボールごと燃やしたったらエエやん」

「それやとこの爺さん虐める駄賃が貰われへんようになるやんか」

口々に勝手な事をほざきよった。

たちまち段ボールはペシャンコにされた。

ガキらがそれを破く作業に取り掛かった。

「きょえええええ」

奇声を発したアボジが背中に隠してた杭で手近なガキの肩をどついた。

狙いを外したな――

理解したボクは、なんでか知らんけど、ときめいとった。

せや、反撃や――

それでこそアボジや――

心の中で応援しとった。

「きょえええええええ」

「きょえええええええ」

「きょええええええ」

初撃を外したアボジが、喉も張り裂けんばかりの奇声を発しながら、闇雲に杭を振り回した。

ガキらは呆然自失でアボジの攻撃から逃げ惑うばかりや。

駄賃の事が頭にあるんやろな――

蜘蛛の子を散らすように逃げたら、アボジの脚では追い付かれへんやろ。駄賃の事が頭にあるから逃げるかどうか決めかねとる。

後退《あとずさ》りするガキのひとりが草に足を取られてコケよった。

アボジが身体を投げ出すように覆い被さった。

杭の尻でガンガン頭をどつき始めた。

ガキの頭から血ィが噴き出た。

それでもアボジはガンガンを止めへん。

甦った。

東野らを殺した時の記憶が、感触が、激情が甦った。

このままでは殺してしまう――

止めに入らな――

アボジを取り巻くガキらは呆然自失の体で、一ミリも動く気配がない。

止めに入らな殺してしまう――

そない考えるんやけど身体が動かへん。

声も出されへん。

他のガキ連中みたいに固まっとったんとは違う。

応援しててん。

無言の喝采を叫んどってん。

ノブさんがアボジの事をどない言うたか知らんけど、在日と言うたに違いない。

在日をバカにしくさったガキなんど、殺したらええんや――

なんやったらアボジの代わりに死体処理の経費出したってもええで――

胸の内でそうアボジに語り掛けた。

アボジがのろのろと立ち上がった。

足元に横たわるガキに向けてタンツバを吐いた。

それが切っ掛けやったみたいに、ガキらが今度こそ、蜘蛛の子を散らすみたいに逃げよった。

アボジがガキらに踏み潰された段ボールハウスを組み立て直すのを見て、ボクは静かにその場を離れた。

介護タクシーに乗って『ヘブン一号店』へと帰った。

途中で赤色灯を派手に回し、サイレンの音をがなり立てるパトカー三台とすれ違うた。


翌朝一番にノブさんから報せが届いた。

「マンちゃん、えらいこっちゃ」

受話器を握り替えた。

ノブさんが取り乱すやなんて珍しい事やけど、ボクはその理由を知っとる。

「ウチの若いモンが殺されたんじゃ」

「それがボクとなんぞ関係がありますの?」

「あるもある。大ありありのコンコンチキや」

言い回しにクスリと笑ってしまった。

「なんせ、殺したんがマンちゃんの父ちゃんなんやからな」

そんなん聞かんでも知っとる。

目撃していたと言うのは拙いと判断した。

「アンタに言われて、父ちゃんにテンゴしてた若いモンが、梶棒で殴られて死んだんや」

「梶棒？」

「公園の花壇の杭をひっこ抜いて隠し持ってたんや」

「いったいその若いの、どんなテンゴしましてん」

「どんなて、暴力は指示してへん。枕を高うして眠れんように、おちょっくたれと指示してただけやねん」

言い訳がましゅう言うた。

「具体的な指示としては、ベンチで眠っとった父ちゃんに爆竹を放り込んだり、水鉄砲で水を掛けたり、そんな他愛もないテンゴや」

「そら、アカンでしょ」

呆れた。

「振り回したそれが、偶々《たまたま》、ウチの若いモンの頭をヒットしてな、打ち所が悪かったんやろう、脳内出血で死んでしまいよったんや。まぁ、敢えて言うたらラッキーパンチ言うやっちゃ」

ラッキーなんかどうかは別にして、他の若いモンが直ぐに警察に通報して、アボジはその場で逮捕されたというんがノブさんの説明やった。

「それでどないなりますの？」

「まぁ、前の横浜の浮浪者殺人事件のこともあるさけぇ、ウチの若いモンにもなんらかのお咎めはあるやろうけど鑑別所送りにまでにはならへんやろ」

「アボジはどないなりますの？」

「人ひとり殺しとんやから、当然起訴されるやろ」

「で？」

「有罪判決出て刑務所送りやろうな」

「ノブさん」

改まった口調で言うた。

「弁護士要りますな」

「ああ、そやけど国選になるやろな」

「ノブさんの伝手で腕のええ弁護士なんとかなりまへんの」

「そらならんではないけど、それなりの費用は掛かるで」

「かましません。それはなんとかします」

続けた。

「で、その弁護士に含み入れて欲しいんです。アボジの刑をできるだけ重とうなるようにしてくれと」

「えッ」

驚いた声が返って来た。

「軽うなるように、の間違いと違うか？」

「いや、重とうなるように、弁護の手を抜いて欲しいんですわ」

暫くノブさんが沈黙してから言うた。

「父ちゃんの歳、なんぼや」

「さぁ、六十か七十か、ボクには関係のない事ですわ」

「そやな。その歳やったら、なまじシャバに出るより、ムショで暮らす方が楽かも知れんな」

自身に納得させるように言うた。

アボジの呪縛から解放される――

アボジがこの世に居る限りなんらかの報復義務が生じる。

そやけど刑務所に収監されてしもうたら、手の届かないとこに消えてしまう。

そう考えて胸を撫で下ろした。

「でしょ。永年勤めて放免になっても、働くとこもないやろうし、ナマポで暮らすんが関の山です。それなら塀の中の方が、よっぽど暮らし易いですやんか」

「分かったわ」

渋々の体で了解した。

「ほな、そういう事で」

「ちょ、待てや」

止められた。

「はい？」

「見舞金の話があるやろ」

「見舞金？」

「殺された若いモンの親に対する見舞金や」

言うて一千万円を要求した。

その全額が、殺された若いモンの親に支払われるのかどうかも怪しいモンや。

「それは聞けん話ですね」

「なんでやねん。マンちゃんの依頼でやった事で、青年ひとりが死んどるんやで」

威圧するように言うた。

「依頼した時にそれなりの金額を払ってますやん。決して安い金額やない。危険手当も含まれとるモンやとばっかり思てましたんやけどな」

「そらマンちゃんの勝手な思い込みやろッ」

相手が怒鳴り声をあげた。

「勝手やない。それが世間の常識ちゅうもんやろがッ」

怒鳴り返した。

「なにが常識やッ。オマエにそんな事言われとうないわ」

お互いに常識とは縁遠い、そして出るとこに出て白黒をつけられへん。

そんな二人がいがみ合うても決着できる話やなかった。

言い争った結果、見舞金二百万円を支払う事で話が落ち着いた。

「オレの取り分ないやんけ」

電話を切る間際にノブさんがぼやいた。

やっぱりピンハネするつもりやったんか——


受話器を置いてコールボタンを押した。

それに応えて友美が『社長室』のドアを開けた。

「入浴ですか?」

「いや、ちょっと友美と話がしとうてな」

ベッドサイドの椅子を手で示した。

頷いた友美が椅子に浅く腰を下ろした。

「前から言うてる在宅介護の件やけど……」

「それはもう少し考えさせて頂けませんと……」

視線を落とした。

「ナンボでも考えてくれたらええんや」

そやけどなと、ベッドに置いていた紙管を差し出した。

「これを見て欲しいんや」

「これは？」

「ドラフトや」

「ドラフト？」

「言うたら完成予想図や」

友美に見せるためだけに、設計事務所に描かせた完成予想図が紙管には収められとる。

平面的な図面ではイメージし難いやろうと考えたんや。

「一緒に住んで介護をしてもらえるかの返事を直ぐには求めてへん。むしろ介護の専門家として、いろいろと友美の意見を貰いたいんや」

友美が紙管から完成予想図を抜いた。

一枚だけやない。

全体の景観図はもとより、部屋ごとの完成予想図も描かれとる。

それを一枚一枚捲りながら、友美の顔が目に見えて上気した。

終には甘い吐息さえ漏らし始めた。

確かな手応えを覚えるけど、焦るなと自身を抑えた。

「どや、なんか意見はあるか？」

「素晴らしいの一言です」

視線は完成予想図に釘付けになったままや。

高揚に紅く染まった頬が、伏せられた瞼《まぶた》のまつ毛が、零れる白い歯並びが、どれひとつをとっても完璧なモンにしか思われへん。

「その#5の完成予想図が、友美の部屋になる。#4のボクの部屋とコネクチングになってんねん」

慣れへん言葉を使うからコネクティングを言い間違えてしもうた。

友美が完成予想図を捲った。

「こんな立派なお部屋が……」

「各部屋のドアは上吊りの引き戸になっている。それやったら段差も気にせんでええ、敷居に溜まるホコリもないから掃除も楽や」

営業マンのような解説まで加えた。

「もちろん友美に、炊事洗濯掃除などの家事はさせへん。それは通いの家政婦にやらせるつもりや。友美は介護だけに専念してくれたらええ」

友美が一枚の完成予想図をかざした。

「このお部屋はなんのお部屋でしょうか？」

「それは映画部屋や」

「シアタールームやな。大型スクリーンで音響設備も最先端のモンを取り入れるわ。ワイが映画館に行き難い身体やから、映画館に負けへんモンを、二人で暮らす家に設置すんねん。好きな作品を鑑賞する事がでけるんやで」

それだけで脇に汗が噴き出た。

さり気無う「二人で暮らす」と言うた。

アボジの事は決着した。

自由になった。

自分のやりたいように生きてええんや。

それが友美と一緒に暮らす事なんや。

「お仕事の方はどうなされるんでしょうか?」

友美が『社長室』の壁面に据えられているホルコンと監視カメラの映像に視線を向けて問うた。

「通われるんですか?」

「まったく通わんというわけにもいかへんやろうが、基本的な事は木下に任せるつもりや。そのうえで、毎晩、アイツから報告を受けようと考えてる」

入院していた間、木下は『ヘブン一号店』を滞りのう廻してくれた。

退院してからも、右腕となって申し分のない働きようや。

ほぼ全面的に『ヘブングループ』を任せても大丈夫やろ。

「これがそのための部屋なんですね」

別の完成予想図をかざして友美が言うた。

応接セットが設えられた部屋や。

応接部屋は玄関を入って直ぐにある。

木下といえども、それより奥に入らせるつもりは一切ない。

「そうですか、木下専務も毎日家に来られるのですね」

「嫌なら来させへんで」

「いえいえ、とんでもないです。どうか、お仕事を大切になさって下さい」

「土地代は別で、建設費に七億円を予定してんねん」

コホンとひとつ咳払いした。

「七億円……」

友美が息を呑んだ。

以前、金塊を敷き詰めた小屋を見せればと考えたりもしたけど、それは六甲山系の山の中の、井尻の言葉を借りれば、人跡未踏の場所に建てる予定や。そんな場所に友美を連れて行って、小屋に金塊を隠していると知ったら、逆に友美はボクを疑うのに違いないやろ。

そう考え直した。

アボジの件で友美の印象を悪うしとる。

これ以上、悪うしとうなかった。

それに七億やろうが十億やろうが、どうせごね得を考えている物件なんや。

金に糸目を付ける必要もあらへんのやけど、金塊小屋を見せられへんのんやったら、同居する邸宅で、友美の歓心を買うしかないと考えた。

「完成予想図には描かれてへんけど、その家には屋根付きの駐車場を造るつもりや」

「その駐車場には、車椅子のまま乗り降りでけるリフト付きの昇降機を付ける。運転は友美に任するつもりやけど、それでええな？」

「駐車場を、ですか？」

踏み込んだ。

両脚が不自由でも運転できる車はある。

運転手を雇う財力も当然ある。

友美もその事を知らんはずはない。

「それでええな？」

断定的に言うた。

「ええ、もちろん構いません」

躊躇いの無い友美の返答に胸を撫で下ろした。

付け加えた。

「その完成予想図は友美が持っとき」

介護の専門家としての意見が欲しいとは付け加えなかった。

代わりに言うた。

「いずれは友美と同居する家なんやから、友美に持ってて貰いたいねん」

様子を窺った。

友美は丸めたドラフト図を大事そうに紙管に収めとる。

収め直した。

真っ直ぐに目を向けて口を開いた。

「こちらを見ながら脳内でイメージして、調整が必要な場所がないか考えてみます」

全身から汗が噴き出た。

心臓がビクリとした。

「お預かりします」

微妙な言い方をされた。

「友美と同居する家」と、ボクははっきり告げたんや。

そやから持ってて欲しいと言うたんや。

それはボクなりの愛の告白やった。

それやのに友美は「調整が必要な場所がないか考えてみます」と、事務的に答えよった。

我慢の限界やった。

友美が同居を容認してくれへんのやったら、この場でクビにしたる。

クビにして、金になびくオナゴと交換したる。

そこまで思い至った。

可能な限りの誠意を尽くしているんや。

遠慮もしとる。

それやのにどうして……

歯軋りしたい想いに苛まれた。

胸が掻き毟られた。

「友美」

睨み付けた。

「はい、なんでしょうか」

「ここまでしとんのに、友美は在宅介護をイヤやと言うんかッ。なんでボクの気持ちが通じへんねん！」

怒声を発してしもうた。

取り繕う余裕はなかった。

「はッ？」

怪訝な友美が顔で首を傾げた。

「私、イヤだなんて言っていませんけど」

呆気に取られたように返答した。

「あ、いや、てっきり友美がイヤなんやろうなと思うて……」

言葉を詰まらせた。

「イヤだったら、こんな熱心にお話を聞きませんよ」

苦笑とも思える笑顔を浮かべた。

「ほな……」

「社長は私の気持ちをお分かりになっているものだとばかり思っていました」

「ほな……」

情け無うなるほど言葉が出えへん。

「このお屋敷で在宅介護をさせて頂けるんですね。夢のようなお話です」

「ほな……」

友美が椅子から立ち上がり恭しく頭を下げた。

「至らない点もあるでしょうが、末永くお願い致します」

結婚を受託したような友美の言葉やった。

そうや無いんは分かっとるけどそう聞こえた。

汗ばんだ身体に冷えを覚えて言うた。

「風呂に入ろうか」

「ええ」

微笑を浮かべた友美が、いつものように介護服を脱いでスクール水着姿になった。

＊

ウチの若いモンがマンちゃんのオトンに殺られよった。

というんは、大嘘や。

そもそも依頼されたホームレス狩りさえしてへん。

オトンはホームレス違うねんから、狩りようがあれへんがな。

交通誘導員をクビになったヨンスクのオッサンは、ワイが世話したアパートで暮らしとった。

ホームレスやなかってん。

住むとこを追い出されたオッサンに近付くんはそれほど難しい事でもなかった。

追い込みをかけたんはワイやない。

オッサンの倅のマンちゃんと組んだ悪党の仕込んだ事やと吹き込んでやった。

あっさり信用しよった。

そらそうやろうな。

マンちゃんが裏で糸を引いていたらと考えたら、いろんな事が腑に落ちたんやろ。

激怒しよった。

そこまでやった。

追い込みで疲れ果てていてたオッサンには、倅のとこに乗り込む気力もなかったようや。

たとえ乗り込んだとしても、詮無い事やと判断できる冷静さは残ってたんや。

ヨンスクのオッサンに住むとこを世話しただけやない。

食うに困らん以上の金も渡した。

オッサンにとってワイは神さんみたいに思えたんと違うやろうか。

ほんでホームレス狩りや。

マンちゃんの動きは木下と友美の二人で監視しとる。

介護タクシーを予約したと友美から連絡あった。

予《かね》てから段取りしていた手順で、マンちゃんを待ち伏せした。

志度公園での三文芝居も木の蔭から楽しませて貰うた。

段ボールハウスも、ヨンスクのオッサンが振り回した杭も、こっちで用意していたモンや。

ほんで――

マンちゃんは、自分のオトンが殺人したとあっさり信用しよった。

裏は取らんかった。

それも織り込み済みや。

自分が望むような結果になると簡単に信じよる。

マンちゃんみたいな人間には、望む結果を与えてやったらええんや。

ダボハゼみたいに呑み込みよんねん。

しょせん苦労知らずのボッチャンやねん。

留置場に勾留されてるはずのヨンスクとマンちゃんが、なんかの拍子に鉢合わせしたらアカン。

そう考えたワイはヨンスクを関東に逃がした。

念には念を入れるワイに抜かりはないねん。

20

着工からほぼ一年と半年が経過して邸宅が完成した。

新居が完成した翌日、さっそく友美を伴って「二人で暮らす」邸宅に入居した。

引き渡しは一ヶ月後やと施行業者から伝えられとった。

引き渡しが済んだら支払いや。

ノブさんに教えられとる事があった。

すなわち引き渡し書類にサインをしたら、施主は物件に納得したという事になるらしい。

「豪邸でもビルでも、それがゴルフ場みたいなモンでも同じやけど、どんだけ早う引き渡せるかというのが、現場責任者の腕の見せ所という事になんねん。いったん引き取ったら、原則、その後の改修工事は追加工事として、施主の負担になるさけぇな。あくまで原則やけど」

追加工事の負担がどうこうより、もともと本工事の費用そのものも踏み倒したらええと助言してくれたんはノブさんやった。

「一週間使うてみて、使い勝手の悪いところをメモしといてくれへんか」

入居初日に友美にそう伝えた。

一週間が経過して木下を邸宅に呼び出した。

玄関脇の応接室で相対した。

そこより奥には、通いの家政婦以外、何人も立ち入らせへんと固う決めとる応接室や。

焙煎したドリップコーヒーを出した友美に告げた。

「先に仕事の話をするさけぇ、オマエは奥に下がっとれ」

友美をオマエ呼ばわりするんは移り住んでからの事や。いずれは入籍し、子供も二、三人はと考えとる。とはいえ、未だ肉体関係は結んでへん。

入浴介護のたびにチンコは勃起するけど、それに女としての反応を見せへん友美に、入浴介護以上の事を求めるんに躊躇していた。

「ちょっと考えたんやが」

木下に語り掛けた。

「二号店と三号店をな、パチスロ台専門店にしようと思うてんねん」

「パチンコ台を撤去するという事でしょうか？」

不思議そうに確認した。

無理もあらへん。

ホルコンの台ごとのデーターを見るまでも無う、稼ぎの主流はやはりパチンコ台なんや。

「そや、全取っ換えや」

「しかし……」

木下がボクの提案に躊躇う事など珍しい。

「オマエの心配は分からんでもない。そやけどな、パチ屋の仕事はギャン中を育てる事や。パチンコと比べたら、スロットの方がギャンブル性がより高い。今は僅差かも知れへんけど、今後パチンコに出玉規制が掛かったら、その差は歴然となるに違いないねん」

そうなったらパチンカスはパチスロに流れるやろ。

『二号店』『三号店』をパチスロ台専門店にするというのは、時代を先取りするボクなりのヨミや。

ここでパチスロ台メーカーに恩を売っとったら、その後の新台導入、さらには違法裏ロムの設定にも協力的になってくれるやろ。

そんな思惑を木下相手に滔々と語った。

実のところ、これは奇異とも思える珍事や。

普段そんな事をするボクやない。

上意下達が常や。

そやけど今回の決定ばかりはそうはいかへん。

大胆な賭けやった。

それだけに右腕と頼む木下にだけは、納得して貰わなアカンと考えたんや。

「畏まりました。その方向で直ぐに手を打ちます」

両膝に手を突いて神妙に頭を下げた。

「ではこちらを」

木下が差し出した小型のジュラルミンケースを受け取った。

小型やけどずっしりと重たい。

中には一週間分の裏金が収められとる。

ホルコンに仕掛けた違法プログラムで作った裏金や。

深夜にはノブさんの配下のモンがそれを受け取りに訪れる。

「店舗ごとの明細はこちらになります」

差し出した封筒を受け取り、それに目を通すでもなく空のジュラルミンケースを渡す。

週ごとに二つのジュラルミンケースが行き来し裏金は着々と増えていく。

「では、私はこれで」

呼び止めた。

「友美を呼ぶから待っとってくれや」

ソファーの肘掛けのコールボタンを押した。

ドアがノックされ友美が姿を現した。

「なぁ、友美ちゃん、ボクが言うとった、この家の使い勝手の悪いとこメモしてくれてるか？」

困惑の表情を浮かべた。

「使い勝手が悪いところと申されましても、ほとんど完璧に作られている家です。介護し易いように細かいところまで行き届いている設計だと思います」

眉根を顰《ひそ》めた。

「ほとんど完璧ちゅう事は、完璧ではないちゅう事やな」

確認した。

「いえ、それは言葉の綾でして……」

言い淀んだ。

「実際介護させて頂いた感想を言えば、注文の付けようもない設計です」

顰《しか》め面《つら》を続けた。

この私邸には、総額七億円の工事費が掛かっているんや——

それをすんなり払えとこのオナゴは言うんか——

友美に対する不満を隠そうともせんと言葉を荒らげた。

「ええか、友美。オマエ、真剣に仕事しとんかッ。凡《およ》そ人間の作るモンに完璧なんぞあるはずがないやろがッ。ボクはな、この家を終の棲家と考えとんじゃ。これからボクらも歳を取る。その時になって、あれがアカン、これがアカンでは追加工事になるんやぞッ。その辺までよう考えてぬかしとんのやろうなッ。いっぺん吐いたツバは呑まれへんのやぞッ。性根入れて答えんかいッ。ああ、どうなんやッ」

思わぬ激昂に、友美が顔面を紅潮させた。

それはそれでホンマにええ景色なんや。

震える瞼に涙が浮かぬモンかと期待までさせよる。

「社長……」

思わんとこから声が上がった。

「そこまで……」

木下や。

「和田さんも……」

おずおずとなんか言おうとしとるが最後まで言葉にならん。

その事にも愉悦を覚える。

友美と同居したものの、ほとんど一緒に出歩く事のない二人やった。

二人の仲を誤解してくれるモンがおらんという屈折した不満をボクは抱いていたんや。

木下はボクが友美に邪心を抱いとる事を知っとる。

であれば、二人の肉体関係を疑っとるとしても不思議やない。

そんな木下に、友美との関係を見せ付けられるんが堪らんほど嬉しいんや。

これだけ罵倒しとるんやから、二人の関係が密接なモンやと疑うてくれるやろ。

そのために木下を引き止めたんや。

自分が友美に惹かれてるんはお母ちゃんの面影を友美に重ねているからやと考えてた。

勘違いやった。

同居してみて分かった。

友美に惹かれていたのは、友美が幸薄い女やったからや。

薄幸で年上の女――

それは紛れも無うお母ちゃんそのものや。

そやから友美に惹かれたんは、やっぱりお母ちゃんの面影を重ねてという事に他ならへんのやけど、お母ちゃんに性欲を覚える事はなかった。その意味で、お母ちゃんと友美は違うねん。

ホンマか――

また内心から問い掛ける声や。

オマエがやっとる事はお母ちゃんを冷遇し、首絞め性交に悦びを見出したアボジそのものやんか

――


いずれは友美とも首絞めセックスがしたいんやろ――

違うわ――

幸せな家庭を作るんが夢やねん――。

内心の声に反論した。

「どうかなさいましたか、社長?」

木下。

我に返った。

「後一週間待ってやる。次に木下が来るまでに、言われた事をちゃんとやっとけッ」

手をヒラヒラさせて友美の退室を促した。

「どないや。なんか言い掛けたけど、言いたい事があるんやったら聞かして貰おか？」

身を乗り出した。

舐め上げる視線で木下に質した。

「いえ……、お二人の事に」

「あの女はボクのモンや。二人暮らしして入浴介護も様変わりしよった」

薄笑いを浮かべた。

木下は表情ひとつ変えへん。

「どう変わったか興味は無いんか？」

誘った。

「いえ、それは社長のプライバシーですから」

詰まらん返答に、フンと鼻を鳴らして仰け反った。

「ボクのチンチン、口で綺麗にするようになったんや。口と舌でな」

そこまで言うても木下は表情を変えよらへん。

姿勢を正しくしたままピクリともせえへん。

「ボクが発射した精液を嬉しそうにゴックンしよんねん。それから亀頭を丹念にナメナメしてくれるねん」

木下は無反応。

だんだん詰まらなくなった。

願望やねん——

妄想なんや——

そんなありもせん事を、自慢げに吹聴する自分が小そう思えた。

「まあええわ」

突き放すように言うた。

「あの女とボクの事はオマエには関係無いこっちゃ。それより、二号店と三号店の機種入れ替えの件、来週来るまでには具体的な日程決めとけや。入れ替えだけやないで。看板の架け替え、新聞チラシの配布、客への告知、イベントの企画、あれこれやる事満載や。この一週間は寝る暇があると思うな。寝るんは死んでからでええ。人間、死んだらなんぼでも眠れるからな」

柱の時計に目を遣った。

そろそろ店の閉店時間になろうとしていた。

この後で、空になったジュラルミンケースを抱えた木下には、各店舗を巡回し、ホルコンが打ち出したデーターに基づいて、金庫から裏金を回収するという大事な仕事が待っとる。

「それでは失礼します」

ボクの視線が柱の時計に向けられている事を察した木下が、慇懃に頭を下げて辞去した。

その背中を見送りながら漠然とした不安に襲われてコールボタンを押した。

友美に嫌われたかも知れへん——

余計な事をしたかと後悔しとった。

友美の到着が遅れた。

遅れたというても二、三分の事やけど、それだけで不安がいや増した。

「すみません。遅れてしまって」

「どないしたんや？」

叱責やない。

不安を隠せん声で言うた。

「木下専務のお見送りをしていたものですから」

「木下の見送り？　そんなんせんでええねん」

ますます不安が高まった。

自分が吹いたホラの一端でも、木下が友美に吹聴していないか。

不安が黒雲のように脳内に広がった。

木下に言うた妄言は、いつかそうなればええと望んでいる事やった。

そやけど今は未だ友美にそれを強要できない。

友美には辞めるという選択肢があるんや。

今の生活に首まで漬かり、それを失いとうないと思うようになるのに一週間という期間は短過ぎる。

友美は新居に移り住む前の安アパートを未だ解約してへん。

解約してない理由を問い質したら、荷物の整理ができてへんからやと言うた。

ほとんどは廃棄してもええモンらしいねんけど、想い出の品も交じってるらしい。

「想い出の品ってどんなんや？」

当然の事として友美の過去の男の存在に疑いの目を向けた。

「高校生の時の修学旅行で買った置物とか、中学校の卒業記念に担任の先生から頂いた色紙とか、そんな物です」

捨てればええやないか、とは言えんかった。

金で買えるモンならそうも言えたやろうけど、想い出は金で買えるモンやない。

同じ扱いを受けた事があった。

お母ちゃんが死んだ後、一週間の猶予が与えられ、お母ちゃんと暮らしたマンションから『ヘブン一号店』に移り住んだけど、持ち出しが許されたんはボストンバッグひとつやった。その他の想い出の品は、全部アボジが手配した買い取り業者に売られてしもうた。

そんな事もあって、想い出の品も含めて棄ててしまえとは言えなんだ。

今の友美には帰る場所がある——

その縛りがあるから、友美に嫌われる高圧的な態度を取りながら、その一方で、友美が出て行く事を恐れているボクやった。

「木下がなんぞ言うてたか?」

要らん事を訊いてしもうた。

言われて拙い事があると認めてしもうたんも同然やないか。

「いえ、あの人は無口ですから」

「無口やない。不愛想なだけや」

胸を撫で下ろしながら吐き捨てて友美に提案した。

「どや、明日一日休みやるから、オマエのボロアパートに残してきとる想い出の品とやらを取りに行かへんか。車はボクのワンボックスカーを使うたらええ。あれなら大概のモンは積めるやろ」

その上で、棄てる物の処分、部屋の清掃は業者任せにすればええと提案した。

「費用は持ったるさけぇ」

ノブさんの顔が浮かんだ。

小刻みに首を振ってその考えを打ち消した。

友美との関係にノブさんが交わる事は承服でけへん。

「電話帳持ってき。業者探したるわ」

友美が遠慮した。

帰る場所を無くしてやろうという下心があるだけに、強う出られんで、結局友美自身で手配した業者が、三日後に、運搬、廃棄、清掃を行ってくれる事になった。

「三日後やねんな？」

友美から報告を受けて確認した。

「それと明日、見積もりのための内見があるので、お昼間少しの時間だけ抜けさせて頂いてよろしいでしょうか？」

その内見の午後に電話で費用が知らされ、振り込みを確認されるという段取りらしい。

「前金という事か」

「ええ、それほど費用は掛からないみたいですから、自分で払います。毎月十分なお手当を頂いていて使うヒマもありませんから、貯まる一方です」

微笑んで言う友美に悪意は無いんやろうけど、使うヒマがないという言葉が障った。

「休みが欲しいんか？」

「ゆっくり仕事をさせて頂いていますし、お部屋も寛げるお部屋ですから、特に休みが欲しいわけではありませんが……」

「ありませんが？」

「時々はどこか、そうですね……」

考え込むように天井に目を向けた。

「海とかに行ってみたいですね」

「海か……」

考え込んだ。

「クルージングとかどうや？」

キャバ嬢を輪姦し、屍姦までしたクルーズ船が脳裏に浮かんだ。

「クルーザーをお持ちなんですか？」

「前は持ってたけどな」

見栄を張った。

「こんな身体になって、ダチに譲ってん。そやけどいつでも使わしてくれるで」

相談の結果、四日後の瀬戸内クルージングが決まった。

ノブさんと友美を交わらせる事に抵抗はあったけど、まさかノブさん本人がクルーザーに来る事はないやろうと自分を納得させた。


友美の引っ越しとボロアパートの整理が終わった。

その翌日に瀬戸内クルージングに友美を伴った。

伴ったと言うても、友美に車椅子を押して貰い、クルーザーを係留している姫路港までの道中を運転したのも友美やった。それが少々面白うなかったけど、姫路港ではさらにワイを不愉快にするモンが待ってた。

ノブさんが手配してくれたクルーザーは、以前サクラのキャバ嬢を嬲り殺しにしたクルーザーやった。

キャビンに敷かれた純白のカーペットは敷き替えられ、惨状の痕跡を残すものでは無かったけど、この場所で若いオナゴは、屈強な男たちに裸に剝かれ、輪姦され、手綱で海を引き回され、臨月を思わすほどパンパンに海水で腹を膨らませ、男たちに屍姦されたんや。

他のサクラの女らは、その一部始終を見せ付けられ、失禁し、脱糞までし、胃の内容物をそこら中に撒き散らしたんや。

いくら痕跡が残ってへんとはいえ、その惨状が脳裏にまざまざと再現された。

さらにボクには、クルーザーを操船するガタイのええ男の顔にも見覚えがあった。

その男こそ、躊躇無う輪姦に加わり、あまつさえ、屍姦にまで参加した男のひとりやないか。

友美に車椅子を押され乗船するワイに向けられる男の視線が気に障った。

できるはずもないけど、無言無表情の心中に、どんな想いが廻っているのか問い質したいほどやった。

「社長が操船するんではないんですね」

無邪気に友美が問うた。

「そやから言うたやろ。身体がアカンようになって、ツレに譲ったんや。前は操縦しとったわ」

そのハッタリは操船を担当する男の耳にも届いてるはずや。

男は車椅子を押す友美を補助し、キャビンまで付いて来とった。

車椅子からソファーに移り、指示待ち風に佇んでる男に対して声を荒らげた。

「なにをボサッとしとんじゃ。早う、船を出さんかいッ」

「ルートはどうしましょう」

丁寧な言葉で男が問うた。

「淡路島行って、明石大橋潜って……」

それ以上の案が浮かばへん。

やっと正午を過ぎた時間なんや。

神戸の夜景をとは言われへん。

それまで時間潰しをできん事もないやろうけど、そうするにはあまりにも居心地の悪い場所なんや。

「後はオノレ任せじゃ。景色のええところに連れてかんかいッ。このボケがァ」

「畏まりました」

悪口にも顔色ひとつ変えんと、男が操縦席へと続く階段を確かな足取りで昇った。

船が走り出して五分も経たんのに友美が言うた。

「デッキに出てもいいですか？」

「構へんけど、潮風は身体に毒やで、あんまり長い時間おらん方がええで」

「それじゃ、ちょっと出てきますね」

友美が消え、クルーザーは指示した通り、淡路島に近付き、明石大橋を潜り、須磨方面へと向かった。

減速したり加速したりした。

それは場所、場所の景観を愉しめるようにという配慮なんやろうけど、友美に観光案内でもしているんか、漏れ聞こえる男の声が気に障った。

ソイツは殺人鬼なんやぞ——

屍姦しとるんやぞ——

怨嗟の声を胸中で呟いた。

それを口に出して言う事もできへん。

鬱々としながら、船の揺れに身を任せるしかなかった。


都合二時間ほど費やして、クルーザーは姫路港へと戻った。

その間、友美はデッキに出たままやった。

着岸し、キャビンに姿を現したんは男の方やった。

「係留していますので暫くお待ちください。それから」

後ろを振り返り、友美が居れへん事を確認し早口で言うた。

「お話があるとオヤジがお待ちです。下船後、暫くお時間を頂けませんでしょうか」

「ノブさんが来とんか？」

「ええ、マンス社長が、あの女性に自分を会わせたくないだろうと倉庫の陰でお待ちです」

そこまで気を遣ってくれてる相手の申し出を断るわけにもいかなんだ。

「分かった」

言葉短う答えた。

「すごく気持ち良かったです」

明るい声を発しながら友美がキャビンに戻った。

「そうか。それは良かった。そやけど潮で身体がベトベトやろ。帰ったら二人とも風呂やな」

ボクの部屋もそうやけど、友美の部屋の風呂も混浴できるほどの広さは十分にある。

「それでは」

操船を務めた男に促され、再びその男の手助けを得て、ボクと友美は下船した。

さり気無う辺りを見回すと倉庫の蔭でノブさんが手を挙げとった。

車椅子の肘掛けに置いた左手を軽く浮かせてそれに応えた。

「友美、この船主にちょっと話があるさけぇ、先に車に戻って待っといてくれや」

友美がワンボックスカーに戻った事を確認してノブさんの元へと車椅子を進めた。

「どないしたんでっか？」

「いや、ちょっとマンちゃんに伝えたい事があってな」

「なんですのん？　えらい改まってからに」

キャバ嬢を惨殺したんと同じ船を差し向けた事に対する皮肉のひとつも言ってやろうと思うとったけど、相手の真顔に言えんかった。

「でけたんや」

二人の間で「でけた」と言えばの金塊の隠し小屋や。

「それで？」

「いっぺんマンちゃんにも見せとこ思てな」

「金塊は手配してますの？」

小屋だけ見ても仕方がないやろうという気持ちで言うた。

金塊小屋を作ると決めた時点で、『社長室』の金庫に収めてあった手持ちの十億を渡しとる。その後も、木下が回収し毎週届けられる裏金を、ノブさんの配下の者にジュラルミンケースごと渡しとる。

その時点で空になったジュラルミンケースを受け取る。

すなわち裏金は、木下、ボク、井尻の間で、三つのジュラルミンケースのリレーで行き来しているんや。

裏金の受け渡しも、転居前からやと一年以上が経過しようとしとる。

もちろんただ裏金を渡してきただけやない。

木下が裏金を届ける際にホルコンのデーター印字を添えるように、井尻の配下のモンも、ジュラルミンケースを交換する際に、金塊の買い付け証明を持参する。一週間掛けてそれらをチェックするのが今のもっとも大切なボクの仕事や。

「今まで買うた金塊は、ワイの金塊小屋からマンちゃんの金塊小屋に移動してある。半端な量やないで。それをチェックしたいやろ」

話によれば、金塊小屋の保管用スペースの床面積は、一キロの金地金のインゴットが、キッチリ千枚収まるように設計されているらしい。敷き詰めると数十億円の価値になる。

「その保管スペースの床がもう直き金塊で一杯になんねん。その前に、マンちゃんに確認しておいても貰らおうと思うてな」

二段目を積む前に確認して欲しいと言うた。

「二段目を積んだ後で見せたら、一段目は金やないんやないかと疑われるんもなんやからな」

いかにもノブさんらしい事を言うた。

基本的にノブさんの事を疑うてはない。

金にシビアやけど汚くはない人や。

今までの付き合いでも疑う事やない。

この仕組みがある限り、未来永劫続く仕組みや。

ノブさんには換金した裏金の一割が入っているねん。

ノブさんにしたらボクは金の卵を産むニワトリやねん。

そのニワトリの腹を裂くような真似をする事はないやろう。

「いつがよろしいか？」

訊いた。

床に敷き詰めた金塊を見てみたいという想いに駆られた。

「道順も覚えてもらわなアカンから昼間の方がええやろう」

「車で行けるとこですの？」

人跡未踏の地が車で行けるようでは話にならへん。

「無理やな。県道に車を捨て置いて、そっから山の中のケモノ道を歩いて二時間近く掛かるわ」

「車椅子は？」

「それも無理や。なんせケモノ道やからな」

「ほな、ボクはどないして行きますの？」

「アイツや」

井尻が顎をしゃくった先にはクルーザーを操船していた男が立ってた。

「アイツが？」

「前にマンちゃんが言うてたやないか。死体処理の責任者と会いたいって」

「ほな、あの男が……」

「ああ、オレがいちばん信用でける男や。人間らしい喜怒哀楽の感情の欠片もない。機械みたいな男や」

言われてみれば思い当たる節がある。

サクラの女を殺した時も、眉ひとつ動かさず、輪姦し、手縄し、海に突き落とし、曳航し、屍姦したのがあの男なんや。

どの行為も真っ先にやった。

その冷酷な人間離れした無表情ぶりが記憶に残っていた。

「アイツにマンちゃんを小屋まで背負わせるわ。さっそく明日にでも行ってみるか？」

「明日でっか？」

「マンちゃんの予定に合わせるさけぇ、こっちはいつでもええんやけどな」

「ほな、三日後以降の都合のええ日にさしてもらえますか」

「三日後以降？　なんか理由があるんかいな？」

「木下が集めた裏金を持って来る日との兼ね合いですわ」

「分かった。裏金を金に替える日にちが決まり次第連絡するわ」

「いや、これからは裏金を金塊に替えるんも自分でやりたいんですわ」

「どんな風の吹き回しか分からんけど、ワイはそれでも構へんで。なんせ大金を扱うんや。誰なと任せられる仕事と違うからな。そのぶん、こっちの手間が省けるわ」

「木下が裏金を持って来た日の翌日の朝いちばんに連れて行って下さい。その足で、金塊小屋に行ったらよろしいですやん」

「承知や」

「ほな、そういう事で」

言い残してワンボックスカーへと車椅子を向けた。

バックミラーで確認したんやろ、友美がワンボックスカーを降りてその傍らに待機した。

「どうぞお乗りください」

言うて頭を下げた。

「足らんわッ」

低頭して迎えた友美を怒鳴り上げた。

「頭がボクより上にあるやんか。尊敬が感じられへん」

とことん質の悪い言い掛かりやった。

深々と下げた友美の頭が車椅子に座るボクのそれより上にあるんは当然や。

「どうしたら……」

困惑する友美に告げた。

「土下座やッ。これから頭を下げる時には土下座せぇ」

友美が指示に従い波止場のコンクリートに土下座して、額を地面に擦り付けた。

「ほんとうにすみませんでした」

「よし、それでええ」

不機嫌なままワンボックスカーに乗り込んだ。

友美も無言のまま運転席に座った。

帰路の車内には気拙い空気が充満していた。

これでええんや――

死体処理の男と――

輪姦し、屍姦するような男と――

あんな外道と仲良うしくさって――

帰宅してからも不機嫌やった。

憮然としたまま友美が押す車椅子で自室に戻った。

「汗をシャワーで流してから入浴介護をさせて頂きます」

「ちょっと待てやッ」

呼び留めた。

「なんでオマエが先にシャワー浴びるんや」

「私、ずっと日なたにいたので汗臭いですから……」

逡巡するように言うた。

「ほな何か？　オマエはボクより先に風呂に入りたいちゅうんか。ええ、どうなんや」

「いえそうではないですけど、せめて軽くシャワーでも浴びた方がいいのではと……」

「知るかッ。直ぐに汗を流したいは同じや。オマエの都合でとやかく言うなや。そもそも、潮風は身体に悪いから言うて注意したやんかッ。それを無視して、何時間もデッキにおったんはオノレやないけッ」

友美イビリが止まらへん。

「昨日でボロアパートも引き払ったんやど。もうオノレの帰る場所は、ここより他にないねん。それをちゃんと弁えとくんやな」

「分かりました。直ぐに用意をします」

「分かりましたやと？　オノレは何も分かってへんやないか。それより先に言う事があるやろ」

「先にですか……」

怪訝な顔をした。

「せや。オノレは雇い主のボクを無視して、自分が先に風呂に入ろうとしたんや。先ずはその事を謝らんかいッ」

「でもそれは……」

「デモもストライキも要らんわい。謝れちゅうたら謝らんかッ。自分の立場を弁えろって言うたやろがぁ」

友美には逃げ帰る場所がない――

その事がボクを強気にし、嬲りに拍車が掛かる。

「すみませんでした」

深々と頭を下げた。

「ワイより頭が高い言うたやろッ。何遍同じ事を言わせるんじゃ」

慌てて土下座した。

「ホンマにアホなオナゴやで。もうええわ。風呂に入るで」

「では入浴介護の用意をしてきます」

「何を用意するねんッ」

「ですから水着とかの……」

私邸に移ってからは自室で着替えるようになっていた友美やった。

「水着に着替えんでええやろ」

「えッ……」

「二人しかおらんのじゃ。わざわざ水着に着替える必要があるんかッ」

「でも……」

「何がアカンのじゃッ」

「恥ずかしいです」

蚊の鳴くような声で言うた。

「ほう、ほなボクはどうなるんや。海パン履いたほうがええんか？」

「………」

「ボクだけマッパで自分は恥ずかしいでは道理が通らんやろッ」

ここぞとばかりに声を荒らげた。

いずれ言うたろうと考えてた事やけど、屎姦男と親しげに話し、結局クルージングの間中、ボクをキャビンに置き去りにした友美に怒りをぶつけた。

怒りをバネに友美に対する暴言を吐いた。

視線を逃れるように友美の眼球が揺れとる。

「早う脱がんかいッ」

苛立ちを隠さんと怒鳴り付ける言葉に、覚悟した友美が服を脱ぎ始めた。

友美がブラジャーを外したタイミングを見計らって言うた。

「それ、貸してみ」

手を差し出した。

「ど、どうしてですか」

抵抗した。

「汗臭いかどうか調べたるねん。オマエも気にしてたやろ」

「でも……」

「早う渡さんかッ」

おずおずと差し出されたブラジャーを鼻に擦り付けてクンクンと鼻を鳴らした。

もちろんパンティーにも同じ事を要求した。

それだけやない。

全裸になった友美を手招きし、脇の下、乳房の付根、股間にも鼻先を埋め、匂いを嗅いだ。

「臭いぞ。汗臭いぞ。臭い、臭い、臭くて堪らん」

「止めて……止めて下さい。お許し下さい」

懇願する友美の声は加虐心を高めるばかりや。

十分に友美の体臭を堪能し上着とシャツを脱いだ。

ズボンとパンツを脱がせるのは友美の役割と決まっとる。

いつものように、跪いてパンツを脱がせてくれた友美に命令した。

「ボクの股間も嗅いでくれや」

諦めた友美が指示に従った。

ボクの股間に顔を埋めた。

髪の毛を乱暴に鷲摑みし、喉奥にチンコを突き立てて友美の喉奥で果てた。

怒張したチンコを咥えさせた。

「咥えろ」

＊

友美から泣きが入った。

「とても堪えられません」

「そらどういう事やねん。虐められるんが好きなんと違うのかいな？」

「虐められるのはどんなに激しくても我慢できますが……」

それだけではないと言うた。

「あれはただの嗜虐趣味ではありません」

「と言うと？」

「命の危険さえ感じます」

「そこまで激しいプレイをするのか？」

首を傾げた。

殺しがトラウマになっとるはずのマンちゃんや。そう簡単に殺しに振れるとは考え難かった。そもそもからして、マンちゃんの嗜虐趣味はセックスの延長線にあるモンや。命の危険まで感じると言う友美の言葉が腑に落ちなんだ。

「プレイそのものもかなり激しいものですが……」

言い淀んだ。

言葉を探している風に見えた。

「最悪、殺してしまっても痛痒を感じないと思えるんです」

「痛痒?」

「痛くも痒くもないという事です。表情からそれを感じます。目付きが怖いんです。壊れているというか……」

言って身震いをした。

(壊れとんか——)

考え込んだ。

同じ事をマンちゃんはワイにも考えるかも知れへん。

殺してもしゃーないと思うかも知れへんのや。

(手を打つべきか)

いよいよ現実的に考える局面になった。

21

「お迎えに上がりました」

電話の相手は言葉短うそれだけを言うた。

名乗らんかった。

抑揚のない声やった。

例の無表情男——

死体処理班のリーダや。

「介護タクシーを用意しました」

「玄関まで出るさけぇ、そこまで迎えに来てくれや」

答えもせんと電話を切った。

問題は友美や。

友美はアイツの顔を知っとる。

会わせとうなかった。

時間は午前二時を回ったとこや。

こんな時間に金の交換所が開いとんかいな——

疑問に思うたけど、常識的な時間なんか関係ない稼業の連中なんやろ。

身支度して玄関に出た。

言うても二月の早朝や。

下着を重ね着してロングのダウンジャケットを羽織った。

それでも凍えるような気温やった。

相手はジャンパー姿で待ってた。

「ちょっと離れたとこに停めましたから」

言うて歩き出した。

背中を車椅子で追うた。

なるほど、友美を起こさんようにするためには、自前の車を使わん方が確実やな――

納得した。

角を回ったところに介護タクシーが停まってた。

誰も乗ってなかった。

「ノブさんは？」

不在を訝んだ。

来るもんやとばっかり思うてた。

「わざわざオヤジが出張るほどの事でもありませんから」

無表情男の判断というよりノブさんの判断なんやろうけど、もともと金塊小屋に誘うたんはノブさんなんや。胸糞が悪うなった。

そんなん言うだけ無駄やと思えた。

リフトで介護タクシーに乗り込んだ。

一時間ほど走って民家の前で停車した。
リフトで介護タクシーから降りた。
「ここで金に交換して下さい」
言われた。
同行せんみたいや。
車椅子を操作して、一見質屋に思えん事もない民家に車椅子を乗り入れた。
薄暗い部屋の向こうに頑丈な鉄格子があった。
中年過ぎのガタイのええ男が座っとった。
「現金を」
男に言われた。
ジュラルミンケースから裏金の札束を取り出し、小窓に差し込んだ。
五千万円。
男が札勘機に通した。
札勘機は斜めに置かれてた。
カウントされる数字が確認できた。
数え終わった。
札勘機には5000の数字が表示されとる。
男はボクに目を向けるだけで無言のままやった。
間違いないという意味で軽く頷いた。
男が席を立って奥の部屋に消えた。

金塊と見慣れた取引確認書を携えて現れた。
先に小窓に取引確認書とボールペン、朱肉が差し出された。
カーボンを挟んだそれに署名し、右手の親指で拇印した。
男がそれを確認し、小窓に取引確認書の控えとインゴッドが差し出された。
これで取引は終了なんやな――
ジュラルミンケースにインゴットを収めた。
車椅子で交換所を出た。
再び無表情男の手を借りて介護タクシーに乗り込んだ。
介護タクシーが走り始めた。
二時間ほど走って丹波山系へと差し掛かった。
冬枯れの路をさらに二時間ほど走った。
介護タクシーが林の中に突っ込んで停まった。
「ここから先は歩きになります」
言われて無表情男に背負われた。
ケモノ道に踏み入れた。
二時間余り歩いた。
到着したのは林の中に佇む小屋やった。
これが金塊小屋か――
有刺鉄線が巻かれた頑丈な鉄格子。
鉄格子の上部の忍び返しにも鉄条網が巻かれていた。

一見雑に巻かれているように見える有刺鉄線。
逆にそれがなんとも言えへん不気味さを醸し出している。
無表情男がボクを地べたに下ろした。
鉄条網の扉までは三メートルほどの距離やった。
どないしたんや——
怪訝な気持ちで見上げた。
「ここから先の立ち入りは禁じられていますので」
差し出した手に鍵束が握られとった。
鉄格子の扉には大きな南京錠がぶら下がっとった。
無表情男は微動だにせん。
扉までの距離を這うしかなかった。
南京錠まで這い上がった。
鍵束には三本の鍵があった。
二本目で鍵が合うた。
扉を開けて小屋まで這おうとした背中から無表情男の声がした。
「扉を施錠して下さい」
セキュリティーか——
納得した。
有刺鉄線が巻かれた鉄格子を這い上がって南京錠を掛けた。
小屋に這い至った。

ここも頑丈な南京錠で施錠されていた。

上下二つあった。

下の南京錠はなんとか届いたけど、上の南京錠には届かへん。

手摺があった。

腕の力だけで上体を持ち上げた。

口に咥えとった鍵で南京錠を解除した。

小屋の扉を開けた。

中は真っ暗やった。

扉を全開にして陽を入れた。

冬の弱い陽を受けた小屋の床に息を呑んだ。

圧倒的な金塊の床やった。

小屋の扉の前に置いたままにしていたジュラルミンケースを摑み取った。

「ウホ、ウホ、ウホ」

自分でも意味の分からん声が腹の底から湧き出た。

間近に金塊が敷かれていないコンクリの床があった。

ジュラルミンケースからインゴットを取り出して丁寧に並べた。

並べ終わった後、泥だらけのロングダウンジャケットで金塊の床を這いまわった。

「ウホ、ウホ、ウホ」

「ウホ、ウホ、ウホ」

「ウホ、ウホ、ウホ」

腹筋を波打たせる狂喜の声が止まらへん。
記号やったんや——
そう思うた。
今までの金は数字と言う記号やったんや。
這うてる床には質量がある。
記号やあらへん財がある。
「ウホ、ウホ、ウホ」
「ウホ、ウホ、ウホ」
「ウホ、ウホ、ウホ」
飽きる事無う、自分の財を慈しむよう、小屋の床を這いずり回った。
金塊の床を、インゴットの一枚、一枚を、舌で舐め尽くした。
舐めながら考えた。
手数料一割で、ノブさん満足できるやろうか？
これだけのモンを目にしたら、壊れるんやないやろうか？
金の卵を産むニワトリの腹を裂きよるかも知れへん——
考えた。
もういっぺん道を確認したい言うて小屋に誘ったろうか——
ボクには死体を処理するノウハウが無い。
やったら人跡未踏の山奥に建つこの小屋で殺したらええんや。
死体は腐っていつかは骨になるやろう。

金塊は鉄みたいに錆びたりはせん。
ノブさんの肉汁に変化などせんはずや。
汚れたら拭いたらエエだけやねん。
多分。
ノブさん――
永い事世話になったお礼や。
最高の死に場所、用意したるで。

22

マンちゃん、アカンわ。

もう終いや。

アイツから聞いたで。

あの冷静な男でさえ、マンちゃんの姿にドン引きしとったわ。

そら、インゴットの床に興奮したんは分からんでもないけど、物には限度いうモンがあるやろ。

別にそれだけが理由でマンちゃん、見限るんやないで。

マンちゃんのこれから先が心配やねん。

いずれワイは殺されるん違うやろうか――

インゴットの床をウホウホしながら舐め回すマンちゃんの姿を想像してそない考えたわ。

金がすべてやと思うてるワイや。

マンちゃんの気持ちは痛いほど分かるわ。

そやけどな、マンちゃん。

金に取り憑かれたらアカンねん。

それがどうや。

木下がボヤいとったで。

邸宅を構えてからのマンちゃんは、木下から裏金を受け取るだけで、『ヘブングループ』の仕事を全然してへんそうやないか。

そらアカンわ。

やる事やって、それが金になるんが世の中やろ。

忘れたんか？

中学卒業して、夜学に通いながら、『ヘブン一号店』で下働きしてた時のマンちゃんは、他人が嫌がる仕事を率先垂範して、古参社員らの虐めにも堪えとったやないか。

社長付のマネージャーになった後も、東野のオッサンの下でエリアマネージャーやってた時も、専務に昇格してからも、実質的な経営権を握っても、あれやこれやとアイデアを出して『ヘブングループ』を飛躍的に成長させたやないか。

かなり際どい、時には法に触れるような事もしたけど、そんなんどうこう言えるワイやない。

ワイかて仰山法に触れる事はしとるからな。

嫁まで使った主婦売春から始まって、ワイがやってきた事を考えたら、行き着く先は地獄やと覚悟しとる。

マンちゃん――

お父ちゃんの事、バカにしとったな。

東野のオッサンから報告を受けるだけで、いっこも仕事をしよらへんとか。

そやけどマンちゃん――

お父ちゃんは三十八歳で独立するまで身を粉にして働いていたんやで。

確かにワイが友美を宛てごうてからは、本業が疎かになってたかも知れへんけど、それでも東野のオッサンからの報告は受けてたやろ。

木下から裏金を受け取ってただけのマンちゃんとは違うわな。

お父ちゃんは今、ワイが世話した千葉の蕎麦屋で働いとる。

働かんでええと言うたのに、ジッとしとれんらしいわ。

休み無う働いて、今では蕎麦も打てるらしいねん。

あれほどご執心やった友美の事にはひと言も振れへん。

その友美やけど、アイツの気持ちどない考えとんや。

金さえ与えたら言いなりになると思うてんのか？

友美はな、マンちゃん――

今でもお父ちゃんの事を懐かしんでるねんで。

できる事なら一緒に暮らしたいと言うてる程や。

金がすべてやという考えにアレコレは言わんけど、人の心いうモンはな、金だけで、どうこうでけるモンやないねん。

説教臭いか？

ほな、マンちゃんのお母ちゃんの事を考えてみ。

今のマンちゃん見て、お母ちゃんはどない思うやろうな。

誉めてはくれんわな。

お父ちゃんがお母ちゃんの事を殺したんは、事故やとワイは思うとるで。

マンちゃんかて、薄々それに気付いてるわな。

気付いてて、お父ちゃんへの復讐心だけを、自分がやってる事の言い訳にしとるんやろ？

その方が都合がええからな。

違うか？

結論言うわ。

さっきも言うたけど、ワイはマンちゃんに殺されるん違うやろうかと思うてんねん。

いずれワイの事がジャマになったら、ワイを殺すんに躊躇せんやろ？

ジャマにならんまでも、マンちゃんの裏の顔を知っとるワイが鬱陶しくなるやろ？

インゴット小屋の事を知っとるワイはマンちゃんにとって不安要素やろうからな。始末した方がエエと、いずれは考えるやろ？

インゴットの床をウホウホ舐め回すマンちゃんの姿をアイツから聞かんかったら、マンちゃんが仕事もバリバリしてて、ワイの力を必要とする関係やったら、こんな風には考えんかったやろうな。

そやけど知ってしもうたんやもん。

ワイらみたいな世間のウラで生きる人間にいちばん大事なんは危機管理や。

禍根の芽は若いうちに摘まなアカン。

そう考えるんはマンちゃんも一緒やろ？

一緒やから分かってくれるわな？

ワイはマンちゃん殺さなあかんねん。

後の事は心配しんとき。

社長はお父ちゃんに替わって貰うたらええし、実質的に運営するんは木下に任せたらええし、この世でマンちゃんが居らんようになって困る人間は誰ひとりもおれへんねん。

誰もマンちゃんを探さへん。

骨まで跡かたも無う消えてしまうんやさけぇな。
マンちゃん——
残念やで。
ホンマに、ホンマに残念なんやで。

破

冬枯れの山道を走ってきた黒いセダンが停まった。

助手席からひとりの男が降り立った。

体格の良い男だった。

続いて後部座席から初老の男が降り立った。

「さぶッ」

呟いて身体を丸めた。

先に降りていた男が助手席でハンドルを握る男に言った。

「ほな、とりあえずこの場を離れてくれや。このまま先に行くんや。五キロも走ったら、分岐に出るからその辺りで待機しとってくれ。終わったら携帯鳴らすから」

セダンがその場を後にした。

「行くか」

初老の男が体格の良い男を促した。

雑木林に足を踏み入れた。

体格の良い男が無言で従った。

けもの道を歩いた。

二人とも無言で歩いた。

ポキ、ポキ、ポキ——

ガサ、ガサ、ガサ——

枯枝や枯草を踏みしだく二人の足音だけが辺りに響いた。

ハッ、ハッ、ハッ——

息遣いが交った。

息を荒くしているのは初老の男であった。

額に薄っすらと汗が浮いていた。

流れるほどの汗ではなかった。

けもの道の先に小屋が現れた。

有刺鉄線が巻かれた頑丈な鉄格子に囲まれた小屋であった。

鉄格子の上部の忍び返しにも鉄条網が巻かれていた。

「ワイは小屋の中に身を潜めるわ」

初老の男が言った。

「オマエはそこらの木陰に隠れとけや」

とも言った。

「ではこれをお持ち下さい」

男が言って差し出したのは小型拳銃であった。

「思ったより軽いな」

「女性用ですから」

「殺傷能力は大丈夫なんか？」

「ええ、急所を撃ち抜けば問題ありません」

でも、と続けた。

「普段拳銃を撃つ事がない社長に、それは難しいと考えます」

「どないしたらええんや？」

「極めて至近距離で撃つか……」

「撃つか？」

「慣れている私にお任せ頂くか、です」

言って男が、腰のホルスターから拳銃を抜いた。

重厚感ある拳銃だった。

黒光りしていた。

「オマエに任せるわけにはイカンのよ」

溜息交じりに言った。

「アイツとは中坊の時からの付き合いなんや。血ィこそ繋がってへんけど、兄弟みたいにしてきた仲やねん。ワイと出会わんかったら、アイツの人生も違うたモンになっとったやろ。アイツをあんな風にしたんはワイやねん。そやから最期くらいは、ワイの手であの世に送ってやりたいんよ」

しみじみと言った。

続けた。

「この小屋で待ち伏せするのもワイの気持ちの表れや。末期の景色として、アイツに金塊の床を拝ませてやろうと思うてな」

自嘲した。

「甘い奴やと笑わんといてくれや」

「いえ、笑うだなんて……。社長がそう考えるお方だからこそ、私たちも社長についていけるんです。何事にせよ、筋を通すお気持ちは大事です」

「友美に電話で確認したら、アイツは今朝も、木下から受け取った裏金をインゴットに替えに行ったらしいわ。もうすぐこの小屋に負ぶされて現れるやろ」

「木下さんが背負って現れるんですね」

「せや。そやけど木下が同行するのも鉄格子までや」

「私が最初教えた通りにやっているわけですね」

「木下の話では、それだけやないみたいや。拳銃を手に入れてな。負んぶされてる間、木下のコメカミに銃口当ててるらしいわ」

「木下さんを信用してないという事でしょうか」

「それだけやない。鉄格子から小屋に移動する間も、後ろ向きで尻這いして、銃口を向けたままにしとるらしいで」

「それほど信用できないんですか？」

「哀れやろ。木下を宛てごうたワイが言うのもなんやけど、そこまで信用できん人間に背負われてインゴットを運ぶしかない身の上なんや。哀れで、哀れで、目頭が熱うなるわ」

「哀れですね」

「そやから小屋に入ってくるんはアイツひとりや。入って来たら夢中で床にインゴットを並べるやろ。暗がりで隠れてたワイが忍び寄って、夢中になっとるアイツのドタマに弾撃ち込むんも、そんな難しい事やないと思うで」

「そうですね。ウホウホ、インゴットに舌を這わすほどご執心でしたからね」

光景を思い出したのか顔を顰めた。


背負われた朴マンスがけもの道に姿を現した。

ひとりで金塊小屋に入った。

パァン――

くぐもった銃声が鈍色の空に響き渡った。

本作を執筆するにあたり、多くの方々にご助言を頂きました。この場を借りて心より御礼申し上げます。

本書は、
週刊「アサヒ芸能」
2021年3月11日号～2023年1月13日号
に掲載された作品を
加筆修正したものです。

装幀　川名潤

赤松利市（あかまつ・りいち）
1956年生まれ、香川県出身。除染作業員を経て、第1回大藪春彦新人賞を「藻屑蟹」で受賞。その後、初長編『鯖』を発表。『犬』で第22回大藪春彦賞を受賞。
その他の著書に『らんちう』『藻屑蟹』『ボダ子』『純子』『女童』『アウターライズ』『白蟻女』『風致の島』『隅田川心中』『饗宴』『エレジー』『東京棄民』やエッセイ『下級国民A』などがある。

救《すく》い難《がた》き人

2023年7月31日　初刷

著　者　赤松利市

発行者　小宮英行
発行所　株式会社徳間書店
〒141-8202　東京都品川区上大崎3-1-1
目黒セントラルスクエア
電話　編集(03)5403-4349
販売(049)293-5521
振替　00140-0-44392

本文印刷　本郷印刷株式会社
カバー印刷　真生印刷株式会社
製本　ナショナル製本協同組合

ISBN978-4-19-865615-7